Elf auf Abwegen

und

Der Krampus

Ein Verdrehtes Weihnachtsmärchen

JOHN RAE

Für Emma.

Anmerkung des Autors

Diese Version von *Elf auf Abwegen und Der Krampus* wurde überarbeitet. Einige Figuren und Szenen wurden verändert und hinzugefügt, um die Grundlage für eine größere Geschichte zu schaffen.

Inhaltsverzeichnis

Anmerkung des Autors...4

1 - Weihnachten abgesagt!..6

2 – Doch nicht abgesagt!..24

3 - Rentier-Spiele...44

4 – Der Dauer-Schwur...62

5 - Frohe Weihnachten!...83

6 - Das Problem, der Weihnachtsmann zu sein..........92

7 – So Lahm!..108

8 – Verdammtes Elfen-Klischee!..............................123

9 - Weihnachts-Wichteln..130

10 – Sei vorsichtig, was du dir wünschst..................141

11 - Dunkelstimmen..155

12 - Briefe an den Weihnachtsmann........................165

13 - Ein rutschiger Abhang.......................................173

14 – Den Elfenabgang machen..................................188

15 – In die Schlacht!..198

16 - Das Geheimnis des Weihnachtsmanns..............231

17 - Ein Weihnachtswunsch......................................259

Über den Autor..264

Vorheriges Bucheinband...265

Leseprobe...266

Ein letzter Wunsch..281

1 - Weihnachten abgesagt!

Verdammt, ist das kalt!

Das ist so ziemlich alles, was Jackie Rumpus über das Leben am Nordpol zu sagen hat. Fehlt noch, dass es dunkel und trist ist. Und still. Und trostlos – mit einem stechend kalten, peitschenden Wind. Du wirst es auf keiner Karte finden, aber der Nordpol ist eine Art verschneiter Campus, der in einem Tal zwischen sieben Bergen liegt, die zusammen als Die Krone bezeichnet werden. Der Weg in diese Welt führt durch eine Lücke zwischen den Zacken der Krone … wo der Legende nach einst ein achter Berg stand, der jedoch gestohlen wurde. Ist das zu glauben? Ein Berg … gestohlen? Selbst wenn man einen Berg stehlen könnte, wofür wäre der nützlich?

Egal, also … der Nordpol hat natürlich mehr zu bieten als Kälte und Berge. Der Campus selbst ist eine Mischung aus neuen Gebäuden und alten, traumhaften Häusern. Selbstverständlich gibt es auch Rentiere, die in einer kleinen, roten und verwitterten Scheune abseits des Campus untergebracht sind, denn, seien wir ehrlich, Rentiere stinken. Und an einem Ort, an dem der *Fallwind* in alle Richtungen weht, ist es am besten, wenn man die Biester fernhält.

Selbstverständlich lebt am Nordpol der Weihnachtsmann, der mit seinen bekannte schwarzen

Stiefeln durch den Schnee zum Rentierstall stapft, um ein paar Minuten seines Tages mit seinen alten Freunden zu verbringen – Dasher, Dancer, Prancer, Vixen, Comet, Cupid, Donner und Blitzen. Oh! Und Rudolph natürlich. Wir dürfen Rudy nicht vergessen. Das Team vom Weihnachtsmann. Sie waren mit dem Weihnachtsmann bei vielen Abenteuern an Heiligabend und auch nicht so weihnachtlichen Abenteuern dabei. Oft brauchte es nur ein paar Augenblicke mit ihnen, um den Weihnachtsmann von einem ansonsten schlechten Tag zu besänftigen. Heute war einer dieser eher schlechten Tage. Wenn ich so darüber nachdenke, waren die meisten Tage in letzter Zeit keine Guten, an denen sich der Weihnachtsmann in seinem Eckbüro im Hauptquartier am Nordpol verbarrikadierte und über ein Problem grübelte, das er nicht so recht einordnen konnte. Irgendetwas beunruhigte ihn, aber er konnte beim besten Willen nicht rausfinden, was es war. Und zum Nachteil für den Weihnachtsmann würde der heutige Besuch bei seinem Team keine Erleichterung bringen … er würde es nur noch schlimmer machen. Aber es könnte dabei helfen, herauszufinden, was ihn beunruhigt.

Er erreichte die kleine Scheune, öffnete die knarrenden Türen, legte einen dieser altmodischen Kippschalter um – die Art, die Funken sprüht und nach Ozon riecht, wenn man sie anstellt – und eine Reihe von Lichtern flackerte auf und beleuchtete Reihe um Reihe der Rentierställe, die mehrere Stockwerke hoch sind. Du fragst dich vielleicht, wie so viele Rentiere in eine so winzige, alte Scheune passen können, aber am Nordpol ist nicht immer alles so, wie es auf den ersten Blick erscheint. Denn neben der Kälte, den Rentieren und dem Weihnachtsmann gab es am Nordpol auch Magie. Polarmagie.

„Jungs und Mädchen!", rief der Weihnachtsmann. Die Rentiere erwiderten seinen Gruß mit Schnauben, Grunzen und Gebrüll. Ein paar Elfen, die in dem feuchten Ambiente arbeiteten, grüßten ebenfalls zurück, bevor sie sich wieder an ihre Arbeit machten. Die Ställe, die den Türen am nächsten lagen, beherbergten sein Team und jeder war mit einem alten, verwitterten Holzschild versehen, das mit abblätternder goldener und roter Farbe in den langen, verschnörkelten Buchstaben beschriftet war, die die Elfen so liebten. Als der Weihnachtsmann zu dem Stall mit dem Namensschild von Blitzen ging, stolperte er über einen kleinen, braunen Sattel, den ein schelmischer Elf vergessen hatte, wegzulegen. „Verdammte Sch …", zuckte er zusammen und stolperte mit einem angestrengten „Ho …ho…ho." zu Boden.

Ein besorgter roter Schimmer leuchtete aus Rudolphs Stall. Das Bein des Weihnachtsmanns war genau an der falschen Stelle abgeknickt und im falschen Winkel verbogen! Es war nicht nur verstaucht oder gezerrt, sondern eindeutig gebrochen. Und das so kurz vor Heiligabend. Der Weihnachtsmann zuckte zusammen, weniger vor Schmerz als vielmehr aus Frustration, als er den Sattel gegen den Stall knallte. Er starrte dorthin, wo er landete, als ein paar Stallelfen herbeieilten. Sosehr sie auch versuchten, ihm zu helfen, der Weihnachtsmann schüttelte sie ab und versicherte ihnen, dass es ihm gut ging. Mehr als gut. So gut wie nie um genau zu sein!

„Augenscheinlich nicht", murmelte einer der Stallelfen, als sie wieder an die Arbeit gingen.

ELF AUF ABWEGEN UND DER KRAMPUS

„Meinst du?", antwortete ein anderer und blickte zu dem alten Mann. „Weißt du, wer vergessen hat, den Sattel aufzuräumen?"

Der erste Elf schüttelte den Kopf und schreckte auf, als der Weihnachtsmann aufstöhnte. Der Ruf des Weihnachtsmanns, *Ho Ho Ho, Frohe Weihnachten*, war im Vergleich zu diesem Stöhnen wie ein lässiger Gruß. Es klang, als ob seine Seele seinen Körper verlassen hätte. Der Weihnachtsmann schnappte sich eine kleine Schaufel und den Sattel, bevor er bei jedem Schritt grunzend wieder hinaus in die Kälte humpelte.

Einige Minuten später taumelte er in die strahlend weiße Krankenstation … das Elfenkrankenhaus, das in einer Ecke des Hauptquartiers untergebracht war. Bei jedem Schritt zuckte er unter Schmerzen zusammen und stützte sich auf die Schaufel, die wie das Hinterteil eines Rentieres roch. Die Elfenschwester nahm seine Schaufel und führte den Weihnachtsmann vorbei an der großen Feuerstelle, vorbei an den Reihen der meist leeren Betten in Elfengröße zu einem der beiden Betten in Menschengröße, die nur selten benutzt wurden. Du fragst dich jetzt vielleicht, wie groß ein Bett in Elfengröße ist. Nun, die meisten Elfen ragten bis knapp über das Knie des Weihnachtsmanns, und die Elfenschwester machte da keine Ausnahme. Sie stöhnte unter dem Gewicht des humpelnden Weihnachtsmanns, denn er stützte sein ganzes Gewicht auf ihre Mütze — eine ganz normale Krankenschwesternmütze, die der Weihnachtsmann zerdrückt hatte und deren Spitze hinten in einem langen, gestreiften Strumpf herabhing. Ihre strahlend weiße Uniform weigerte sich, ein paar kirschfarbene Flecken loszulassen, die von den Patienten stammten, die im Laufe der Jahre an Dominostein-Pusteln litten. „Uff!", stöhnte sie und die Glocke am Ende ihrer Mütze klapperte bei jedem Schritt, bis die Missus herbeieilte und das Gewicht ihres Mannes übernahm.

„Es ist gebrochen", brummte der Weihnachtsmann in Richtung Bett. „Bin über einen Sattel gestolpert." Seine Frustration entkam ihm, als er das Wort *Sattel* aussprach, und dabei seine Zähne fletschte.

Die Missus setzte sich neben ihn auf das Bett und ließ die Krankenschwester das Bein untersuchen. „Ich sage dir, wenn du eine Spritztour machen willst, solltest du jemanden mitnehmen, der dir hilft." Sie rieb ihm den Rücken. „Für Momente wie diesen!"

„Ich habe keine Spritztour gemacht. Ich war nur zu Besuch. Es war einer der Elfen. Er hat den Sattel auf dem Boden liegen lassen. Wahrscheinlich hat er es eilig gehabt, weil er auf einem der Rentiere aus dem Team geritten ist." Die Krankenschwester und die Missus japsten vor Schreck. „Schockierend, oder? Wie oft muss ich sie noch warnen, dass niemand außer dem Weihnachtsmann auf dem Team des Weihnachtsmanns reitet?" Er grunzte, aber heulte dann vor Schmerz auf, als Funken aus den Händen der Krankenschwester über sein Bein sprühten und die gebrochenen Knochen knirschten und sich wieder an ihren Platz drehten.

„Nun, das wird es richten", sagte sie. „Aber ich muss es trotzdem eingipsen."

Der Weihnachtsmann stöhnte und verschränkte seine Arme vor der Brust.

ELF AUF ABWEGEN UND DER KRAMPUS

Die Missus verzog einen Schmollmund. „Was willst du tun?", fragte sie schließlich. „Weihnachten kann man nicht einfach absagen."

Der Weihnachtsmann warf einen Blick auf sie … das war zumindest eine Idee. „Ich bin im Moment so genervt. Ich fühle mich nicht sehr weihnachtlich."

„Unsinn, Schatz. Du warst das ganze Jahr über schon nicht sehr weihnachtlich." Auf seinen scharfen Blick hin fügte sie hinzu: „Ich meine ja nur. Wenn wir uns an den chinesischen Kalender halten würden, wäre dies das Jahr des Pechvogels. Nicht, dass es dort traditionell ein Pechvogeljahr gäbe, wohlgemerkt."

„Du bist nicht sehr einfühlsam."

„Du bist so ein Weichei, ich glaube, dein Hintern bildet gerade ein Exoskelett", lächelte sie mit einem Zwinkern. Es war ein subtiles Lächeln und ein ebenso subtiles Zwinkern, aber beides hatte den gar nicht so subtilen Effekt, das Herz des Weihnachtsmanns zum Schmelzen zu bringen. Sie brachte ihn immer zum Grinsen. Als er das tat, lehnte sie sich zu ihm und umarmte ihn, während die Krankenschwester sein Bein verband. „Es tut mir leid, dass du dir das Bein gebrochen hast. Und es tut mir leid, was auch immer dich bedrückt hat. Ich wünschte, du würdest mit mir darüber reden."

„Ich wünschte, ich wüsste, was *es* ist." Und das war keine Lüge, denn die Zeit, die er mit dem Versuch verbrachte, es herauszufinden, zog sich über Stunden und Tage, bevor sie dann zu Wochen und schließlich zu Monaten wurde. Er saß an seinem Schreibtisch und starrte auf seinen Computerbildschirm, kaute manchmal Süßigkeiten, lenkte sich manchmal mit sozialen Medien ab und suchte nach Instapic-Schnappschüssen, die es auf die Unartig-Liste schaffen könnten. Und obwohl es so aussah, als würde er nur herumblödeln, überlegte er immer, was er mit einer bestimmte *Sache* anfangen sollte.

Aber was war das für eine Sache?

Die Missus beobachtete ihn mit einem gewissen Misstrauen, das schließlich dazu führte, dass sie ihm einen Vertrauensbonus gewährte. Wenn er wirklich wusste, was ihn bedrückte, war er schon immer ein Elf gewesen, der etwas dagegen tun würde. „Weißt du, wer auf deinem Rentier-Team geritten ist?"

„Ich habe einen Verdacht. Die Frage ist nur ..." Er brach ab und tippte mit dem Zeigefinger gegen seine Nase. „Was kann man dagegen tun?"

Und diese Frage brachte ihn zum Strahlen, denn die Missus hatte recht, was ihn betraf. Wenn es etwas dagegen zu tun gab, würde er es tun. Die Zahnräder in seinem Kopf ratterten und drehten sich, und schmiedeten einen Plan.

Nach allem, was man hört, war die Fabrikhalle der Spielzeugwerkstatt eine festlich-fröhliche Ausbeuterwerkstatt – hell, farbenfroh und warm – in der Reihe für Reihe festliche Elfen unermüdlich an ihren Arbeitsplätzen arbeiteten, Spielzeug herstellten und dabei zu Weihnachtsmusik sangen. Sie arbeiteten, von außen betrachtet, in einem fiebrigen Tempo, so wie sie mit ihren Werkzeugen herumhantierten ... aber für sie schien ihr Tempo ganz normal zu sein.

ELF AUF ABWEGEN UND DER KRAMPUS

Aber dann war da noch Jack, der sich kaum bewegte. Wenn Jack sich überhaupt nicht bewegen könnte, würde er sich entsprechend auch nicht mit einem fiebrigen Elfen-Tempo bewegen. Aber natürlich konnte er sich nicht *nicht* bewegen, schon gar nicht bei der aggressiven Musik, die aus seinen Kopfhörern dröhnte. Er saß auf seinem Hocker, wippte im Takt mit und klopfte mit einem gestreiften Ring auf die Tischplatte seines Arbeitsplatzes. Mit Anfang zwanzig hatte Jack den Punkt in seinem Leben erreicht, an dem man von ihm erwartete, dass er, obwohl er noch kein erwachsener Elf war, trotzdem Erwachsener wirken würde. Genau wie der Weihnachtsmann fühlte er sich festgefahren. Aber im Gegensatz zum Weihnachtsmann wusste Jack, was sein Problem war, und er wusste, was er tun musste. Er brauchte eine Veränderung. Während er den Ring zur Musik klopfte, fantasierte er darüber, was er gedachte zu tun.

Seine Augen, die von dunklem Eyeliner umrandet waren, starrten unter einem lockigen Schopf tiefschwarz gefärbten Haares ins Leere. Er trug ein blasses Make-up, um die natürliche Röte seiner Wangen zu verbergen, aber er sah genauso dunkel und kalt aus wie die Landschaft draußen. Die falschen Piercings und die absichtlich zerrissenen Klamotten waren Jacks Art zu sagen: „Wenn ihr mich schon anschaut, dann schaut *mich* nicht an." Am Nordpol wusste man nicht, was man von ihm halten sollten. Er war ruhelos, gelangweilt, wütend, ein Einzelgänger, seltsam und, nun ja, sehr untypisch für einen Elfen.

Selbst die Dinge, die ihn glücklich machten und erfreuten, waren seltsam. Zum Beispiel vergötterten die meisten Elfen den Weihnachtsmann. Aber nicht Jack.

Er vergötterte den Krampus. Wie der Roadie einer Rockband hatte Jack den Namen seines Idols auf den Rücken seiner roten Arbeitsweste geritzt. Und wer ist der Krampus? Ein Dämon. Ein Weihnachtsdämon. Ein Dämon, dessen Aufgabe es ist, die frechsten Kinder an Heiligabend zu bestrafen.

Aber es gab noch etwas, das Jack glücklich und aufgeregt werden ließ … Candi Kane. Candi war eher eine stereotypische Elfin mit klaren Augen. Im Gegensatz zu Jack war das einzig Dunkle an ihr der Anhänger an ihrer Halskette – in Form eines Jack O' Lantern-Kürbis mit Fledermausmotiv und einem Hauch Festlichkeit in Form einer Weihnachtsmannmütze. Ihre lange, blonde Bob-Frisur hatte heute einen Hauch von Rosa im Pony – ein Farbtupfer, der oft ihre Stimmung widerspiegelte. „Jackie!", rief sie und riss ihm die Ohrstöpsel aus den Ohren, um ihn aus seinem Tagtraum zu wecken.

„Ja! Was?" Schnell steckte er den gestreiften Ring auf seinen Mittelfinger.

„Du willst wohl den Wettbewerb nicht gewinnen?" Sie zeigte auf die Wand der Fabrik, auf ein großes Poster, das eine glückliche Elfe zeigte, die in einer verschneiten Nacht neben dem Weihnachtsmann reitet und Geschenke ausliefert. Darauf stand:

FLIEG MIT DEM WEIHNACHTSMANN!

Jack wandte sich seinem kleinen Stapel halbfertiger, erbärmlicher Spielzeuge zu. Ein paar davon waren wirklich kreativ, aber mit Jacks eigener dunkler Note. Seine neueste Puppe war zum Beispiel eine Braut. Eine

Leichenbraut. Aus ihren Knopfaugen kam eine Leere, und doch eine Nachdenklichkeit, als ob ihr Geist sich genauso verdreht hätte, wie die Hörner, die aus ihrem Kopf ragten. Jack hob sie hoch und bewunderte ihren dunklen Blick. „Nö", sagte er, als ob die Antwort auf Candis Frage bereits offensichtlich sein sollte. *Warum* sollte er mit dem Weihnachtsmann reiten wollen?

In diesem Moment stürmte der Weihnachtsmann auf den Steg, der die Elfen überblickte, in die Fabrik. Er schlug mit einem Stock gegen das Geländer, um auf sich und sein Gipsbein aufmerksam zu machen. Hier, vor den Elfen, war es einfacher zu sehen, dass er nicht der fröhliche, dicke Elf war, den wir erwarten. Stattdessen war er eher wie ein mürrischer Vater. Er überragte die Elfen, grunzte er angewidert und warf den Sattel, über den er gestolpert war, hinunter. Die Arbeit kam zum Stillstand, als ihm alle ihre gespannte Aufmerksamkeit schenkten. Der Weihnachtsmann beäugte Jack und brummte: „Jemand hat heimlich Rudolph auf eine Spritztour mitgenommen! Wie oft muss ich euch noch sagen, dass niemand außer dem Weihnachtsmann das Rentier-Team des Weihnachtsmanns fliegt?" Ein kollektives Raunen der Elfen sog fast die Luft aus dem Raum. Candi drehte sich mit großen Augen zu Jack um. Jack murmelte, dass er es nicht war. „Die Missus sagt, und die Missus hat recht … Weihnachten ist abgesagt!"

Mit gebrochenem Herzen murmelten und raunten die Elfen und drehten sich zueinander um – überrascht und verwirrt. Erstaunlicherweise war aber niemand mehr aufgebracht als Jack. Er trat gegen das Tischbein und marschierte geradewegs auf den Weihnachtsmann zu, sprang die gestapelten Geschenke hinauf auf den Steg und stieß sich dabei fast die Kniescheibe auf. Seine rosigen Wangen leuchteten durch die Schminke hindurch. „Verdammte Zuckerstange!" Er stampfte mit dem Fuß auf. „Du kannst Weihnachten nicht einfach *absagen*!"

„Achte auf deinen Ausdruck, Rumpus." Der Weihnachtsmann warf Jack einen sehr väterlichen, warnenden Blick zu. Aber es war mehr als nur ein väterlicher, warnender Blick. Als das Stirnrunzeln einer gewölbten rechten Augenbraue wich, ein Seufzer den Lippen des Weihnachtsmanns entwich, sein Kopf leicht schief lag und seine linke Wange leicht eingezogen war, hatte sich der warnende Blick in das verwandelt, was die Elfen den *Weihnachtsmannblick* nannten. Es war ein verärgerter, etwas schmerzhafter Blick, der fast ausschließlich für Jack verwendet wurde.

Jack atmete schwer, während sie einander anstarrten, bis er schließlich nachgab. „Weihnachten gehört nicht nur dir, dass du es absagen kannst." Alle attackierten Jack … un-glaub-lich. Und die Hohnrufe und Spötteleien hörten auch nicht auf, als ihre Schicht plötzlich endete und die Elfen sich auf den Weg zurück in ihre Schlafsäle machten. Überall in der überfüllten Halle stießen ihn die Elfen an, schubsten ihn, kniffen ihn und taten das, was er am meisten hasste … sie sahen ihn an, natürlich mit funkelnden Augen, und schimpften ihn aus, weil seinetwegen Weihnachten abgesagt wurde. Candi tat ihr Bestes, um ihm hinterherzujagen.

„Toll gemacht, Weichei!" ging ihn Feliz wütend an, als er Jack gegen die Wand drückte und ihn dort festhielt. Was Feliz an Größe fehlte, machte er durch seine

Stämmigkeit wieder wett ... beides ungewöhnlich für einen Elfen.

Feliz' Kumpel Mickie, der größer und dünner ist als der Durchschnitt, meldete sich zu Wort. „Ich habe mir bei dem Versuch, den Wettbewerb zu gewinnen, meinen festlichen Hintern aufgerissen" Mickies Elfenhut flog nach vorn, weil er vor Wut fast platzte.

Jack blieb ruhig. „Ich habe Weihnachten nicht abgesagt."

„Warum hängst du mit diesem Verlierer ab?" Feliz ging Candi an, die an seinem Arm zerrte, um ihn von Jack wegzubekommen. Seine *Loser*-Bemerkung hat Jack überhaupt nicht gestört, aber als Feliz Candi wegstieß, verlor er völlig die Fassung. Jack grunzte, trat nach vorne und schleuderte Feliz gegen die gegenüberliegende Wand.

„Du hast ein Problem mit mir? Okay!", knurrte er. „Aber du fasst Candi nicht an."

Und jetzt zerrte Candi an Jacks Arm und versuchte aufgeregt, alle zu beruhigen. „Es ist okay, Jackie!"

„Es heißt Jack!", rief er, bevor er Feliz losließ.

Feliz rückte den Kragen seiner Werkstattweste zurecht und sah zu, wie Jack wegging, bevor er schließlich gerade laut genug zischte: „Freak!"

„Feliz ..." Jack blieb stehen und ging wütend zurück zu Feliz. „Wir leben am Nordpol. Wir haben diese Klamotten an. Wir stellen Spielzeuge her, damit ein lustiger Kerl sie an Leute ausliefern kann, die seltsam geschmückte Bäume in ihren Wohnzimmern haben. Bäume! In ihren Wohnzimmern!" Jack schüttelte den

Kopf. „Hast du jemals daran gedacht, dass wir alle Freaks sein könnten?" Er starrte einen Moment lang in Feliz' leeren Blick, bevor er davonstürmte.

Candi hielt seufzend für einen Moment inne, bevor sie Jack einholte. „Ich verstehe dich nicht, Jackie. Warum hasst du den Weihnachtsmann so sehr?"

„Ich hasse ihn nicht", zuckte er mit den Schultern und drängte sich durch die Menge.

Jack kam an seinem Zimmer an. Das Namensschild an seiner Tür war so verschmiert worden, dass aus JACKIE RUMPUS nun JACK KRUMPUS wurde. Seine eigenen Goth-Kritzeleien prangten an der Tür – fliegende Totenköpfe, Geister, seltsame fantastische Kreaturen, die seiner Fantasie entsprungen waren – wie eine geflickte und genähte Stoffpuppe mit tiefen, hohlen Augen und einem flammenden Schwanz – und natürlich eine Kritzelei seines Idols, des Krampus. Zusätzlich zu diesen Kritzeleien hatten Vandalen seine Tür mit wenig weihnachtlichen Worten und Bildern beschmiert. *Freak*, *Loser* und *#Weichei* prangten neben Darstellungen wie Jack, der von einem Rentier überfahren wird. Jack hat sich nie die Mühe gemacht, den Vandalismus zu entfernen, denn er fand die Ironie ihres Hasses im Zusammenspiel mit der Anti-Weihnachtsstimmung irgendwie gemütlich. Niemand hat seinen Humor je verstanden. Außer vielleicht Candi, die in letzter Zeit immer mehr die Ironie der Sache zu verlieren schien.

Candi schloss wieder zu ihm auf. „Warum tust du dann so, als würdest du den Weihnachtsmann hassen? Oder ist es dir egal, wenn Weihnachten ausfällt?"

ELF AUF ABWEGEN UND DER KRAMPUS

Jack drehte sich mit einem spitzen Finger um. „Jedes Jahr bekommen wir einen einzigen Weihnachtswunsch. Nur einen!" Als er sich wieder dem Türschloss zuwandte, sagte er: „Ich habe jedes Jahr denselben Wunsch. Ich möchte den Krampus treffen. Und der dicke Mann erfüllt diesen Wunsch nicht. Niemals." Er schaute Candi in die Augen, um seinen Standpunkt zu verdeutlichen. „Der Weihnachtsmann. Hasst. Mich." Er öffnete die Tür, um den dunklen Raum zu erhellen, und selbst nachdem er das Licht eingeschaltet hatte, blieb es dunkel. Poster von Goth-Bands wie The Steamed PUnKs zusammen mit altmodisch aussehenden Postern für den Krampus schmückten den winzigen Raum. *Grüße vom Krampus*, stand auf einem Plakat, das einen gehörnten Teufel mit eher verspielten Augen zeigte. *Der Weihnachtsdämon*, stand auf einem anderen. Es zeigte den Schatten einer großen gehörnten Gestalt mit einem Menschen- und einem Ziegenbein, die einen Korb voller Kinder über die Schulter schleppt. Ein anderes, *Der Teufel der Weihnacht*, zeigte einen gehörnten Krampus, der sich mit einer leicht bekleideten Frau ziemlich unanständig benahm. *Die Krampusnacht* stellte ihn als weiß und pelzig dar, anders als die anderen Plakate, die ihn schwarz und behaart zeigten. Und schließlich zeigte Jacks Lieblingsplakat einen bedrohlichen Krampus, der über verängstigten und kauernden Kindern thront. Hervorgehoben stand darauf zu lesen:

Du warst unartig!

Candi schaute sich in seinem ansonsten ziemlich leeren Zimmer misstrauisch um und betrachtete dann wieder die Poster mit dem Krampus. „Wie kann der Weihnachtsmann etwas liefern, das nicht echt ist?"

„Der Krampus *ist* echt.“

„Eine Geschichte, mit der Mütter und Väter ihre Kinder dazu bringen wollen, sich zu Weihnachten zu benehmen.“

Jack hob eine Augenbraue. „Wie die des Weihnachtsmanns?“

„Nur, dass es den Weihnachtsmann wirklich gibt.“

Jack ließ sich auf einen Stuhl fallen und schmollte. „Warum kann ich nicht einfach etwas haben, an das ich glauben kann?“

Candi stichelte mit einem kleinen Singsang. „Du schmollst besser nicht.“

Jack starrte sie an … er war nicht in der Stimmung. Er zog seine lächerlichen Elfenschuhe aus. Das winzige Glöckchen am Ende jedes Schuhs bestand aus Teufelshörnern, die nicht nur Jacks Idol huldigten, sondern auch ihr Klimpern zu einem dumpfen Klappern dämpften. „Ich will nicht, dass Weihnachten abgesagt wird.“

„Ich verstehe dich nicht, Jackie.“ Sie beobachtete ihn dabei, wie er seine Zehen in seinen gestreiften Strümpfen streckte und spürte eine große Distanz zwischen ihnen beiden. „Wir waren mal beste Freunde.“

Jack runzelte die Stirn und sah verwirrt zu ihr auf. „Wir sind Freunde.“ Wie konnte Candi etwas anderes denken? Sie war seine einzige, ganz zu schweigen, *beste* Freundin am Nordpol.

Candi sah sich die Plakate an. „Wir leben in verschiedenen Welten."

„Genau!" Jack setzte sich auf. „Ich gehöre nicht hierher, Candi. Du bist die Einzige, die das nicht verstehen kann. Ich hasse den Nordpol. Ich hasse es, Spielzeug zu machen. Ich hasse Rot. Und Grün. Und ich hasse unsere blöden Elfennamen. Und …"

„Du hasst meinen Namen?" Der Kloß in ihrem Hals ließ ihre Stimme rauer werden und ihren Schmerz kaum verbergen.

Jack ratterte die aus dem Effeff herunter. „Jackie Rumpus. Candi Kane. Feliz Navidad. Holly Pumpernickel. Mickie Rooney." Er schüttelte den Kopf. „Und alle meinen, ich sei verrückt, weil ich nur Jack sein will."

Sozusagen. „Jack *Krumpus*',,

„Ja, und?"

Candi hatte das Gefühl, dass die Distanz zwischen ihnen gerade einfach zu groß für sie war und drehte sich um, um zu gehen … und stolperte über die Öffnung eines Weihnachtsmann-Sacks, der unter dem Bett hervorschaute. Jack drehte sich in seinem Sitz und ihre Blicke trafen sich für einen Moment, als hätte sich gerade ein Geheimnis offenbart. Sie schnappte sich den Sack und kippte seinen Inhalt auf den Boden – und der Raum, der zuvor ungewöhnlich leer war, wurde plötzlich un-gewöhnlich leer. Gothic-Schnickschnack, Elfenhüte, sein erster Holzhammer zum Herstellen von Spielzeug, Jacks Lieblingskissen, sein erster Spielzeugroboter, ein Bild von ihm und Candi als Kinder, die sich auf der Zwergmispel-Farm unter den

Nordlichtern amüsierten – ein scheinbar endloser Haufen von Jacks Habseligkeiten quoll hervor – mehr, als in den Sack passen konnte. Doch selbst, nachdem Candi den Sack ein letztes Mal geschüttelt hatte und eine winzige Unterhose herausgefallen war, schien er immer noch mit Spielzeug gefüllt zu sein. Candi blieb einen Moment stehen und griff nachdenklich nach Jacks Lieblings-Steampunk-Brille. Sie rieb ihren Daumen an den dunkelblauen Gläsern, während ihr Blick weniger nachdenklich als vielmehr wütend auf Jack gerichtet wurde. Schließlich schleuderte sie ihm den Sack entgegen, der beim Aufprall flach in sich zusammenfiel. „Willst du irgendwohin, Jackie?"

Jack starrte auf den Haufen und dachte nach, bevor er schließlich gestand: „Ich verschwinde vom Nordpol. An Heiligabend. Während er die Geschenke ausliefert."

Candi rollte mit den Augen und fühlte sich gekränkt, dass er es nicht mit ihr teilen wollte. Zumindest nicht offen. Es tat ihr schon weh, überhaupt zu sprechen. „Wo willst du überhaupt hin?"

„Ich werde mit dem Krampus leben."

Sie schüttelte den Kopf, nach dem Motto *du bist verrückt*. „Er ist nicht echt."

„Doch, das ist er", beharrte Jack. „Und ich denke, vielleicht ..." Er brach ab, um die richtigen Worte zu finden. Etwas, das ihr helfen würde, zu verstehen. „Vielleicht *gehöre* ich einfach auf die dunkle Seite von Weihnachten."

Ihre Frustration steigerte sich bei jedem Wort. „Er. Ist. Nicht. Echt!" Sie warf einen weiteren Blick auf die

Poster seines Idols. „Jackie, selbst wenn er es wäre, der Krampus ist böse."

„Er ist nicht böse!" Jack sprang auf. „Er verschwendet nur keine Zeit mit den guten Kindern. Er kümmert sich nur um die schlechten." Candi starrte ihn ungläubig an. „Früher sind er und der Weihnachtsmann sogar zusammen geritten! Aber jetzt macht der Weihnachtsmann beide Jobs und gibt den bösen Kindern nur einen Klumpen Kohle. Zack, fertig. Und die meiste Zeit macht er sich nicht einmal die Mühe." Er überlegte einen Moment. „Er ist ein bisschen zu geizig mit der Kohle, wenn du mich fragst."

Als ob ihm das die Absurdität seines Glaubens vor Augen führen würde, seufzte Candi. „Währenddessen verschleppt der Krampus sie in die Hölle."

Aber das erfreute Jack nur noch mehr. „Ja, genau!"

Candi schnaufte und schüttelte den Kopf. Sie fühlte sich verloren und von der Distanz zwischen ihnen überwältigt. Wie der Sack vom Weihnachtsmann fühlte sich der kleine Raum zwischen ihnen größer an, als er war, gefüllt mit etwas, das unnötig schien und doch dringend gebraucht wurde. Aber alles, was Candi in diesem Moment tun konnte, war, diese Distanz (und Jack) einfach in Ruhe lassen.

2 – Doch nicht abgesagt!

Der Grund, warum du den Nordpol – oder auch die Krone – auf keiner Karte finden wirst, ist, dass er durch Polarmagie geschützt ist. Wie in einer riesigen Schneekugel schimmert die unsichtbare Grenze leicht im Nordlicht, wenn jemand, der nicht dazugehört, versucht, hineinzuwandern. Stell dir vor, du und ein Freund habt die eisige Reise nach Norden gewagt und es bis zur Grenze geschafft. Ein weiterer Schritt von euch würde euch auf die andere Seite der Krone befördern und ihr wüsstet nicht, wie euch geschehen ist. Wenn du dich dann zu deinem Freund umdrehen würdest, könntest du ihn, vorausgesetzt, das Wetter ist hell und sonnig – was am Nordpol selten ist – vielleicht in der Ferne erkennen. Und in der Distanz zwischen dir und deinem Freund würdest du weder den Nordpol noch die sieben Zacken der Krone sehen. Du würdest nur die Lücke zwischen euch sehen und denken, einer von euch hätte sich im Schnee verirrt. Du würdest zumindest nie erfahren, dass der Weihnachtsmann in der Nähe ist, denn am Nordpol gibt es nur zwei Arten von Leuten: die, die dort hingehören, und die, die eingeladen sind.

ELF AUF ABWEGEN UND DER KRAMPUS

Und diese Tatsache war für Jack von großer Bedeutung, denn er wusste nie, zu welcher Gruppe er gehörte. Nicht viel am Pol fühlte sich einladend an, und noch weniger gab ihm das Gefühl, dazuzugehören.

Es gibt viele Arten von magischen Kreaturen und verschiedene Arten von Elfen in der Welt. Zum Beispiel die *Waldlandelfen*, die Verwalter der Wälder und Hüter der Dunkelheit sind. Und, ja, die Dunkelheit muss behütet werden. Die *Zephyr*-Elfen leben in den Wolken und sind eher als Feen bekannt … aber wag es nicht, sie jemals so nennen. Nie, nie, niemals. Der Begriff gilt als nicht politisch korrekt. *Zephyr*-Elfen überbringen Botschaften und kämpfen mit Stürmen. *Tincher*, die oft als böse angesehen werden, sind eigentlich nicht mehr oder weniger böse als *Zephyr*-Elfen, aber sie bewegen sich durch Feuer und ihre Wut kann schwer zu kontrollieren sein. Die Spielzeugelfen am Nordpol sind eigentlich unter dem Namen *Fantagrason* bekannt. Sie bauen Dinge, sind Problemlöser und bewegen sich sehr, sehr schnell – was für sie ganz normal zu sein scheint. Ihr kreativer Drang macht sie perfekt für die Herstellung von Spielzeug, aber *Fantagrason* haben keinen Eigenantrieb. Wenn du einem typischen Spielzeugelfen sagst, dass er ein Stofftier machen soll, verwandelt sich sein kreativer Funke in eine Kinderbelustigung. Aber wenn du einem *Fantagrason* nicht sagst, dass er ein Stofftier machen soll, kann es sein, dass er untätig herumsitzt – vielleicht weil er das Gefühl hat, dass er etwas tun sollte, aber nicht weiß, was. Und genau da kommt der Weihnachtsmann ins Spiel. Er lenkt sie, plant für sie, kümmert sich um sie und gibt ihnen die Gewissheit, dass jeder Tag der nächste Heiligabend sein wird und glückliche Kinder auf der ganzen Welt ihre Belohnung sein werden …

denn ein glückliches Kind ist ganz sicher ihre Art von Magie.

Und Jack … er hatte Antrieb. Und das unterschied ihn von allen anderen Elfen, noch mehr als sein Make-up und seine Kleidung ihn schon differenzierten. Er mochte nicht unbedingt die Dinge, welche die *Fantagrason* mochten. Er schien selten glücklich zu sein. Aber es gab noch etwas, was Jack von den anderen unterschied, und das hatte er mit ihnen gemeinsam. Niemand wusste wirklich, ob Jack zum Nordpol gehörte oder ob er eingeladen worden war.

Elfen werden nicht auf magische Weise in die Welt gesetzt … sie haben Eltern, genau wie du und ich, aber Jack war auch Waise. Die Eingeweihten wussten nicht viel mehr, als dass eines Tages ein Baby namens Jack auftauchte. Und die Frage war: Gehörte er dorthin oder wurde er eingeladen? Der Weihnachtsmann hatte zu dieser Situation nicht viel zu sagen, außer dass er ihm mitteilte, er sollte sich um seine eigenen Angelegenheiten kümmern. Dass Jack selbstverständlich dorthin gehörte. der Nordpol war sein Zuhause.

Aber Jack mochte nie, was die anderen Elfen mochten. Er war zu groß, um eine Fee zu sein, doch um ihn herum tobten sinnbildlich Stürme. Die Dunkelheit deutete auf einen *Waldlandelfen* hin … aber Jack war eine Million Mal zu klein, um ein *Waldlandelf* zu sein. Die Leidenschaft und die Wut ließen, mit zugekniffenen Augen, auf einen *Tincher* schließen. Er schien zwar ein Spielzeugelf zu sein, aber er andererseits auch etwas anderes. Das wusste definitiv vielleicht nur der Weihnachtsmann, und der sagte nichts; er redete nicht einmal mit Jack, der die Frage ein- oder zweimal gestellt hatte. Der Weihnachtsmann betonte immer wieder, dass der Nordpol sein Zuhause sei, obwohl er genau wusste, dass Jack etwas anderes fragte. Jacks Frage stand also nach wie vor im Raum … gehörte er dorthin oder war er eingeladen?

An einem normalen Tag brauchte Jack etwas Zeit, um sich fertig zu machen. Schließlich war es mühsam, sich zu schminken, seine Augen, Nase und Ohren zu schmücken und seine Kleidung so zurechtzurücken, dass er den Eindruck erweckte, sich nicht darum zu scheren. Aber heute war kein normaler Tag und er musste den Anschein erwecken, dass er sich scherte.

Die Schminke, die sein Gesicht blass machte, war verschwunden. Weg war der Eyeliner, der seine Augen todernst machte. Weg waren die Schmuckstücke, die sein Gesicht löchrig aussehen ließen. Weg waren auch die zerrissenen Kleider. Anstatt die normale Alltagskleidung eines Elfen anzuziehen, zog Jack sein bestes Outfit an – einen schwarzen Anzug mit Krawatte, den er seit einer Beerdigung ewig nicht mehr getragen hatte. Der Spiegel zeigte einen richtigen Elfen, und während Jack den Mut aufbrachte, das zu tun, was er tun musste, fand er immer wieder Gründe, es hinauszuzögern. Wie der schwarze Haarschopf auf seinem Kopf. Widerspenstig. Sehr Rumpus-mäßig. Er kämmte ihn herunter, machte ihn wieder und wieder nass und klebte ihn mit Gel zusammen, aber er schaffte es nicht, ihn ernst genug aussehen lassen. Es sah so aus, als ob er es hinbekommen würde, nur um ein oder zwei Haare zu verrücken, aber bis er diese Haare wieder an ihren Platz gekämpft hatte, war der Schopf schon wieder aufgetaucht.

„Mist!“

Ein Klopfen an der Tür war eine willkommene Erleichterung. Candi war schon mitten in einem Satz, als er die Tür öffnete und sie einen guten Blick auf ihn werfen konnte. „Nun“, sie hielt lächelnd inne. „Sieh dich an!“

Jacks Augenbrauen hoben sich, als er bemerkte, dass der rosa Schopf in ihrem Haar heute purpurrot war, und er fragte sich, was das zu bedeuten hatte. Wenn es überhaupt etwas bedeutete. „Was ist los?“

„Nichts“, sagte sie und rückte seine Krawatte zurecht. „Ist jemand gestorben?“

Er schüttelte den Kopf. „Ich muss zum Weihnachtsmann. Weihnachten darf nicht abgeblasen werden.“

Candi runzelte die Stirn. Ihre Hand fiel von seiner Krawatte. „Damit du weglaufen kannst?“ Jack nickte. „Ich wollte fragen, ob du frühstücken willst, aber wie ich sehe, hast du schon was vor.“ Sie wandte sich ab.

„Vielleicht danach?“, warf er ein. „Ich kann dich abholen.“

Candi drehte sich wieder um und sah Jack lächeln. Und sein Lächeln brachte sie zum Lächeln. Sie streichelte mit dem Handrücken über seine Wange, woraufhin sich Jacks Gesicht fragend verzog. „Es ist schon lange her, dass ich dich ohne diesen ganzen Scheiß im Gesicht gesehen habe.“

„Ich mag diesen Scheiß.“

„Das weiß ich. Ich hatte vergessen, wie sanft deine Augen aussehen können." Ihr Blick verharrte einen Moment lang auf seinem, bevor sie sich abwandte. „Frühstück, nachdem du fertig bist."   Jack sah zu, wie sich ihr langes, blondes Pony wiegte, als sie davonsprang, und seine Hand berührte seine Wange, wo sie ihn berührt hatte. Er wusste, dass er sie kränkte, aber ihm ging es auch so. Und jetzt schien dieser Schmerz in etwas anderes überzugehen, das er nicht genau zuordnen konnte. Er würde sie vermissen. Furchtbar vermissen.

Mit strahlenden Augen und voller Neugierde ging Jack durch die weitläufigen Büroräume der Nordpol-Zentrale und machte sich auf den Weg zu einem großen Eckbüro, an dem das Namensschild N. WEIHNACHTSMANN angebracht war. Er fasste Mut, schaute sich in dem Großraumbüro um und fragte sich, wie es wohl wäre, dort zu arbeiten und nicht in der Spielzeugwerkstatt. Und was taten die Elfen, die im Hauptquartier arbeiteten, überhaupt? Wahrscheinlich hatten sie etwas mit dem Lesen von Briefen an den Weihnachtsmann zu tun. Und die Listen der Artigen und Unartigen zu führen. Vielleicht hatten sie auch etwas mit der Beschaffung von Material für all die Spielzeuge zu tun, die sie herstellten? Schließlich wandte er sich von den Büroangestellten ab und klopfte an die Tür. Keine Antwort. Er klopfte erneut und wartete. Als klar war, dass niemand drinnen war, öffnete er die Tür mit einem zweiten, viel niedrigeren Türknauf, der nur für die Elfen angebracht war, und spähte hinein.

Jack hatte sich bereits hineingeschlichen, bevor er darüber nachdachte, ob es unartig oder artig war, sich einfach selber reinzulassen. Das widerwärtig lange Büro versetzte ihn in Erstaunen. Es war eher sachlich als festlich, aber definitiv als der persönliche Bereich des Weihnachtsmanns auszumachen. Als er herumschlich, starrte Jack alles an – meterhohe Bücherregale, vollgestopft mit allen Weihnachtsgeschichten, die je geschrieben wurden, und ein paar nicht-weihnachtliche Bücher von den Lieblingsautoren des Weihnachtsmanns. „Der alte Mann und das Meer", las er, fuhr dabei mit den Fingern über die Buchrücken und fragte sich, wer nun Earnest Hemmingway oder Mark Twain war. Er zog ein Buch von einem Stephen King heraus. „Oh! Das sieht nach Unterhaltung aus", sagte er und las die Rückseite des Buches. „Und … ziemlich zum Gruseln", fügte er hinzu und legte das Buch zurück, als ob die Dämonen, die es enthielt, in den Schauer, der ihm den Rücken hinunterlief, hineinfließen könnten.

Ein großes Teleskop, das seltsamerweise auf einen weit entfernten Ort gerichtet war, stand im Mittelpunkt der großen Erkerfenster, die den Campus überblickten. Jack schloss ein Auge und blickte in das Okular. Er konnte einen Berg erkennen, der sich hinter einem Vorhang aus Schnee erhob. Er richtete sich auf und schaute mit bloßem Auge hinaus … konnte aber nichts sehen. Nach einem weiteren Blick ins Okular glaubte er, einen Höhleneingang hoch oben auf dem Berggipfel erkennen zu können. Er richtete sich wieder auf und blinzelte in die Ferne. Nichts. „Seltsam."

Noch merkwürdiger fand er die seltsamen kleinen Schmuckstücke, die hier verstreut lagen. Hauptsächlich im Steampunk-Design, bestehend Zahnrädern, Federn und verbogenem Metall … Jack starrte sie an und fragte sich, was sie sein sollten. Vielleicht hatten er und der Weihnachtsmann doch mehr gemeinsam, als er dachte? Er hob eine Art kleinen Kranz auf, der aus acht alten Zahnrädern bestand, die dreckig und verrostet waren. An sieben der Zahnräder hingen ebenso alte Schlüssel, die an den Spitzen befestigt und leicht zur Mitte des Rings hin gebogen waren, wo ihre dekorativen und unglaublich verzierten Schleifen zueinander wandten, sich aber nie ganz berührten. Jack hob den Kranz an dem Zahnrad ohne Schlüssel auf. Er fühlte sich seltsam schwer an, viel schwerer, als er sein sollte, und doch irgendwie zerbrechlich; als ob er, wenn er nicht zu vorsichtig wäre, einen Schlüssel abbrechen könnte. Zu Jacks Überraschung begann der Kranz zu vibrieren, als er das leere Zahnrad zwischen seinen Fingern drehte. Jack den Kranz auf den Tisch fallen, welcher dort mit einem knirschenden Geräusch weiter vibrierte. Sein Japsen ging in einen gedämpftes „Psst" über, in dem er den sich drehenden Kranz anflehte, keinen Lärm mehr zu machen und bitte, bitte, bitte nicht kaputt zu gehen. Er war verzweifelt und blickte zwischen der Tür und dem Metallring hin und her, der wie eine sich drehende Münze rasselte, die schließlich ihren Schwung verlor und still stehen blieb.

„Puh!" Jack atmete durch und wartete einen Moment, um zu sehen, ob das Geräusch Aufmerksamkeit erregt hatte. „Okay", sagte er schließlich zu sich selbst. „Versuch, nichts anzufassen." Aber natürlich konnte Jack nicht anders, als mit seiner Hand über die vielen, vielen Weihnachtsmannmützen zu streichen, die überall verstreut lagen – und nicht nur die, die wir alle kennen, mit der flauschigen weißen Krempe und der Bommel. Ein eleganter, roter Zylinder, der mit Zwergmispeln verziert war, ruhte auf einem Kleiderständer. Die skurrilen Lieblingsmützen des Weihnachtsmanns – wie zum Beispiel die, die wie ein Rentier aussahen oder mit einer albernen Sprungfeder versehen waren – säumten eine der Wände mit bunten, spitzen Weihnachtsmützen und roten Schlapphüten sowie alten, kunstvoll verzierten Ordensmützen – wie eine rote, samtene Schalenmütze, die mit feiner goldener Seide in Mustern bestickt war, die von einer grünen Bommel in der Mitte ausgingen. Die Muster passten zu den verschiedenen Schleifen des Schlüsselkranzes und gaben einen Hinweis darauf, wie der fehlende Schlüssel aussehen könnte – wie ein Weg, der sich gegabelt hatte und dessen Vergabelungen in weitere Verzweigungen verliefen. „Das wäre ein ziemlich komplizierter Schlüssel", dachte Jack und ging weiter zu der seltsamsten Weihnachtsmannmütze, die er je gesehen hatte. Eine uralte, hellgrüne und rote Elfenmütze mit gebürsteten Nickelglöckchen, die allein auf einem kleinen Ständer neben dem Schreibtisch des Weihnachtsmanns stand. Es war nicht nur der Stil, der sie zu einer Elfenmütze machte, sondern auch ihre winzige Größe.

Als er nach dem Hut greifen wollte, erregte eine Bewegung in seinem Augenwinkel seine Aufmerksamkeit – dichter Nebel, der in einer Schneekugel wirbelte, die größer als Jack war. Es zog ihn in seinen Bann, als ob der Nebel wie eine Hand nach ihm griff und ihn sanft zu sich zog. Als er mit seinen Fingern über das Glas strich, glühten die Schwaden und verdrehten sich bei seiner Berührung. Irgendetwas verbarg sich in dem Nebel und Jack versuchte, die Schwaden aus dem Weg zu schieben, damit er sehen konnte, was sich in dem Glas befand, beschloss am

Ende aber, die Suche aufzugeben, da es sich ihm weiterhin entzog.

Jack wandte sich dem Schreibtisch des Weihnachtsmanns zu und kletterte in den großen Bürostuhl. Er war lächerlich klein in dem Sitz, aber sein breites Grinsen machte seine fehlende Größe wieder wett. Er drückte sich gegen den Schreibtisch und versuchte, den Stuhl zu drehen, bis sein Blick auf etwas fiel, das er zwar erwartet hatte, aber dennoch überraschend war. Seine Augen wurden groß!

„Die Unartigenliste!", keuchte er. Auf einem Post-it an der Schriftrolle stand *Bitte zweimal prüfen. Liebe Grüße, Deine bessere Hälfte.*

„Rumpus!", brüllte der Weihnachtsmann an der Tür. Jack schrie, sprang auf und riss in seiner Überraschung die Unartigenliste und anderen Schnickschnack vom Schreibtisch herunter. Als sich die Papiere auf einem Haufen vor seinen Füßen wieder gelegt hatten, spähte er hinter dem Schreibtisch hervor und stellte fest, dass der Weihnachtsmann bereits am Schreibtisch war, sich hingehockt hatte und Jack direkt anschaute. „Was machst du in meinem Büro?"

„Ich suche dich, Sir", versuchte Jack in seinem aufrichtigsten Tonfall, der den Weihnachtsmann kein bisschen täuschte.

„Sir?" Der Weihnachtsmann schnaubte unbeeindruckt.

„Du kannst Weihnachten nicht absagen."

„Weil es nicht meine Befugnis ist, es abzusagen, nehme ich an?" Die Augenbrauen des

Weihnachtsmanns hoben sich fragend nach der Devise … führen wir dieses Gespräch schon wieder?

„Das tut mir leid", sagte Jack verwirrt. „Ich war wütend. Schockiert! Weihnachten gestrichen?"

Der Weihnachtsmann war leicht amüsiert über die Anführungszeichen, die Jack mit den Fingern beim Wort *abgesagt* gemacht hatte. Er richtete sich auf und klopfte mit seinem Stock gegen seinen Gips. „Sieh mich an, Jackie. Mein Bein ist gebrochen." Jack versuchte es mit seinen Rehaugen und schlug vor, dass er die Geschenke für den Weihnachtsmann ausliefern könnte. „Na klar", kicherte der Weihnachtsmann. „Jackie Rumpus als Weihnachtsmann. Plan B." Das tiefe He-he-he des Weihnachtsmanns verwandelte sich allmählich in ein hysterisches Ho-ho-ho und vertrieb den gekränkten Jack aus dem Büro.

Aber als Jack die Tür hinter sich schloss, merkte er, dass er nicht gekränkt war, denn er hatte nicht erwartet, dass der Weihnachtsmann sich für die Idee, dass Jack an Heiligabend Geschenke ausliefert, erwärmen würde. Trotzdem regten ihn die Ho-ho-ho-Rufe von der anderen Seite der Tür ein wenig auf. „Plan B?", dachte er. Nein, er fühlte sich überhaupt nicht gekränkt. Er fühlte sich *herausgefordert*.

Beim Frühstück erregte sein neuer – aber definitiv nur kurzweiliger – Look, die Aufmerksamkeit aller. Und als er und Candi sich durch die Essensschlangen zu den Tischen bewegten, taten die Elfen das, was Jack am meisten hasste: Sie sahen ihn an. Wie sehr wünschte er sich, er wäre vorher zurück in sein Zimmer gegangen, um den Anzug auszuziehen.

„Wer ist denn gestorben?", fragte Feliz und versuchte, Jack ein Bein zu stellen. Aber obwohl Jack Feliz' Fuß nicht sehen konnte, während er sein Tablett mit dem Essen trug, hatte er genug Erfahrung, um zu wissen, dass er einen Ausfallschritt machen musste, um nicht zu stürzen. Er versuchte, eine gehässige Antwort zu finden, aber seine Unsicherheit machte ihm einen Strich durch die Rechnung und so beschloss er, dass es vielleicht besser wäre, Feliz zu ignorieren. Er und Candi setzten sich zum Frühstück, wo er ihr alle Einzelheiten darüber erzählte, wie die Sache mit dem Weihnachtsmann nicht so gut gelaufen war.

„Ich brauche einen Plan B", sagte er schließlich.

„Was ist Plan B?", fragte Candi und träufelte heißen Ahornsirup über ihre Pfannkuchen.

Jack zuckte mit den Schultern. „Das muss ich noch herausfinden." In diesem Moment wurde Jack mit einer kalten Portion Hafergrütze ins Gesicht geschlagen. Der weiße, klebrige Brei lief aus seinem Gesicht. Er wischte ihn sich aus den Augen, während er von Feliz und Mickie ausgelacht wurde.

„Das ist nicht lustig, Rooney!" Candi wurde wütend, jedoch hielt Jack ihren Arm mit seiner Hand fest, als sie sich nach vorn lehnte, um augenscheinlich eine regelrechte Essensschlacht anzuzetteln. Er schüttelte sanft den Kopf. Sie schaute ihm in die Augen, das Feuer war weg … Was ist los?

„Du hast dein Clownsgesicht vergessen", lachte Feliz.

Jack erhob sich mit einer erzwungenen Ruhe, die kurz vor einem Sturm stand. „Feliz, der Unterschied zwischen meinem Clownsgesicht und deinem ist, dass ich meins wegwaschen kann."

Feliz sprang auf und stürzte sich auf Jack, wurde aber von Candi geblockt, die ihm ein Bein stellte, was in einen halben Salto machen ließ, sodass er auf seinem Rücken landete. „Heute nicht!", schnauzte sie ihn an und stieß ihm einen Finger auf die Brust.

„Lass uns hier verschwinden, Candi", stupste Jack sie an.

Als sie weggingen, rief Feliz ihnen hinterher: „Brauchst du deine Freundin, um deine Kämpfe auszutragen?"

Candi begann sich umzudrehen. „Ich bin nicht seine …" Jack riss an ihrem Arm und zog sie mit sich.

„Du hast recht", sagte Jack. „Heute nicht. Was auch immer Plan B ist, ich bin mir ziemlich sicher, dass ich mich dabei von meiner besten Seite zeigen muss. Sonst würde der Weihnachtsmann nicht auf mich hören."

„Du kannst dich von ihm nicht so schikanieren lassen."

„Und wie oft lasse ich ihn?" Jack grinste. Candi runzelte die Stirn … Du hast recht. „Aber danke, dass du dich für mich eingesetzt hast."

„Fröhlicher Todesschwadron, richtig?", lächelte sie. „Wir halten uns immer gegenseitig den Rücken frei." Der Fröhliche Todesschwadron war ihr Insider. Ihr privater Club! Etwas, das sie nur für sich selbst gegründet hatten, als sie noch Elflinge   waren.

Auf dem Weg zurück zu den Schlafsälen verabschiedete sich Jack kurz auf die Toilette, um sich die Grütze aus dem Ohr zu pulen. Unter dem Neonlicht am Waschbecken wusch er sich das Gesicht und das Ohr und als er sich abgetrocknet hatte, war der Schopf auf seinem Kopf noch feuchter. Er warf einen genauen Blick auf sich. „Clownsgesicht?", schniefte er. Er fühlte sich absurd entblößt, wenn er so unterwegs war.

Candi und Jack überquerten die Fußgängerbrücke, die das Nordpol-Hauptquartier mit dem älteren Wohnheim verband, und hielten kurz inne, um den Verkehr darunter zu beobachten … meist waren es von Rentieren gezogene Schlitten, Schneemobile und Kesselkarts – vollautomatische Fahrzeuge, die die Fahrgäste um einen zentralen Kamin herum warm hielten, der auch das Fahrzeug selbst befeuerte. Die Kesselkarts waren von der gleichen Polarmagie durchdrungen wie der Sack des Weihnachtsmanns – sie waren innen viel größer, als es den Anschein hatte. Jack fand schon immer, dass sie eher wie Rumkannen als wie Kessel aussahen – wie fette Flaschen, die sich um den zentralen Schornstein wölbten. Elfen stürmten aus den Gebäuden und sprangen zwischen den Fahrzeugen hindurch, sodass der Verkehr zum Stillstand kam, während alle auf das Hauptquartier zeigten und sich gegenseitig die Neuigkeiten zuriefen. Immer mehr Elfen strömten auf die Straßen und schauten auf eine große digitale Werbetafel im Stadtzentrum, wo sie gespannt auf eine Nachricht vom Weihnachtsmann warteten.

Jack warf Candi einen fragenden Blick zu … Was ist los? Und dann, von der Ecke des Schlafsaal-Gebäudes aus, hatte sich der Aufruhr auf der Straße ausgebreitet. „Weihnachten ist nicht abgesagt!", rief jemand. Candis Augen wurden groß, und Jack … er hatte nicht genug Zeit, seine Unschuld wofür auch immer zu beteuern, bevor er in Richtung der Aufregung davonstürmte, dorthin, wo sich aufgebrachte Elfen drängten. Candi und Jack bahnten sich ihren Weg durch das Getümmel zu einem Poster mit der Aufschrift *FLIEG MIT DEM WEIHNACHTSMANN!*

WEIHNACHTEN DOCH NICHT ABGESAGT!
FLIEG FÜR DEN WEIHNACHTSMANN!

Candi beklagte Jacks Aufregung. Aber natürlich würde er aufgeregt sein. Er schnappte sich den Zuckerstangenmarker, um sich einzutragen. „Was glaubst du, was du da tust?" knurrte Mickie.

„Ich habe genauso viele Chancen wie du", schnauzte Jack ihn an, während er seinen Namen kritzelte.

Mickies einfaches „Ha" als Erwiderung war nicht einmal eine Stichelei. Dass Jackie Rumpus glauben konnte, dass der Weihnachtsmann ihn überhaupt für den Job in Betracht ziehen würde, war einfach nur lächerlich.

Aber dann tat Candi etwas, das nicht nur sie selbst überraschte, sondern auch Jack schockierte. Sie nahm den Marker und schrieb sich auch ein! „Äh, Candi?"

„Der Weihnachtsmann wird dich auf keinen Fall mir vorziehen!", sagte sie.

„Was?!"   Das reizte viel mehr an als Mickies *Ha!*
Jack riss den Marker an sich und kritzelte ihren Namen
weg.

„Das kannst du nicht machen!" Sie schnappte sich
den Marker wieder zurück.

„Hey!" Und damit war die offensichtlichste
Voraussetzung von Plan B, gutes Verhalten,
zunichtegemacht. Denn nun kämpften beide um den
Marker, schrien wie Kinder, kritzelten den Namen des
anderen weg und schrieben jedes Mal ihren eigenen auf,
wenn sie den Marker unter Kontrolle hatten. Angesichts
dieser Vorstellung amüsierten sich die Elfen prächtig
und jubelten, bis … der Weihnachtsmann auftauchte.

„Was zum Teufel ist hier los?", rief er. Er stützte sich
gebeugt auf seinen Stock, weil er fast zu groß für die
Halle war. Die Elfen zerstreuten sich, so dass nur noch
Jack und Candi übrig blieben, jeder mit einer Hand am
Marker und dem vollgekritzelten Plakat, das an den
Rändern etwas ausgefranst war. Sie schauten sich
gegenseitig erstaunt an. Jack war besonders entsetzt
darüber, dass er Plan B auf so spektakuläre Weise vor
genau der Person, die er unbedingt beeindrucken wollte,
verworfen hatte.

„Flieg *für* den Weihnachtsmann?" Der
Weihnachtsmann war wütend und genauso verblüfft
wie alle anderen über diese Entwicklung. Er riss das
Poster von der Wand und zog davon, wobei er seinen
Stock gegen eine Mülltonne schlug, die den
unglücklichen Fehler gemacht hatte, ihm im Weg zu
stehen. Jack und Candi sahen sich stirnrunzelnd an,
vergaßen, worüber sie sich gestritten hatten, und jagten
dem Weihnachtsmann Richtung Spielzeugwerkstatt

hinterher, wo die Elfen nun reihenweise wieder fleißig arbeiteten, da es nun so aussah, als ob Weihnachten tatsächlich nicht abgesagt worden wäre.

In der Ecke, in einem knarrenden Schaukelstuhl, saß Crusty. Er war doppelt so groß wie die anderen Elfen, altershalber nicht mehr ganz aufrecht und dünn und hatte einen langen, weißen Bart. Er brachte den jungen Elfen bei, wie man einfache Holzspielzeuge herstellt. Er überprüfte die Spielzeug-Eisenbahn und half dem Elfling, der sie baute, sie noch runder laufen zu lassen. Als der Weihnachtsmann auf den Steg stürmte und mit seinem Stock gegen das Geländer schlug, hörte die Arbeit auf und der Lärm des Weihnachtsmanns war laut genug, um sogar Crusty zu erschrecken, der nicht gut hören konnte. Er ließ den Zug fallen, der in Räder und Achsen, einen Schornstein und ein all seine Einzelteile zerbarst. „Oh, nein", tröstete Crusty den traurigen Elfling, der seine harte Arbeit in Scherben sah. „Das können wir im Handumdrehen reparieren", versicherte er dem Kind. „Lass uns erst mal hören, was den Weihnachtsmann diesmal so mürrisch macht."

Jeder in dem nun ruhigen Spielzeugladen hörte die Bemerkung, auch der Weihnachtsmann, der geduldig darauf wartete, dass der alte Elf den Elfling tröstete. Während Jackie immer schnell die Ungeduld des Weihnachtsmanns weckte, hatte Crusty den gegenteiligen Effekt auf ihn. Crustys Alter, seine Erfahrung, sein Wissen und seine Geschichte nötigten dem Anführer des Nordpols immer Respekt und Geduld ab. Das Einzige, worüber der Weihnachtsmann jemals mit Crusty stritt, war seltsamerweise Jacks Idol, der Krampus. Wie Jack war Crusty der Meinung, dass der Krampus nur ein missverstandenes Monster war. Aber wie Crusty zu sagen pflegte: „Sind wir das nicht alle?" Crusty steckte sich schließlich ein uraltes Hörrohr aus Messing ans Ohr, mit dem er jedes zweite gesprochene Wort hören konnte – den Rest erfand Crusty einfach, um die Lücken zu füllen.

Candi und Jack eilten herbei, und als alle Augen auf ihn gerichtet waren, nahm sich der Weihnachtsmann einen langen und hochdramatischen Moment, um das Plakat zu lesen, bevor er es den Elfen zeigte. „Weihnachten nicht abgesagt?!" Er schaute sich unter den neugierigen, überraschten Elfen um und hielt misstrauisch bei Jack inne. „Wessen geniale Idee war das?" Alle schauten sich an, aber niemand gab zu, dass es wirklich die Idee des Weihnachtsmanns war. „Hört her", sagte er. „Weihnachten findet nicht statt."

Jack trat vor und ignorierte Candis Zupfen an seinem Ärmel, sich zurückzuhalten. „Du kannst es nicht einfach absagen, Sir."

„Rumpus."

Er machte einen weiteren Schritt nach vorn. „Wir haben das ganze Jahr zu hart gearbeitet!" Die meisten Elfen schauten Jack ungläubig an … nach dem Motto, geht das schon wieder los. „Mickie", Jack streckte seinem Erzfeind eine Handfläche entgegen. „Er hat sich seinen festlichen … Hintern aufgerissen. Oder so ähnlich." Mickie nickte zustimmend.

Der Weihnachtsmann protestierte. „Mein Bein ist …"

„Wir haben Horden von Rentieren", warf Jack ein. „Und wir können alle mit anpacken und liefern, also ist es nicht so, dass wir es nicht schaffen können." Weitere Elfen murmelten ihre Zustimmung.

„Es ist gefährlich."

Jack zeigte auf den großen Countdown-Kalender „*Noch X Tage bis Heiligabend*" neben dem Weihnachtsmann. „Wir haben Zeit zum Üben." Weitere Elfen versammelten sich hinter Jack. „Aber wenn man darüber nachdenkt", runzelte er die Stirn, „fliegen die Rentiere nicht einfach selbst?"

„Die Rentiere brauchen …" Der Weihnachtsmann machte eine Pause und runzelte die Stirn. „Nein! Ende der Diskussion."

„Warum? Warum ist das das Ende der Diskussion?"

Sehr zur Überraschung des Weihnachtsmanns jubelten die Elfen nun. Er schaute sich um … Was zur Hölle? Er setzte den stumpfsinnigsten und ausdruckslosesten Ausdruck auf, den er finden konnte, um Jack eine Drohung zu überbringen. „Weil ich der Chef bin, Rumpus."

„Die Kinder zählen auf dich", sagte Jack, und einige Elfen riefen, dass sie helfen wollten.

„Jackie …"

Aber Jack unterbrach ihn und begann zu rufen: „Nicht. Absagen. Nicht. Absagen" Und die Elfen stimmten alle in den Gesang ein. Einige sprangen auf ihre Arbeitsplätze und fuchtelten mit ihren Hämmern, Sägen und Schraubenziehern herum. Der Weihnachtsmann seufzte, als ihm klar wurde, dass er es mit einer Revolte zu tun haben könnte.

ELF AUF ABWEGEN UND DER KRAMPUS

Crusty, der sich von der Aufregung anstecken ließ, sang mit, was er in der Hörtrompete hörte. „Rum! Fässer! Rum. Fässer!", lachte er über den Spaß.

„Na schön", stöhnte der Weihnachtsmann und zeigte mit seinem Stock auf den sich beruhigenden Tumult. „Aber wir machen das auf meine Art und Weise."

Es folgte... ein tosender Jubel, denn Weihnachten war wieder einmal, wenn auch diesmal offiziell, nicht abgesagt worden. Der Weihnachtsmann starrte Jack an, der sich mit einem aufgeregten Flüstern an Candi wandte. „Ich werde den Krampus treffen!"

Obwohl Jack ihr direkt ins Ohr flüsterte, schrie die Distanz förmlich, die Candi zwischen ihnen spürte. Sie fühlte sich niedergeschlagen, entmutigt und musste ihre nächsten Schritte überdenken.

3 - Rentier-Spiele

Der Weihnachtsmann saß an seinem Schreibtisch und kontrollierte die Listen, welche Kinder welches Spielzeug haben wollten. Er versuchte herauszufinden, wie sein neuer Plan funktionieren könnte … oder ob dieser überhaupt funktionieren könnte, als ihm einfiel, dass er vergessen hatte, eine bestimmte Liste zu überprüfen. Eine wichtige Liste. Eine, die fehlte. Er suchte sie unter den Papieren. Ein kurzer Blick in die Schubladen. Er glaubte, ein paar Fetzen unter seinem Schreibtisch zu sehen und kroch darunter, um nachzusehen. In diesem Moment kam die Missus herein während sie einige Berichte durchlas. Sie verkündete: „Alle Parteien sind anwesend!", und erschreckte den Weihnachtsmann, der frustriert grunzte, als er sich den Kopf an der Unterseite des Schreibtisches stieß. Sie sah von den Berichten auf und schaute über ihre Lesebrille. „Schatz?"

„Ich glaube, dieses Weihnachten wird mein Ende sein", stöhnte der Weihnachtsmann, kletterte hoch und rieb sich den Kopf.

„Wegen einer Beule am Kopf und einem gebrochenen Bein? Du hast Heiligabend schon mit schlimmeren Beschwerden organisiert. Erinnerst du dich an das Jahr, in dem du die Magen-Darm-Grippe und die Dominostein-Pusteln hattest?" Der Weihnachtsmann stöhnte und ließ sich in seinen Stuhl fallen. Die Missus hielt inne und versuchte, seine Melancholie zu deuten. „Und du erzählst den Kleinen, dass ich Weihnachten abgesagt habe."

„Ich musste mich einer höheren Autorität beugen", lächelte er.

„Höhere Autorität? Jetzt weiß ich, dass dich etwas beunruhigt."

Der Weihnachtsmann spitzte nachdenklich die Lippen und genau in diesem Moment wurde ihm klar, warum es das Jahr des Pechvogels war, was ihn beunruhigt hatte und *was* es war, gegen das er etwas unternehmen musste. Seine Augen trafen die ihren bis ihm schließlich die zögerlichen Worte herausrutschten. „Ich bin alt."

„Blödsinn", wies sie ihn mit einem Kopfschütteln ab. „Der Weihnachtsmann wird nicht alt."

„Ich weiß, dass ich nicht alt aussehe." Er sah sein Abbild auf dem Computermonitor. „Nun, zumindest älter als ich aussehen sollte. Aber ich fühle es." Er schaute einen Moment lang mit leicht geöffnetem Mund in sein Abbild und machte dann ein schnalzendes Geräusch. „Ja", nickte er. „Alt. Das ist es, was ich mich die ganze Zeit gefühlt habe."

Sie ließ den Bericht auf seinen Schreibtisch fallen und setzte sich auf seinen Schoß, wobei sie einen Arm über seinen Rücken legte. Sie deutete auf die Blätter. „Flieger und Helfer. Wann immer du bereit bist, den Staffelstab weiterzugeben, ich bin immer bei dir. Wir werden gemeinsam....alt … .“

Der Weihnachtsmann umarmte die Missus. „Ich habe niemanden, an den ich den Staffelstab weitergeben kann.“

„Vielleicht einer der Flieger?“

Er nahm die Liste in die Hand, überflog sie und dachte über die Idee nach. „Listen, Listen und noch mal Listen“, sagte er und schüttelte den Zettel mit dem Bericht, bevor er ihn zurück auf seinen Schreibtisch warf. Er hielt inne, als ein bestimmter Name seine Aufmerksamkeit erhaschte. „Jackie Rumpus? Er ist …“

„Schelmisch. Erinnert mich an eine gewisse Elfe, in die ich mich einmal verliebt habe.“

„Ich war nie schelmisch.“

„Du standst öfter auf der Unartigenliste. Ich vermute, das ist der Grund, warum du und Jackie ständig aneinandergeraten Gib ihm eine Chance.“

Er seufzte in einem Tonfall, der seine Liebe zu ihr gestand. „Hast du mir die Unartigenliste gegeben?“

„Ja, habe ich.“

Der Weihnachtsmann schüttelte den Kopf und seufzte erneut, diesmal mit einem Anflug von Frustration. „Schelmisch, sagst du? Er muss sie mitgenommen haben.“

„Jackie?“ Sie hüpfte von seinem Schoß und begann sich umzusehen. „Warum sollte er die Unartigenliste stehlen?“

ELF AUF ABWEGEN UND DER KRAMPUS

„Ich kann es auch nicht begreifen.", überlegte der Weihnachtsmann und tippte sich an die Nasenspitze. „Ich bin auf einer Art gespannt, was er jetzt vorhat."

Das Ende ihrer Schicht signalisierend, riss sich der aktuelle Tag auf dem Countdown-Kalender „Noch X *Tage bis Heiligabend" selbst* ab und wurde immer größer, während er über die Fabrikhalle trieb und sich schließlich in einem kurzen, aber erfrischenden Schneefall auflöste. „Zweierteams!", brüllte der Weihnachtsmann und blickte über den überfüllten Boden der Spielzeugwerkstatt. Er stützte sich auf seinen Stock und zeigte mit einer Schriftrolle in die Runde. „Flieger und Helfer. Die Flieger liefern aus. Die Helfer bleiben in der Zentrale, um anzuleiten und zu überwachen. Euer erstes Training wird auch euer Probetraining sein. Einige von euch werden es nicht schaffen. Habt ihr Fragen?" Der Weihnachtsmann bemerkte die Stille, die folgte, und warf einen anerkennenden Seitenblick auf die Missus. Die Elfen schwiegen, denn auch wenn sie Fragen hatten, war jetzt nicht der richtige Zeitpunkt, sie zu stellen. Aber natürlich hatten sie alle die eine brennende Frage: *Steht mein Name auf deiner Liste?* Der Weihnachtsmann rollte eine lange Schriftrolle und setzte seine Lesebrille auf. „Jingle wird fliegen. Partner, Winter." Jingle und Winter hüpften aufgeregt herum, als sie aufgerufen wurden. „Angel fliegt. Partner, Star Cookie." Angel und Star Cookie kreischten, hüpften herum und hielten sich an den Händen. Der Weihnachtsmann merkte, dass es ewig dauern würde, seine Liste abzuarbeiten, wenn er jedes Mal warten würde, bis sich alle beruhigt hatten, wenn ein Name vorgelesen wurde, also ging er durch das Geschrei, die Rufe und das Hüpfen weiter, als er die Flieger- und Helferteams aufrief. „Tinsel und Holly. Sugarplum und Ingwer. Sunny und Evergreen. Feliz und Mickie."

„Ja!" Mickie schlug mit der Faust in die Luft und drehte sich zu Jack. „Friss das!"

Doch Mickies Schadenfreude währte nicht lange, denn das nächste Team, das angekündigt wurde, waren „Rumpus und Candi". Jack beugte sich mit großen, glücklichen Augen in Mickies Gesicht. „Oh, ja! Ho …ho…ho…"

„Snowball und Pixie", fuhr der Weihnachtsmann fort, wurde dann aber von Candi unterbrochen.

„Weihnachtsmann? Warum bin ich im Hauptquartier?" Jack drehte sich zu ihr und starrte sie an. „Ich weiß, wie man fliegt."

„Weil ich dich brauche, um Jackie aus Schwierigkeiten herauszuhalten."

Candi sah sich um, während die Elfen kicherten. „Kann ich nicht stattdessen fliegen?"

Der Weihnachtsmann zog eine Grimasse. Er schüttelte den Kopf. „Ich traue Jackie nicht zu, dass er dich aus Schwierigkeiten heraushält." Das Kichern verwandelte sich in Gelächter und Jacks Blick wurde noch … stechender.

„Nun, warum überhaupt einen von uns rausschicken?"

ELF AUF ABWEGEN UND DER KRAMPUS

Der Weihnachtsmann legte den Kopf schief, stemmte die Hände in die Hüften und hielt inne. „Warum hast du dich dann angemeldet, wenn du nicht fliegen willst?"

Als sie zu antworten begann, verwandelte sich Jacks dümmlich-drohender Blick in einen flehenden. Auf sein Zusammenzucken hin, hielt sie inne. „Vergiss es, Weihnachtsmann. Es tut mir leid." Jack war neugierig, aber erleichtert.

Der Weihnachtsmann kehrte zu seiner Liste zurück. „Buddy mit Crumpet". Als Crumpet ihren Namen hörte, fing sie an, so furchtbar zu quieken, dass alle aufschreckten. Bevor der Weihnachtsmann fortfahren konnte, wurde er erneut unterbrochen. Diesmal von Jack.

„Weihnachtsmann?"

„Was jetzt?"

„Kann ich Rudolph   haben?"

„Was?" Der Weihnachtsmann kratzte sich verärgert am Kopf.   „Nein, du kannst Rudolph   nicht haben! Und auch keinen von den anderen acht."

„Wer bekommt dann Rudolph?"

Der Weihnachtsmann stemmte seine Hände wieder in die Hüften. „Niemand kriegt Rudolph!"

Jack zuckte mit den Schultern. „Also bleibt er einfach untätig am Nordpol?"

Der Weihnachtsmann kehrte zu seiner Liste zurück und ignorierte Jack, indem er zu der Papierrolle vor ihm sprach. „Wenn ich zu Hause bleibe, bleibt mein Team auch zu Hause. Nennt es dieses Jahr Urlaub." Er winkte mit der Hand, um Jack weiter abzuweisen.

„Urlaub? Von was? Was hast du das ganze Jahr über gemacht?"

Der Weihnachtsmann schaute mit seinem exklusiven Blick für Jack über den Rand der Schriftrolle. „Können wir bitte einfach weitermachen? Noel mit Jingles. Sirius mit …"

„Wie wäre es mit …" Jacks Augen wurden groß, als er sich vorstellte, wie er mit seinem Rentier-Team über den Globus sauste, angeführt von keinem Geringeren als dem einen Tier,   dem der Weihnachtsmann nicht genug vertraute, um es selbst zu fliegen. „Noxen?!"

„Noxen?!" Er knitterte die Schriftrolle mit einem verstärkten Griff. „Nein! Er ist gefährlich und unerprobt."

Candi trat vor, so als wenn sie Jack verteidigen würde. „Er ist nur unerprobt, weil du ihm keine Chance gibst!"

Der Weihnachtsmann runzelte die Stirn, starrte sie ungläubig an und bemerkte dabei nicht das Grinsen und das Zwinkern, welches die Missus Candi zuwarf. Alle möglichen Verdächtigungen kamen ihm in den Sinn, als er Sirius und Swizzle als Partner ankündigte … war Candi heimlich mit Noxen   geflogen?

Am nächsten Tag fanden die Proben statt. Draußen bei der Scheune warteten mehrere Reihen winziger Rentiere geduldig an ihren winzigen Schlitten — gezügelt, in Achterteams, genauso aufgeregt wie die

Elfen, die wie beim Militär in Reih und Glied auf Befehle warteten und drahtlose Headsets trugen. Der Weihnachtsmann schritt durch die Reihen der Flieger.

Feliz stupste Jack auf die Schulter. „Mach das nicht kaputt, Weichei!"

Einige der Elfen kicherten, aber Jack war zu aufgeregt und nervös, um sich darum zu kümmern. Er rückte seine Steampunk-Brille zurecht und ignorierte Feliz mit seinem üblichen „Egal", während seine Handfläche nach außen klappte.

Im Hauptquartier des Nordpols saßen reihenweise Elfen an Computerstationen, die ebenfalls drahtlose Headsets trugen. Candi hatte auf ihrem Gerät eine Radar-App geöffnet – wo ein weißer Punkt Jack und rote Punkte die anderen Elfen anzeigten. An andere Stelle stellte eine App den Countdown bis zum Heiligabend dar. Andere zufällige Computerprogramme füllten den Rest des Bildschirms – soziale Medien, Solitär, eine Chatsitzung und Ähnliches. Die Missus ging durch die Reihen der Helfer.

„Die Teams werden in Dreiergruppen losgeschickt", erklärt sie. „Sie werden den Start üben, einen Beinahezusammenstoß simulieren und natürlich die Landung." An Mickies Station hielt sie inne und wartete darauf, dass er sie wahrnahm. Das tat er natürlich nicht, denn er war in das Spiel Rentier-Madness vertieft. Die Missus verrenkte ihren Hals, als ein Schwall glühender Schneebälle aus dem Rentiergeweih seines Avatars in eine Gruppe von Zombie-Schneemännern schoss. Die glühenden Schneebälle zischten durch die feindliche Horde und machten schnell Brei aus ihnen.

Candis Räuspern erregte schließlich Mickies Aufmerksamkeit. Er reckte seinen Kopf in ihre Richtung und Candi nickte in Richtung der Missus. Sein Blick folgte langsam dem Blick von Candi zu der strengen und sarkastisch-geduldigen Missus, die ihn anschaute. Mit einem „Aah!", sprang er auf, und zog eine entschuldigende Grimasse. Die Missus spitzte die Lippen, tadelte Mickie mit ihrem Schweigen, dass er die Sache ernst nehmen sollte, und ging die Arbeitsplätze weiter ab.

Draußen wies der Weihnachtsmann die Flieger an, im Hauptquartier Meldung zu machen. „Jack Krumpus, check."

„Wer?", schoss Candi zynisch durch das Headset zurück.

„Jack. Krumpus."

„Krumpus?"

„Candi …" Jack zog verärgert sein Mikrofon näher, während andere Elfen bereits aufgeregt zu ihren Schlitten eilten. „Jackie. Rumpus."

„Oh, Jackie! Ja! Jackie Rumpus, geh zu deinem Schlitten." Während er auf seinen Schlitten zuging, kicherte Candi ins Mikrofon. „Ich werde es   so genießen, dich zu kommandieren."

Jack lächelte. „Niemand kommandiert mich."

Als die Startfreigabe erteilt wurde, bewegte Angel ihren Schlitten vorwärts und spürte, wie sich das willkürliche Ziehen des Rentier-Teams allmählich dem Schwung anpasste. Zwei weitere Teams rasten an ihr vorbei und schossen in den Himmel. Jack kletterte in seinen Schlitten und hörte den Anweisungen des Weihnachtsmanns über das Headset zu. Er wurde unruhig und gelangweilt, während er Angel und die anderen bei ihren Übungen beobachtete. Sein rechtes Bein wippte in Erwartung. Die Spannung in der ganzen Gruppe fühlte sich an wie ein Aufziehmännchen, das darauf wartet, immer wieder aufgezogen zu werden. Als Angels Gruppe endlich zur Landung ansetzte, teilte Candi Jack mit, dass er abheben könne. „Was? Ja!"

Drinnen warf Mickie Candi einen scharfen Blick zu. „Was machst du da?", fragte er. Sie zog die Augenbrauen hoch und tat so, als wüsste sie nicht, was er meinte. „Du schickst Jackie einfach los?"

„Pssst … nein!", antwortete sie mit einer Handbewegung. Sie wandte sich wieder ihrem Monitor zu, um die Punkte zu beobachten, und fuhr sich mit den Fingern durch die Haare, so dass diese wie ein Vorhang fielen und sie vor Mickie verbargen.

Jack schnappte die Zügel über die Rücken seines Rentier-Teams. „Juchhuuu!" Sein Schlitten wurde schneller und näherte sich dem Ende von Feliz' Schlitten. Als Feliz darauf wartete, abzuheben, sah er, wie Jack sich näherte und wie ein Verrückter lachte. Feliz wies sein Rentier-Team an, Jack auszuweichen. Jack, der dachte, dass Feliz sich nicht bewegen würde, sprang auf und zog sein Team nach links. Und Feliz, der nicht sah, was Jack tat, zog ebenfalls nach links. Die Kollisionsgefahr war immer noch gegeben. Ekstatisch zog Jack nach rechts. Und Feliz tat das natürlich auch. Die umliegenden Elfen begannen mit ihren Teams, auszuweichen und verbreiteten so bei immer mehr Teams noch mehr Chaos. Im Unklaren darüber, was passiert war oder passieren sollte, begannen alle abzuheben und füllten den Himmel mit Rentieren, während der Weihnachtsmann zu sehr ins Gespräch mit Angels Gruppe vertieft war, um es zu bemerken.

Noel rief zu Swizzle rüber. „Heben wir jetzt alle ab?"

„Ich denke schon", zuckte Swizzle mit den Schultern. Und los ging's, zwei weitere Teams starteten. Swizzle überholte einen Elfen, der zu eingeschüchtert war, um sich zu bewegen, während Noel einen Elfen überholte, der die Rentiere nicht dazu bringen konnte, auf seine Befehle zu reagieren, egal, wie sehr er sich anstrengte.

Als Jacks Team Feliz' Schlitten näherte, lachte Jack und sprang auf die vordere Kante seines Schlittens. Er riss an den Zügeln und sah aus, als wolle er anhalten, aber stattdessen rief er: „Auf, auf und davon!"

Drinnen zauberte Jacks Lachen das breiteste Grinsen auf Candis Gesicht. „Auf, auf und davon?", fragte sie.

Und durch das Headset hörte sie: „Was soll ich denn sagen?"

„Die richtige Formulierung ist *Los, los, alle los.*"

„Dann los, los alle los! Los! Los!" Auf sein Lachen folgte ein sehr cowboyhaftes „Yee-hah!" Candis Lachen ging schnell in ein trauriges Schniefen über. Jack würde sie also doch verlassen, und er würde sich darüber freuen. Und sie würde sich für ihn freuen. Sie *sollte* sich für ihn freuen. Wenn sie nur nicht so traurig und wütend über ihn wäre.

Jack flog hoch über den verschneiten Campus und schlängelte sich dabei durch den Rentierschwarm. Einige Elfen lachten. Andere hielten sich aus Angst an den Zügeln fest. Niemand war so aufgeregt und gleichzeitig so entspannt wie Jack. „Candi! Das ist unglaublich! Ich wünschte, du könntest den Nordpol unter den Lichtern von hier oben sehen!" Mit den Lichtern meinte er die Nordlichter, die in unheimlichen Grüntönen um sie herum schimmerten.

„Sieht die Zwergmispel-Farm im Mondlicht   nicht wie ein Feuerwerk aus?" Jack beugte sich über die Kante seines Schlittens zu dem grünblauen und roten Streifen, der in der eisigen Landschaft funkelte – elektrisch, lebendig, wellenförmig.

„Na, sieh mal einer an!", sagte er und hatte dann einen merkwürdigen Gedanken. „Hm …"

Innerlich wurde Candi bei seinem *Hm* wach gerüttelt, als ob sie sich plötzlich an etwas erinnern und ihre Spuren verwischen müsste. „Vorsicht, Jackie!", platzte sie heraus. „Ich bin mir nicht sicher, ob dein Gehirn diese Gefühle verarbeiten kann."

Jack lachte und stieg höher, um andere Flieger zu überholen. Dann tauchte er ab und raste durch die Stadt – er schoss durch Gassen und Straßen, berührte ein Kesselkart und raste durch den Rauch, bevor er sich hoch in die Lüfte erhob.

Drüben beim Rentierstall schauten Angel und die beiden anderen Elfen am Weihnachtsmann vorbei, der in Dauerschleife wiederholte, was das man bei der Landung, besonders auf einem Dach, beachten muss. Er fragte, ob jemand von ihnen eine Frage habe. Angel hob langsam ihre Hand und deutete dann auf den Himmel hinter ihm. „Weihnachtsmann?"

Der Weihnachtsmann drehte sich in die Richtung, in die sie zeigte, bekam große Augen und rief: „Was zum...?"

Bei den Helfern blieb die Missus abrupt in dem Moment an Candis Schreibtisch stehen, als sie einen Blick auf Candis Radar-App erhaschte. „Heilige Zuckerstange!", keuchte sie, als sie die ganze Aktivität sah. Candi und Mickie verzogen ihre Gesichter ... Ausdruck! Evergreen verkündete in dem Moment, dass alle Flieger in der Luft waren, als der Weihnachtsmann in alle Kopfhörer rief: „Abbruch! Abbruch!"

„Oh!" Die Missus schnaufte erleichtert. „Du hast den Chef gehört. Alle Reiter haben sofort zu landen!" Die Helfer kamen dem Befehl nach und befahlen ihren Fliegern zu landen.

„Landen?"   Jack brummte, unsicher, ob er richtig gehört hatte. „Schon?"

Feliz erspähte Jack und verwandelte seine Flugbahn in ein Angsthasenspiel. Jack nahm jedoch die Herausforderung nicht an. Er zog nach links, doch Feliz folgte ihm. Er zog nach rechts, und Feliz folgte ihm. Beide vermieden nur einen Zusammenstoß, indem sie gerade so aneinander vorbeiflogen. „Mal sehen, wie dir das gefällt, Weichei!"

Über das Headset schrie Candi Jack an: „Was machst du da, Jackie?" Sie beobachtete, wie die roten und weißen Punkte auf ihrem Monitor umeinander tanzten und schaute durch das Fenster nach draußen.

Jack rief: „Wir sollen landen!" Er zog wieder hoch, und Feliz folgte ihm auf gleiche Höhe – und als sie wieder parallel waren, schossen sie gerade nach oben, wobei ihre Rentier-Teams fast vertikal zueinander waren. Jack drehte sich weg, Feliz folgte ihm und zog sie in einem weiten Bogen. Feliz drehte sich um Jack und zwang ihn immer höher und höher, bis er Jacks Schlitten seitlich streifte, um ihn am Abstieg zu hindern.

Am Rentierstall überschaute der Weihnachtsmann alle Landungsteams und schaute dann in dem Moment hoch, um zu sehen, wie Jack Feliz einen Seitenhieb verpasste. „Rumpus!", knurrte er.

Candi riss sich ihr Headset weg und rannte, genau wie Mickie, zum Fenster. „Nein, nein, nein, nein, nein", murmelte sie. Das artete schnell aus. Das sollte eigentlich nicht passieren. Das war, nun ja, irgendwie aufregend. Andere Helferinnen und Helfer drängten sich um sie herum und beobachteten den Kampf.

Feliz rammte ihn wieder. „Ich habe von dir Freak die Schnauze voll!" Jack versuchte, vor ihn zu ziehen, aber Feliz blieb an ihm dran. Schließlich stieß Jack seinen Schlitten so hart an, dass Feliz herausschleuderte und schrie, als er fiel.

Drinnen stießen die Helfer einen kollektiven Schrei aus. Mickie schlug gegen das Glas: „Feliz!"

Jack raste wie ein verrückter Postkutschenfahrer weiter. „Yee-hah!" Doch dann sah er Feliz' Rentier-Team ohne ihren Flieger. Er schaute nach unten, sah, wie Feliz fiel, und tauchte in einer scharfen Drehung ab. Jack raste auf Feliz zu und holte ihn ein, so dass Feliz neben ihm in den Schlitten fiel. Jack zog in einer scharfen Rechtskurve nach oben, sodass Feliz sanft auf dem Sitz neben ihm landete und über die Rettung verblüfft war.

„Wow. Weichei?“

„Ich heiße Jack!“ Er riss die Zügel fest an sich und flog zurück zu Feliz‘ Team.

Der Weihnachtsmann nahm die Rettung erstaunt zur Kenntnis. „Rumpus!“ Er wusste, dass Jack fliegen konnte. Ihm war nur nicht bewusst gewesen, *wie* er fliegen konnte. Die Missus griff sich, geistig abwesend, an ihre Bluse in der Nähe ihres Herzens und murmelte: „He! Ich werde wirklich zu alt für so etwas.“ Die Flieger auf dem Boden und die Helfer drinnen jubelten alle, aber das Spektakel war noch nicht vorbei!

Jack flog parallel zu Feliz‘ leerem Schlitten. Feliz starrte geradeaus, als sie sich durch die Wolkendecke dem Gelee-Berg näherten. „Du musst sie landen“, rief Jack, bekam aber keine Antwort. „Feliz! Sie werden gegen den Berghang prallen!“ Feliz schüttelte den Kopf … er würde sich nicht rühren. „Gut!“ Jack sprang auf, übergab Feliz die Zügel und sprang dann zu Feliz‘ Schlitten. Aber in seiner Eile, vom Berg wegzulenken, zog Feliz zu früh weg und Jack verfehlte ihn. Feliz keuchte auf, als er sah, dass Jack nicht gelandet war, und stand auf, um zu sehen, wo er hingefallen war.

Alle auf dem Boden standen gebannt, mit großen Augen und angespannt. „Jackie!“, rief Candi und drehte sich um, um zu Hilfe zu eilen, aber die Missus legte ihr eine beruhigende Hand auf die Schulter. Candi vergrub ihr Gesicht in ihrer warmen Umarmung. Sie konnte nicht zusehen!

Jack baumelte und zog sich mühsam auf die Kufe und dann über die Seite hoch. Er rutschte wieder ab. Kopfüber hängend warf er einen Blick auf den Berg, der schnell näher kam. Er zog sich wieder hoch, rutschte zur Öffnung hinüber, kletterte hinein, ließ sich auf den Sitz fallen und griff nach den Zügeln. Er zog das Team hoch und in eine Schlaufe, die in die entgegengesetzte Richtung ausschlug. „Yee-hah!"

„Da ist unser Junge", lachte die Missus und stupste Candi an, um hinzuschauen, als alle jubelten. Alle, außer dem Weihnachtsmann. Als Jack schließlich landete und langsam zum Stehen kam, marschierte der Weihnachtsmann auf ihn zu.

„Rumpus! In mein Büro!"

Jack zog eine Grimasse und sah zu, wie der Weihnachtsmann in Richtung Hauptquartier davon stapfte. „So viel zu Plan B, C und D."

Flieger und Helfer standen Seite an Seite an ihren Arbeitsplätzen. Jack und Candi fehlten jedoch, da sie ins Büro des Weihnachtsmanns gerufen worden waren. „Gleich wird", begann die Missus, „auf euren Computern entweder ein Weihnachtsbaum oder ein Klumpen Kohle angezeigt. Ein Baum bedeutet, dass ihr als Flieger und Helfer ausgewählt wurdet. Ein Klumpen Kohle? Nun ..." Sie nickte und die Arbeitsstationen wurden aktualisiert. Die Elfen stöhnten oder jubelten. Einige Elfen, die einen Klumpen Kohle erhielten, waren sogar ziemlich erleichtert. Doch andere Kohlen-Träger protestierten, dass es nicht ihr „Versagen" war und gaben Jack die Schuld.

Obwohl Jack und Candi fehlten, zeigte Candis Bildschirm einen Weihnachtsbaum, aber ob sie im Team bleiben würden, musste der Weihnachtsmann entscheiden. „Sag mir, warum ich dich im Team behalten soll!", schrie er über seinen Schreibtisch. „Du hast meine Trainingseinheit ruiniert!"

Plan B. Jack behielt ihn im Hinterkopf, während er seine Optionen für eine Antwort abwog. *Gutes Verhalten.* „Weil …", begann er. „Ich habe dir …" Das Stirnrunzeln des Weihnachtsmanns zeigte, dass er seine vorsichtigen Worte nicht zu schätzen wusste. „Möglichkeiten!", schnappte er und hüpfte auf die Füße. „Möglichkeiten gegeben, Dinge zu sehen, von denen du nicht wusstest, dass du danach suchen solltest?" Jack zog die Augenbrauen hoch und zwang sich zu einem Lächeln.

„Und ich dachte, du würdest das ernst nehmen. Du hast Feliz vom Himmel geworfen!"

„Um fair zu sein, er hat mich zuerst angerempelt. Außerdem habe ich ihn eingefangen! Und dann habe ich sein Team zur Landung gebracht!" überlegte Jack. „Ich war fantastisch!"

„Weihnachtsmann?" Candi meldete sich zu Wort. „Der Fehler lag bei mi-"

Jack verblüffte sie, indem er zum Schreibtisch des Weihnachtsmanns eilte. „Nein! Es war meine Schuld. Und es tut mir leid. Ich habe nicht aufgepasst. Ich war zu voreilig. Aber ich verspreche dir, dass ich die Sache ernst nehme. Und ich werde an Heiligabend aufpassen." Es war nicht Jacks Art, einfach die Verantwortung für etwas, das schiefgelaufen war, zu übernehmen … vor allem, wenn jemand anderes bereit war, das zu tun. Vielleicht, so dachte Candi, vielleicht wurde Jack doch noch erwachsen.

ELF AUF ABWEGEN UND DER KRAMPUS

Der Weihnachtsmann starrte Jack einen Moment lang an. „Hast du die Unartigenliste gestohlen?"

„Die Unartigenliste?" Jack tat so, als wäre er überrascht. „Pfft … nein", wies er die Frage des Weihnachtsmanns mit einem Winken ab.

Der Weihnachtsmann starrte ihn jedoch weiter, unbeeindruckt, eingefroren mit seinem Weihnachtsmannblick an.

Jacks Nervosität führte dazu, dass er sich achselzuckend an Candi wandte … warum sollte ich die Unartigenliste stehlen? Doch Candis Hoffnung, dass Jack Reife zeigt, verpuffte und sie starrte ihn mit ihrer eigenen Version des schockierten Weihnachtsmannblicks an, wobei ihr Blick auf Jacks Finger gerichtet war, die er hinter seinem Rücken gekreuzt hatte.

4 – Der Dauer-Schwur

„Die Unartigenliste?" Candi keuchte und drückte die Schriftrolle zurück in Jacks Brust.

„Pst …" Jack ging sie an, als sie sich ängstlich schaute.

„Du hast die Unartigenliste gestohlen", wiederholte sie sachlich, als wäre es das einzig Logische, was passieren konnte.

„Es war ein Versehen", versicherte er ihr, aber sie war sich dessen offensichtlich nicht sicher. „Hauptsächlich", sagte er achselzuckend. „Sie fiel. In meine Tasche." Er überlegte. „Als ich vom Stuhl des Weihnachtsmanns gefallen bin." Und dann schnitt er eine Grimasse. „Als ich mich in sein Büro geschlichen habe."

„Sie fiel." Sie rollte mit den Augen. „In deine Tasche." Sie ging ein paar Schritte, bis ihr schließlich ein aus Nachdruck geborener Seufzer entwich. „Warum?"

„Denk mal darüber nach. Der Krampus ist hinter den bösen Kindern her." Er wedelte mit der Liste, während seine Augen nach jedem Ausschau hielt, der ihn beobachten könnte. „Um ihn zu finden, muss ich nur dem folgen, was hier draufsteht.“ Sie schüttelte mit gemischten Gefühlen den Kopf, als er die Liste wieder in sein Hemd steckte. Die Art, wie sie ihn gerade ansah, war die gleiche, mit der ihn alle anderen ansahen. „Verurteile mich nicht“, fuhr er sie an. „Du warst diejenige, die mich sabotiert hat.“

„Das wird nicht noch einmal passieren“, sie zog eine Grimasse und schritt voran, als jemand Jack von hinten anrempelte. Jack stolperte nach vorn, stieß Candi um und landete auf ihr. „Ups!“

„Geht es dir gut?“, fragte er.

„Ja, sehr gut“, stöhnte sie. „Ich werfe mich immer auf den Boden, um auf meinem Gesicht zu landen!“ Sie verdrehte den Hals und sah wütend drein.

Jack schlug seine Handflächen auf den Boden und richtete sich auf. Er drehte sich um und stürmte auf die beiden zu, von denen er annahm, dass es Feliz und Mickie waren. Aber als er sah, dass es Nog und Peppermint waren, die ihre Hände in die Hüften gestemmt hatten, stolperte Jack über seine eigenen Füße und landete auf den ihren.

Nogs Wut durchdrang ihr ganzes Wesen, bis zu den Spitzen ihres langen, krausen, scharlachroten Haares. „Du hast meinen Weihnachtsabend ruiniert!“, rief sie wütend.

„Nein, das habe ich nicht!“ Jack starrte Candi an, damit sie den Widerhaken spürte, deckte ihre Schuld aber nicht auf. Candi schaute in die wütenden und mürrischen Gesichter, die Jack bedrohten, und fühlte sich von dieser versteckten Schuld völlig überwältigt. Sie wollte niemandem den Weihnachtsabend verderben. Sie wusste nicht, was sie erwarten würde, als sie Jack vorzeitig zum Abflug freigab, aber garantiert nicht das. Und wenn Jack das Chaos nicht so gut gemeistert hätte, wie er es getan hatte, wäre er genauso aufgebracht gewesen wie Nog und Peppermint. Wahrscheinlich sogar noch mehr. „Nog", Jack erhob sich. „Ich habe das nicht getan. Ich verspreche es." Peppermint marschierte davon und machte dabei ein abfälliges Geräusch. Nog starrte noch ein paar Augenblicke länger, bevor sie ebenso wegging. Als er endlich allein war, wandte sich Jack wieder Candi zu und half ihr vom Boden auf. Ein entschuldigender Blick fiel auf seine wartende Hand, bevor sie seine Hilfe annahm. „Warum tust du mir das an?"

„Jackie …", überlegte sie, nicht ganz bereit, ihre Gründe zuzugeben, aber sie sah keine andere Wahl. „Heute war das erste Mal seit langer Zeit, dass ich dich glücklich gesehen habe. Und es ist schön, dich glücklich zu sehen." Ihre Handfläche ruhte auf seiner Wange. „Du hast ein wunderschönes, süßes Lächeln. Weißt du das?"

Jack runzelte die Stirn: „Hm?"

„Und ich dachte, es wäre nur, weil du an Heiligabend für den Weihnachtsmann fliegen wolltest." Sie schluckte und hatte ein paar Tränen in den Augen. „Und vielleicht ist es das auch, aber nur, weil du immer noch weglaufen willst." Jack fühlte sich ein bisschen gekränkt und verwirrt. Verwirrt wegen des Schmerzes. Warum sollte er sich gekränkt fühlen? Und warum sollte Candi nicht wollen, dass er glücklich ist? „Nun, gut." In Candis Traurigkeit mischte sich eine aufsteigende Wut. „Wenn es das ist, was dich glücklich macht. Geh. Lauf weg." Sie fuchtelte mit den Händen, als wolle sie ihn wegscheuchen. „Geh und lebe mit deinem imaginären Freund."

„Der Krampus ist nicht …"

„Das ist mir egal!", schrie sie, ballte die Fäuste an ihren Seiten und erschreckte ihn. „Geh einfach." Sie ging weg, drehte sich dann aber mit einem Fingerzeig um. „Aber eins sage ich dir, Jackie Rumpus. Es wird leichter sein, dich zu hassen, als dich zu vermissen." Sie hielt inne und begann zu weinen. „Und ich will dich nicht hassen."

Candi … ihn hassen? Candi konnte ihn nicht hassen. Zumindest musste Jack das glauben. Sie war wahrscheinlich die Einzige am Nordpol, die ihn nicht hasste. Wie sehr er es verabscheute, sie weinen zu sehen! Er kreuzte die Finger hinter dem Rücken und hob die andere Hand wie bei einem Pfadfindergruß. „Ich verspreche, nach Hause zu kommen."

„Nein!", fuhr sie ihn an, und zeigte immer noch mit dem Finger. „Mach keine Versprechungen, die du nicht halten kannst."

„Im Ernst. Wenn ich den Krampus nicht treffe, komme ich nach Hause. Und da du glaubst, dass er imaginär ist, ist das genauso, wie wenn ich nach Hause komme." Er gluckste. Und es war der falsche Zeitpunkt, um zu kichern.

Candi fuhr ihn an. „Mit mir ist nicht zu spaßen", sagte sie mit strengem Unterton. Jack spürte plötzlich die gleiche verwirrende Distanz, die Candi bereit zu schaffen gemacht hatte, und die frustrierte Verzweiflung, die sie mit sich brachte. Und das nicht nur, weil sie sich von ihm entfernt hatte. Er löste seine Finger wieder.

„Candi, ich verspreche es!"

Sie ging weiter. „Ja, ja."

„Candi! Ich …Ich …" Er sah sich um, als ob die Worte, die er brauchte, irgendwo auf dem Boden lagen. „Ich dauer-schwöre es dir!"

Und das erregte ihre Aufmerksamkeit. Sie blieb auf der Stelle stehen. Überrascht und misstrauisch drehte sie sich um, denn einen Dauer-Schwur sollte man nicht auf die leichte Schulter nehmen … und sie bezweifelte, dass er den Mut oder die Aufrichtigkeit hatte, sich daran zu halten. Aber da stand er, mit flehenden Augen, den kleinen Finger ausgestreckt, als wolle er, verzweifelt und erwartungsvoll, einen Indianerschwur leisten. Sie kehrte zu ihm zurück, hakte ihren kleinen Finger bei seinem ein und forderte ihn mit einem Blick auf … sprich weiter. Und sie wartete und sah zu, wie Jack zusammenzuckte. Und sie wartete weiter, während Jacks Augen wie die eines gefangenen Tieres auf der Suche nach einem Ausweg umherflatterten. Und immer noch wartete sie, bis sie schließlich herausplatzte: „Das habe ich mir gedacht." Enttäuscht wandte sie sich ab, aber er packte mit aller Kraft ihren kleinen Finger und umschlang ihre verschränkten Hände mit seiner freien Hand.

„Nein!", keuchte er. „Ich denke nur nach. Dauer-Schwur. Man muss dafür die richtigen Worte finden, oder?"

Candi runzelte die Stirn … ich nehme es an.

„Ich, Jackie Rumpus", schluckte er, „schwöre feierlich und auf Dauer, dass ich zum Nordpol zurückkehre, wenn ich den Krampus an Heiligabend nicht treffe."

Als er seinen Schwur beendete, waberte weißer Dampf aus ihren Fingerspitzen, wirbelte herum und hüllte ihre Hände in Eis. Der anfängliche, eisige Schock wich ihrem Erstaunen. „Tja, und jetzt?" fragte er.

„Weiß nicht," sagte Candi und klopfte auf den Eisblock. „Hab das noch nie gemacht."

Nach einigen Minuten des Schüttelns, Schlagens und Aufschlagens des Eises gegen die Wand, wobei das Eis sie immer noch zusammenhielt, grunzte Candi und marschierte den Flur hinunter. Jack hatte Mühe, Schritt zu halten und stolperte manchmal fast über sich selbst, bis sie versuchte, ihn in die Toilette zu zerren, die mit gestreiften Strümpfen, spitzen, grünen und gebogenen Elfenschuhen sowie einem Rock gekennzeichnet war.

„Ich kann da nicht reingehen!" Jack klammerte sich an die Wand, als ob die Tür ein Portal zur Hölle wäre.

„Ich will das Ding loswerden", beharrte sie und begann dann leicht auf der Stelle zu hüpfen. „Außerdem muss ich auf die Toilette. Dringend." Sie zog noch fester an ihm.

„Oh!" Jacks Augen wurden groß. „Nein, nein, nein, nein, nein." Er schüttelte den Kopf und um sicherzugehen, dass sie es verstanden hatte, fügte er ein weiteres „Nein" hinzu.

„Uff", stöhnte sie. „Gut!" Sie zerrte ihn in die Männertoilette, die mit einem ähnlichen Schild gekennzeichnet war, das aber dunkelrote Lederhosen zeigte. Sie zerrte ihn zum Waschbecken und hielt ihre eisumhüllten Hände unter den Wasserhahn, während ihre Beine die ganze Zeit wippten. Das fließende Wasser hatte keine Wirkung, außer dass es ihren Drang zu gehen, nun ja, noch dringlicher machte. „Was sollen wir jetzt tun?"

Crusty kam herein und hielt bei ihnen am Waschbecken inne, und obwohl sie nicht wussten, warum, fühlten sie sich beide wie Kinder, die sich schuldig fühlen, etwas getan zu haben, was sie nicht hätten tun sollen. „Crusty!", keuchten sie beide.

„Miss Kane?" Crusty beäugte sie überrascht, denn es war schließlich die Herrentoilette. Er kratzte sich an dem dünnen weißen Haar auf seinem Kopf. „Und Jack Krumpus?"

Jack verzog das Gesicht. „Krumpus?"

„Das ist der Name an deiner Tür, oder?" Crusty bemerkte das Eis und gluckste vor Aufregung. „Ah! Dauer-Schwur. Plant ihr eine große Verschwörung?"

Candi platzte mit „Ja" heraus, als Jack „Nein" rief – doch dann fing er schnell ihren Blick auf und korrigierte sich. „Ich meine, ja."

Candi hob ihre Hände so, dass Crusty sie sehen konnte. „Wie machen wir das rückgängig?"

„Ein Dauer-Schwur? Oh, nein", klatschte er. „Ein Dauer-Schwur kann nicht rückgängig gemacht werden."

„Nicht der Dauer-Schwur", erklärte Jack. „Das Eis."

„Oh! Nun, das kommt darauf an." Crustys tiefe, mürrische und doch helle und alte Augen huschten zwischen ihnen hin und her. „Wer hat den Schwur geleistet?"

„Ich", gestand Jack auf eine Art und Weise, die sich anfühlte wie … nun ja, wie ein Geständnis. Warum hatte er das Gefühl, dass das Eis eine Lüge aufgedeckt hatte?

„Jack, du hast Candi ein Versprechen gegeben?" Jack nickte. Crusty wandte sich an Candi. „Und, Candi, akzeptierst du die Bedingungen dieses Versprechens?"

„Das tue ich", nickte sie.

„So, jetzt", klatschte Crusty, als das Eis schimmerte und schmolz. Er gab ein schwaches Ho-Ho-Ho von sich, um den Zauber zu würdigen. „Die Sache ist vollbracht."

Damit stürzte Candi in eine Kabine und schlug die Tür zu. „Danke!", rief sie.

Crusty schaute sich um und dann hinunter zu Jack. „Ich bin doch richtig, oder?"

In dieser Nacht wurde Jack unruhig, als er über die Bedeutung des Dauer-Schwurs nachdachte. Er wollte Candis Gefühle nicht verletzen, aber er gehörte einfach nicht zum Nordpol … egal ob der Krampus existierte oder nicht. Er stieg aus dem Bett und ging durch die schwach beleuchteten Flure entlang. Aber es wird schon gut gehen, dachte er. Der Krampus *ist* echt. Jack wusste, dass er es sein musste. Und Jack hatte die Unartigenliste … also war er sicher, dass er sein Weihnachtsdämonen-Idol finden würde. Aber was, wenn nicht? Einen Dauer-Schwur kann man nicht rückgängig machen. Oder doch? Alles, was sie bisher über Dauer-Schwüre wussten, besagte das Gegenteil.

Die berühmteste Fabel, die sie je zu diesem Thema gelernt hatten, war die Geschichte *Der bedürftige Elf und der Schneemann* aus *Dingles Dutzend* – einer Sammlung von Bartholemus Dingles Lieblingsgeschichten, die vor langer Zeit geschrieben wurde und die alle Elflinge während ihrer ersten Schuljahre lesen mussten. Jack konnte sich nicht mehr an den genauen Wortlaut erinnern, aber er erinnerte sich an die Lektion, um die es in den Fabeln ging. Es ging um einen Elfen, der sich in einem Schneesturm verirrte und tagelang im Kreis lief. Müde, hungrig und frierend war er froh, als er über einen Schneemann stolperte, denn derjenige, der ihn gebaut hatte, war bestimmt in der Nähe. Noch mehr Glück hatte er, als er feststellte, dass der Schneemann lebendig war und sprechen konnte! Der Elf sagte dem Schneemann, er müsse ihm seinen Schöpfer zeigen, und der Schneemann stimmte zu, sagte aber, dass auch er Hilfe brauche. Er brauchte zwei Goldstücke vom Elfen, der kein Geld bei sich hatte, aber log und sagte, er hätte welches. Er gab einen Dauer-Schwur, dass er ihm zwei Goldstücke geben würde, wenn der Schneemann ihm seinen Schöpfer zeigen würde. Sie gingen eine ganze Weile zusammen, und unterwegs sagte der Elf dem Schneemann, dass er seine Mütze, seinen Schal und seine Handschuhe brauche, denn dem Elfen war kalt, und da er aus Schnee war, hatte der Schneemann es nicht nötig, sich warmzuhalten. Der Schneemann gab ihm, was er brauchte. Später sagte er dem Schneemann, dass er seine Karottennase brauche, denn er hatte Hunger, und ein Schneemann brauchte keine Karottennase, weil er nicht riechen konnte. Der Schneemann gab ihm, was er brauchte. Als es Nacht wurde, sagte der Elf, dass er die Kohleaugen und die Zweigarme brauchte, denn er musste ein Feuer machen. Und ein Schneemann hatte ganz sicher keinen Bedarf an Kohle und Ästen. Der Schneemann gab ihm wieder, was er brauchte. Der Morgen kam und die Sonne ging über einem kleinen Dorf in der Ferne auf. Der Elf bedankte sich bei dem Schneemann für seine Hilfe und machte sich aus dem Staub.

„Aber, warte!", rief der Schneemann. „Meine Goldstücke?"

Der Elf lachte. „Ein Schneemann braucht sicher kein Gold!" Und als er sich wieder in Richtung des Dorfes drehte, wirbelte ein kalter Wind um ihn herum und er verwandelte sich in einen Schneemann, dem Abbild dessen, den er gerade betrogen hatte! Der Schneemann schmolz jedoch dahin und enthüllte einen Elfen in zerlumpter und nasser Kleidung.

„Ich brauche deine Goldstücke nicht mehr", sagte der Elf, der eine Handvoll Münzen aus seiner Tasche zog. „Ich hatte die ganze Zeit Geld, aber weißt du … ein Schneemann braucht sicher keine Taschen."

Der Elf, der sich in einen Schneemann verwandelt hatte, schaute erstaunt über seine missliche Lage. „Aber du hast doch gesagt, du würdest mir deinen Schöpfer zeigen!"

„Mein Freund", sagte der Jetzt-Elf, und tätschelte ihm die Stelle, wo seine Schulter gewesen war. „Ich habe mich selbst kreiert. Als ich einen Dauer-Schwur brach." Dann lachte der Elf und rannte ins Dorf, um sich eine warme Mahlzeit und ein bequemes Bett zu kaufen, da ja der Schneemann-Fluch gebrochen war und er solche Dinge nun brauchte.

„Vielleicht kann ein Dauer-Schwur nicht rückgängig gemacht werden", überlegte Jack. „Aber würde ich mich dann in einen Schneemann verwandeln?" Er schnaufte. „Lächerlich." Sein Weg führte ihn aus den Schlafsälen heraus. Vorbei am Freizeitraum, wo ein paar Elfen Billard und Tischtennis spielten. Vorbei an der Turnhalle, wo Mickie auf einen verschwitzten Feliz aufpasse, der stöhnte, als sei das Gewicht, das er von seiner Brust stieß, das Unmöglichste, das man stemmen kann. Vorbei an der Cafeteria, vorbei am Eingang zu den Büros der Hauptzentrale, die nachts ganz leer und dunkel geradezu gespenstisch aussah. Sein Weg führte ihn schließlich in den Postbereich – eine lange Halle, die um diese Uhrzeit leer und schwach beleuchtet war und von Postfächern vom Boden bis zur Decke flankiert wurde. Jack ging zu einem der Schließfächer, kramte in seiner Tasche und holte seinen Schlüssel heraus. Als er seine Hand ausstreckte, begannen sich die Schließfächer zu verschieben – wie bei einem dieser Bilderrätsel, bei denen nur ein Quadrat fehlt und man nur ein Quadrat auf einmal verschieben kann, um das Bild zu erstellen. Die Schließfächer rutschten nach links, dann verschob sich eine Spalte nach oben, Schließfächer rutschten nach rechts, eine Spalte fiel nach unten, immer und immer wieder, bis Jacks Schließfach genau vor ihm landete. Der Schlüssel schoss ihm aus der Hand und in das Schloss. Er griff hinein, zog eine Schriftrolle heraus und erschrak, als er ein Augenpaar sah, das ihn von der anderen Seite seines Postfachs ansah. „Mist!"

Der Besitzer dieser Augen, der unter dicken weißen Augenbrauen lächelte, war der Postelf. „Jackie? Was bist du so spät noch auf?"

„Ich kann nicht schlafen."

ELF AUF ABWEGEN UND DER KRAMPUS

„Also machst du einen Spaziergang.“

Jack nickte. „Die Dunkelheit findet meinen Weg.“ Das Augenpaar kniff sich zusammen … okay, komische Geschichte. „Warum arbeitest du so spät?“

„Um diese Zeit des Jahres? Verzweifelte Kinder schreiben für dieses oder jenes. Sie versprechen, dass sie brav gewesen sind. Außerdem … hat der Weihnachtsmann deine Aufgaben erledigt.“

„Aufgaben?“ Die Augen nickten in Richtung der Schriftrolle. Jack öffnete die lange Schriftrolle und fand darin zwei Listen: „Unartig“ und „Artig“. „Artig?“, zuckte er zusammen und überlegte. „Verdammte Zuckerstange!“ Er flüchtete in die Dunkelheit, und zog die Schriftrolle wie eine aufgerollte Rolle Toilettenpapier hinter sich her.

Das Augenpaar huschte fragend nach links und rechts. „Jackie?“

Nach einer langen Nacht kam der Postelf endlich aus seinem Büro, das hinter den Postfächern versteckt war. Doch bevor er die Tür abschließen konnte, ertönte ein zirpendes, knirschendes Geräusch in der Dunkelheit. „Hallo?“, rief er, bevor er der Sache nachging. „Wer ist da?“ Als er den dunklen Flur betrat, leuchtete ein Paar roter, wütender Augen auf, gefolgt von weiterem Zirpen und einem unheimlichen, mechanischen Lachen. Er sprang zurück, entspannte sich dann aber, als ein Spielzeugroboter in das schummrige Licht watschelte. Er hob das Spielzeug auf und schaute es sich an. „Seltsam.“ Er war neugierig, weil es die Art von Retro-Spielzeug war, nach dem die meisten Kinder nicht mehr fragten – die Art von Roboter, der lief und zwitscherte und sonst wenig tat. Er sagte nicht das Wetter an. Er spielte keine Spiele. Er konnte nicht einmal sprechen. Abgesehen von seinen leuchtenden Augen hatte er eine runde Antenne auf dem Kopf, die sich drehte, während er lief; die Art von gruseligem Roboter, die nur Kinogänger in den 1950er Jahren erschrecken würde. Merkwürdig war, dass er allein durch die Flure ging. Merkwürdig, in der Tat. Jack nutzte den Moment, um sich aus der Dunkelheit herauszuschleichen und in das Postbüro zu huschen. Schnell ging er geduckt er hinein und tauchte unter einen Sortiertisch, falls der Postelf zurückkommen sollte. Das tat dieser auch, während er „Merkwürdig" murmelte.

Das Licht flackerte auf, als es angeschaltet wurde. Der Postelf ging direkt dorthin, wo Jack sich versteckt hatte, und legte das Spielzeug auf den Tisch, direkt über Jacks Kopf. Er summte vor sich hin, während er zu einem Computer ging und eine Suche nach „Roboter, Retro" eingab, die er mit „50er Jahre Sci-Fi" ergänzte. Als die Suche abgeschlossen war, las er laut vor: „Randy Jones". Und einen Moment später: „Auf der Unartigenliste? Tja, das war's dann wohl. Vielleicht nächstes Jahr." Er kritzelte seine Notizen auf einen Zettel, klebte ihn an den Roboter und ließ Jack in der Dunkelheit zurück.

Jack wartete ein paar Minuten, um abzuwarten, dass der Postelf nicht zurückkam, und als er sich sicher war, kroch er unter dem Tisch hervor, schaltete das Licht an und machte sich an die Arbeit. Nach Durchsicht seiner eigenen Unartigenliste hatte er beschlossen, den Weihnachtsabend damit zu verbringen, durch die Vereinigten Staaten zu reisen, genauer gesagt durch den

Mittleren Westen und noch genauer gesagt durch die Vororte von Chicago, angefangen in einer bestimmten Stadt namens Algonquin. Jetzt musste er alle anderen Flieger- und Helfereinsätze finden, bei denen es Überschneidungen mit seinem Plan gab, und die unartigen Kinder von denjenigen stehlen, denen Jack sonst an Heiligabend über den Weg laufen würde.

Am Arbeitstisch neben dem Spielzeugroboter sitzend, begann er mit der Liste von Jingle und Winter, arbeitete die Namen der Unartigen ab und versuchte herauszufinden, wo sie Heiligabend ungefähr sein würden. „Oh, das wird bis nächstes Heiligabend dauern!", jammerte er. Am Ende stellte er fest, dass Jingle und Winter Island, Grönland und Nordeuropa zugeteilt werden. Er seufzte und versuchte, einen schnelleren Weg zu finden, um alle Listen durchzugehen, aber der Spielzeugroboter lenkte ihn immer wieder ab.

Hätte der Postelf nachgeschaut, hätte er *J.R.* unter dem rechten Fuß gefunden. Jacks Initialen. Jacks Spielzeug. Nicht, dass er immer noch damit spielen würde, aber dieses Spielzeug hatte einen bittersüßen sentimentalen Wert. Der Roboter brachte ihm das Abzeichen „Elektrisches Spielzeug – Stufe Eins" für die Elfenbrigade ein. In diesem Sommer arbeiteten er und die anderen Elfen mit Crusty zusammen, um zu lernen, wie sie ihre Fähigkeiten zur Herstellung von Spielzeug über die einfachen Holzspielzeuge, Plüschtiere und sonstige Freizeitunterhaltung hinaus verbessern konnten. Am Ende des Semesters mussten Crustys Schüler ein einfaches elektrisches Spielzeug bauen, um ihre Abzeichen zu erhalten. Viele entschieden sich für ferngesteuerte Autos und Flugzeuge. Andere wählten animierte Welpen und Puppen, die Purzelbäume schlagen konnten. Ein Hauch von Jacks innerer Dunkelheit kam bei seinem Roboterprojekt zum Vorschein: Der Dezimierer – ein retro-futuristischer Horror, der einst die Kinder in den Autokinos terrorisierte.

Die anderen Elfen hänselten ihn, während er bei dieser letzten Aufgabe Fortschritte machte. Sie sagten ihm, sein Roboter sei „zu gruselig" für Kinder und er würde sein Abzeichen nie bekommen. Aber Crusty sah etwas, was die anderen Elfen nicht sahen. Als er die letzten Projekte mit der Klasse besprach, verkündete Crusty: „Es ist keine leichte Aufgabe, die Dunkelheit und das Gruseln so zu gestalten, dass sie sich weniger dunkel und gruselig anfühlen." Er setzte das Spielzeug auf einer Tischplatte in Bewegung. Es watschelte, die bösen Augen leuchteten und es lachte sein unheimliches Lachen. „Und dieses Spielzeug", verkündete er, „ist gar nicht so dunkel und unheimlich." Er lachte über den Scherz, als sich die Antenne auf seinem Kopf zu drehen begann. Crusty gab Jack die besten Noten, die er geben konnte, und überreichte ihm sein Abzeichen. Jack war noch nie so stolz gewesen. Vielleicht war es auch aus Eifersucht. Vielleicht war es auch aus Angst, denn die Leute fürchten sich vor dem, was anders ist – egal, ob es etwas Gutes ist, wie die bestmögliche Note zu bekommen, oder etwas so Unbedeutendes wie ein Hauch von Dunkelheit in der Persönlichkeit -, aber das war das erste Mal, dass Feliz das Wort *Freak* benutzte. Die Klasse lachte, und plötzlich fühlte sich die Art, wie sie alle Jack ansahen, gewichtiger an als ein Blick. Als Crusty sah, wie Jacks glücklicher Moment in einem Augenblick ruiniert wurde, nahm er ihn zur Seite und sprach so, dass die anderen Elfen ihn nicht hören konnten. „Den meisten Elfen fällt es leicht, fröhlich und glücklich zu sein, Jackie. Aber einige von uns müssen dafür arbeiten. Und wir wissen nicht, warum. Aber sobald wir akzeptieren, dass es in Ordnung ist, dafür zu arbeiten, ist die Arbeit viel weniger … Arbeit." Crusty nickte mit einem Augenzwinkern und entließ Jackie mit den Worten „Gute Arbeit, Jackie", damit dieser über das Gesagte reflektieren konnte.

Jack berührte das Spielzeug, das leblos und inaktiv auf dem Tisch des Postelfen stand … wie uralt es sich anfühlte. Er rollte die Liste von Jingle und Winter zusammen, steckte sie zurück in das Postfach und ging weiter zu Tinsel und Holly. Doch als er sich wieder hinsetzte und den Roboter aus dem Weg schob, kam ihm ein Gedanke. Randy Jones stand auf der Unartigenliste. Und der Postelf hatte es aus dem Computer erfahren. Jack nahm die Liste mit zum Computer und tippte den ersten Namen auf der Liste ein – Elsa Nowak. Der Computer brauchte einen Moment und meldete dann, dass die zehnjährige Elsa aus Olsztyn in Polen, sich am meisten einen neuen Computer zu Weihnachten wünschte. Aber Elsa stand auch auf der Unartigenliste. Jack wünschte sich, er wüsste, was Elsa getan hatte, um dieses Jahr Kohle zu bekommen, aber das war für ihn eigentlich nicht relevant. Sie kam aus Polen, also konnte er die Schriftrolle von Tinsel und Holly zusammenrollen und zum nächsten Schritt übergehen.

Sunny und Evergreen deckten ganz Australien ab. Snowball und Pixie hatten Teile von Afrika. Noel und Jingles, Südamerika, zusammen mit Sugarplum und Ginger. Eine Suche nach Miguel Guerro war Jacks erster Treffer in den Vereinigten Staaten – Sirius und

Fornax. Er legte die Schriftrolle beiseite, um seine Suche fortzusetzen. Es verging eine Stunde, bevor es einen weiteren Treffer gab - Angel und Star Cookie. Als er bei der letzten Schriftrolle angelangt war, hörte er die Küchenelfen in der Cafeteria, die gerade zur Frühstücksschicht eintrafen. Er musste sich beeilen. Als er nach dem Namen Amy Doohan suchte, bekam er den letzten Treffer – Feliz und Mickie.

„Uff", stöhnte Jack. „Warum musste es ausgerechnet Feliz sein?" Er schnappte sich die Schere aus der Ablage auf dem Arbeitstisch, schnitt die Abschnitte der Unartigen der drei Listen ab und stopfte sie in sein Hemd. Dann schnitt er seine und Candis Artigen-Liste ab. Als er anfing, sie in drei Teile zu schneiden, fiel ihm ein, dass er sie dann dreimal mit Klebeband ankleben müsste – und darin war Jackie noch nie gut gewesen. Das Abzeichen „Geschenke verpacken – Stufe zwei" blieb ihm für immer verwehrt. Und so beschloss Jack, alle seine Artig-Kinder an den Elfen zu geben, den er am wenigsten mochte – Feliz.

Aber wenn es für Jack schon eine Herausforderung war, eine in Geschenkpapier eingewickelte Schachtel zuzukleben, dann war der Versuch, zwei Schriftrollen zusammenzukleben, nahezu unmöglich! „Verdammte Zuckerstange!" Feliz' Schriftrolle versuchte, sich zusammenzurollen, als er seine Unartigenliste am Ende ausgerichtet hatte und nach einem Stück Klebeband aus dem Spender griff. Und dann, wenn er dachte, es würde alles passen, zog er ein langes Stück Klebeband an, das sich zusammenrollte und sich verklebte, bevor er es auf die Schriftrollen kleben konnte. Dann musste er es von sich selbst lösen, nur damit es sich um seinen Arm wickelte. Dann beschloss er, jede Ecke der Schriftrollen mit Klebeband am Arbeitstisch zu befestigen, aber das führte nur dazu, dass die Schriftrollen zuschnappten und sich ineinander verhedderten. Als er dann versuchte, das Klebeband von den Ecken zu lösen, zerriss er das Papier und brauchte noch mehr Klebeband, um es zu befestigen. Als er fertig war, trug er überall Klebeband wie die Abzeichen der Elfenbrigade, die er nicht erreicht hatte. Feliz' Schriftrolle war chaotisch verklebt, und ein klebriges Durcheinander bedeckte den Arbeitstisch.

Der Geruch von Pfannkuchen und Würstchen ließ seinen Bauch knurren und erinnerte ihn daran, dass der Postelf sicher bald zurückkehren würde. Schnell räumte er den Arbeitstisch ab, rollte Feliz' Schriftrolle zusammen und kletterte auf die Podestleiter, um sie wieder in Feliz' Schließfach zu legen. Aber gerade als er sie hineinlegen wollte, begannen sich die Schließfächer zu bewegen – jemand holte seine Post ab! Und wer auch immer es war, konnte die leisen Schreie von Jack hören, der mit seinem Arm in Feliz' Schließfach steckte – den ganzen Weg hoch, den ganzen Weg hinüber, zurück nach rechts, ein paar Reihen hinunter, ein paar Spalten zurück nach links, hoch, hinüber, und als er den ganzen Weg hinunterfuhr – Beine und freier Arm herumschleudernd – knallte er auf den Boden und rollte davon, während sich die Schließfächer weiter bewegte.

„Oh", hielt er an sich und rollte sich zu einem Ball um seinen Arm zusammen, der von der unfreiwilligen Achterbahnfahrt brannte. Als er aber die Schlüssel im Schloss der Bürotür klappern hörte, sprang er auf, schnappte sich seinen Spielzeugroboter und seine Schriftrolle vom Arbeitstisch und versteckte sich vor einem müden und erschöpften Postelfen, der sich auf einen weiteren langen Arbeitstag vorbereitete, um dann hinter selbigem hinauszuschleichen.

Der Postelf schlurfte zu der Stelle, an der er den Dezimierer in der Nacht zuvor abgestellt hatte, und rieb mit der Hand über die leere Stelle, die übrig geblieben war... als ob er seinen Augen nicht trauen könnte. Er schaute sich um. „Merkwürdig.“

Jack stolperte in sein Zimmer und schlief sofort ein, als er mit dem Gesicht auf das Bett plumpste und ein Klopfen an der Tür ihn weckte. „Oh“, stöhnte er. „Verschwinde.“

Candi klopfte erneut. „Jackie?“ Er brummte und öffnete die Tür mit halb geöffneten Augen. „Was hast du getrieben?“, fragte sie.

Er schwankte einen Moment, bevor er antwortete. „Wie kommst du darauf?“

Zu seiner Überraschung öffnete sie die Schriftrolle mit ihren Aufgaben, die in zwei Hälften geschnitten waren. „Interessanterweise-“

Jack tastete nach seinem Hemd und sah sich in seinem Zimmer um. „Woher hast du das?“

„-Haben wir keine artigen Kinder! Und du …“ Sie hielt inne, um ein Stück Klebeband abzureißen, das an der Seite seines Gesichts klebte. „Du konntest nie dein Abzeichen für das Einpacken von Geschenken erlangen.“

„Ich habe mein Abzeichen für das Einpacken von Geschenken bekommen.“

ELF AUF ABWEGEN UND DER KRAMPUS

„Stufe *zwei*“, stupste sie ihn an.

Er hielt inne, ließ die Schultern hängen und schlurfte zurück zum Bett. „Ich wollte dieses Abzeichen nie haben.“

Sie folgte ihm hinein. „Du und Klebeband seid keine Freunde.“ Sie wartete darauf, dass er seine Taten beichtete, aber er ignorierte sie. „Jackie, wir müssen heute unseren Flugplan erstellen. Wie sollen wir das machen, wenn die Hälfte unserer Liste fehlt?“

Schließlich setzte er sich auf, sah an sich runter, riss ein Stück Klebeband von seiner Weste und klebte es Candi über den Mund. „Ich bin erschöpft. Ich habe die ganze Nacht damit verbracht, die Aufgaben von allen durchzugehen und nach Überschneidungen zu suchen.“

Sie löste das Klebeband von ihrem Mund. „Überschneidungen.“

„Ich habe *aus Versehen* die Unartigenliste gestohlen, aber es stellte sich heraus … dass alles digitalisiert ist. Der Weihnachtsmann hat allen Kinder artig und unartig zugeordnet, also musste ich die Listen sortieren. Wie sollte ich in einer *einzigen* Nacht an *alle* bösen Kinder herankommen?“

„Der Weihnachtsmann macht das“, sagte sie achselzuckend. „Und die artigen Kinder.“

„Ich konzentriere mich nicht auf die artigen Kinder, Candi. Nur auf die Unartigen. Und jetzt gehe ich nur noch in das Gebiet der Großen Seen. Mittlerer Westen. Aus irgendeinem Grund scheint es in den Vororten von Chicago eine höhere Konzentration von unartigen Kindern zu geben. Candi verzog das Gesicht … das ist seltsam. „Also musste ich die unartigen Kinder von allen anderen wegnehmen, die für dieses Gebiet eingeteilt sind."

Sie legte den Kopf schief. „Was hast du mit unseren artigen Kindern gemacht?"

„Ich habe sie neu zugeteilt", sagte er achselzuckend.

Drüben in der Cafeteria hatte sich Mickie gerade zum Frühstück hingesetzt, als Feliz mit ihrer Schriftrolle herbeieilte. Beide waren aufgeregt, weil sie ihre Aufgaben bekommen hatten. Feliz schnippte und es entfaltete sich eine auffällig zerrissene und mit Klebeband überklebte Liste, auf der der „Unartig"-Teil komplett fehlte und durch einen anderen „Artig"-Teil ersetzt worden war. Mickie hielt mitten im Kauen inne: „Was glaubst du, was hier passiert ist?"

5 - Frohe Weihnachten!

Als sich der Countdown-Kalender *Noch X Tage bis Heiligabend* endlich vom letzten Blatt löste, kamen nicht nur Schneeflocken am Ende der letzten Schicht heraus, sondern er schoss auch ein Feuerwerk durch die Halle. Brillant, dröhnend, festlich, mit verrückten weihnachtlichen Formen und Animationen – wie ein leuchtender Weihnachtsmannschlitten, angeführt von einem hellen roten Schein, der durch einen Schneesturm rast. Die Elfen jubelten und klatschten sich gegenseitig ab, weil sie ihre Arbeit gut gemacht hatten. Viele begannen die Weihnachtsfeier schon früh, indem sie in die Hütchenbar gingen, um eine Runde Pfefferminzbier zu trinken. Die eigentliche Party würde erst am Abend des ersten Weihnachtstages beginnen, wenn der Weihnachtsmann zurückgekehrt war und sich ausruhen konnte.

Da die Helfer und Flieger dieses Jahr alle mit anpackten, geriet die Tradition vor der Bescherung ein wenig durcheinander. Sobald der Jubel verklungen war, erschien der Weihnachtsmann auf dem Steg und lud alle zu einem besonderen *Frühstück mit dem Weihnachtsmann* ein.

Candi schob ihr Tablett durch die Essensschlange im überfüllten Speisesaal und stapelte ihr Frühstück auf –

Rühreier, Pfannkuchen, Speck und Würstchen … Ihre Aufregung über den bevorstehenden Tag hatte sie hungrig gemacht. Nicht nur hungrig, sondern richtig *hungrig* … als ob ein Stück Speck sie beruhigen würde. Als Mickie neben ihr stehen blieb und sie mit „Frohe Weihnachten" begrüßte, schaute sie ihn nur kurz von der Seite an, bevor sie den Gruß erwiderte.

„Frohe Weihnachten, Mickie Rooney", lächelte sie und hielt ihren Blick auf die Grütze gerichtet, die gerade angerichtet wurde.

„Wo ist dein Freund?", neckte er.

„Wo ist deiner?"

„Sehr witzig!" Mickie lachte. „Weißt du, was interessant ist? Feliz und ich haben keine unartigen Kinder auf unserer Liste."

„Wirklich?" Candi runzelte die Stirn. „Was du nicht sagst."

„Ich glaube, Jackie hat ein Chaos angerichtet."

Sie schob ihr Tablett weiter vor und überlegte, was sie am besten sagen sollte. Leugnen? Gestehen? Sie hatte beschlossen, dass Ablenkung das Beste wäre, aber dann öffnete sich ihr Mund und sie verriet sich „Was würde Jackie mit eurer Liste anfangen wollen?"

„Ich habe nie verstanden, was du in diesem Freak siehst."

Candi haute auf ihr Tablett, gerade fest genug, um sich anmerken zu lassen, dass er einen wunden Punkt getroffen hatte. Das war jedoch eine kleine Belohnung für Mickie. Jeder wusste, dass Jackie Rumpus ein wunder Punkt für Candi Kane war. Sie wandte sich von der Essenstheke mit roten Wangen ab, und war selbst bereit, ein paar Wunden aufzureißen. Sie beruhigte sich aber schnell und holte tief Luft. „Weißt du, Mickie Rooney, ich gebe nicht vor, Jackie zu verstehen. Aber so viel weiß ich. Er ist ein wahrer Freund. Der wahrhaftigste Freund, den ich je hatte. Und er ist gütig. Und sanft …“ Sie runzelte die Stirn und fügte wie zu sich selbst gesagt hinzu: „Wenn man harte Schale überwunden hat.“ Sie nickte dankend der Küchenelfe zu, der ihr eine kleine Schüssel mit Grütze reichte. „Er hat ein gutes Herz. Das ist wahrscheinlich mehr, als ich von dem sagen kann, der vor mir steht.“ Dann schaute sie auf und nickte. „Frohe Weihnachten, Weihnachtsmann.“

„Frohe Weihnachten“, erwiderte er. Mickies Augen wurden groß, als er sich umdrehte und zu dem missbilligenden Blick des Weihnachtsmanns aufschaute. Aber Mickie kam glimpflich davon, denn der Weihnachtsmannblick war alles, was er bekam. Der Weihnachtsmann runzelte die Stirn, nahm sein Tablett von der Küchenelfe und setzte sich zur Missus an den Ehrentisch, wo auch Crusty und andere Älteste und Lehrer saßen. Der Weihnachtsmann war so mit sich selbst beschäftigt, dass er sein Essen kaum anrührte. Er starrte in die Weite des Raumes und lauschte den Geräuschen ekstatischer Elfen, die sich angeregt miteinander unterhielten.

„Das Frühstück ist gleich vorbei, Schatz“, sagte die Missus und legte ihre Hand auf Crustys Arm, als sie sich wieder dem Weihnachtsmann zuwandte. Der Weihnachtsmann sagte nichts. „Wirst du deine Rede halten?" Immer noch nichts. „Nun, du könntest wenigstens aufhören, mich zu ignorieren."

„Ich ignoriere dich nicht", sagte er und nippte an seinem Kaffee. „Ich weiß nicht, was ich sagen soll. Ich möchte sie nicht erschrecken."

Sie klopfte ihm auf den Rücken und küsste ihn auf die Wange. „Dann erschrick sie nicht."

Er knabberte an einem Toast und überlegte. Die meisten der Elfen hatten den Nordpol noch nie verlassen. Und die Welt könnte in der Tat ein beängstigender Ort sein, dachte er besorgt. Er schaute sich im Raum nach Jack um und fand, auch etwas geistesabwesend wirkend, neben Candi. Schließlich seufzte der Weihnachtsmann, stand auf und wartete, bis sich der Lärm im Raum verzogen hatte. „Guten Morgen, alle zusammen." Er räusperte sich. „Und frohe Weihnachten."

„Frohe Weihnachten!", rief der Raum zurück, was den Weihnachtsmann zu einem Lächeln veranlasste.

„Dieses Jahr feiern wir Weihnachten ein bisschen anders. Und ich bin dankbar für die Begeisterung und den Enthusiasmus, den ihr alle gezeigt habt. Ich danke euch für eure Arbeit in der Spielzeugwerkstatt dieses Jahr." Er nickte und stieß mit seiner Kaffeetasse auf den Raum an.

„Hört, hört!", riefen die Elfen zurück und stießen mit ihren Bechern an.

„Einige von euch werden heute entdecken, wie groß die Welt ist." Seine besorgten Augen gingen zu den Fliegern. „Versucht, euch von Ärger fernzuhalten. Es geht nicht nur darum, nicht gesehen zu werden. Oder Flugzeuge zu meiden. Oder in Kriegsgebieten vorsichtig zu sein. Man weiß einfach nie, was hinter den Schornsteinen lauert, die man betritt." Die rosigen Wangen der Elfen erröteten. Ihre Augen weiteten sich. Und unter dem Tisch trat die Missus dem Weihnachtsmann ans Bein. „Oh!", zuckte er zusammen und drehte sich mit zusammengebissenen Zähnen zu ihr um. „Mein gesundes Bein!" Sie lächelte ihn mahnend an, und Gelächter erfüllte den Raum. Er drehte sich wieder zu den Elfen um, wobei er vor allem bei Jack innehielt. „Ja, nun, was ich damit sagen will, ist, dass es um die Kinder geht. Denkt immer daran, dass es bei unserer Mission nur um die Kinder geht."

Ein paar Elfen haben mitbekommen, mit wem er gesprochen hat. Feliz beugte sich vor und flüsterte: „Genau, Weichei."

Jack ignorierte ihn und sah dem Weihnachtsmann in die Augen, der seine Rede fortsetzte. Etwas Seltsames und Vertrautes fiel ihm in diesen Augen auf. Eine Dunkelheit vielleicht? Furcht? Auf jeden Fall Besorgnis. Der Weihnachtsmann wirkte in letzter Zeit weniger … Weihnachtsmann und vielleicht ein bisschen mehr wie er selbst. Egal, wo der Weihnachtsmann war, er war geistig immer irgendwo anders. Hatte er etwas anderes vor? Jack blinzelte ein wenig, ein Gedanke verdrehte sein Gesicht … *eine Intrige?*

„Erste Runde, antreten …" Der Weihnachtsmann schaute auf die Uhr. „Drei Stunden. Frohe Weihnachten!"

„Frohe Weihnachten!", riefen die Elfen. Viele standen auf, um ihre Tabletts zurückzubringen und sich auf das

Fliegen und Helfen vorzubereiten, oder in der Hütchenbar zum Feiern zu gehen.

In der Aufregung kehrten Jacks Gedanken zu seiner Mission zurück. Er lehnte sich zu Candi und flüsterte: „Ich muss fertig packen."

„Okay", lächelte sie, und ihr Glück machte ihn stutzig. Wie der Weihnachtsmann war auch sie an einem anderen Ort. Ein glücklicher Ort, aber sie hatte auch etwas geplant. „Komm zu mir, bevor du gehst."

Er runzelte die Stirn: „Aber … ich gehe … jetzt."

„Den Nordpol, meine ich." Und als er wegging, kicherte sie: „Trottel".

Später wartete Candi auf Jack an den langen Fenstern im Korridor zum Nordpol-Hauptquartier. Sie lehnte ihre Stirn an das kühle, erfrischende Glas und beobachtete, wie in der Ferne bei der Rentierscheune eine neue Runde Flieger startete. In der Stadt unter ihr herrschte rege Betriebsamkeit. Die Menge strömte aus der Hütchenbar in die etwas schummrige Taverne zum Nussknacker. Und mit jedem Flieger, der in die Luft ging, rief die Menge „Hurra!" Kesselkarts sausten hierhin und dorthin, und die Leute eilten zu verschiedenen Feiern in der Stadt. Und Candi sah mit einem breiten Lächeln zu. Es war ihr sogar egal, dass sie dieses Jahr nicht mitfeiern konnte, weil sie eine Helferin war.

Jack lenkte ihre Aufmerksamkeit wieder auf sich. „Candi?" Er klang ein wenig kleinlaut, traurig und doch aufgeregt. Seine Weihnachtsmannuniform war standardmäßig rot mit weißem Rand, wobei der Rand an den Enden leicht lila und schwarz eingefärbt war –

wie mit einem Filzstift. Auf den schwarzen Stiefeln prangten silberne Diamanten, die zu dem schwarzen Gürtel passten, der sich ebenfalls um seine schlanke Statur schlängelte, bis zu der Stelle, an der ein glänzender Totenkopf die Gürtelschnalle zierte. Statt der Weihnachtsmannmütze trug Jack seine Elfenmütze, bei der das Glöckchen nicht mehr bimmelte, sondern mit Teufelshörnern klapperte. Und auf seinem Hut saß seine Steampunk-Brille.

Candi betrachtete ihren Goth-Weihnachtsmann und biss sich auf die Unterlippe, um ihr Lächeln zu unterdrücken. „Hat der Weihnachtsmann dich gesehen?" Jack runzelte die Stirn und schüttelte den Kopf. „Das sollte besser so bleiben." Das Lächeln entwich ihr.

„Ich hoffe, dem Krampus gefällt es", lächelte Jack zurück und zeigte ihr etwas verlegen die Teufelsglocken. Dann erinnerte er sich und wurde aufgeregt. „Und wenn das zu subtil ist …"   Er öffnete seine Jacke und zeigte ihr seine Werkstatt-Weste, auf deren Rücken *Krampus* eingraviert war. Sein Lächeln wurde wieder zu einer peinlichen Grimasse, aber Candis Lächeln strahlte.

„Zu subtil?", schnaubte sie.

Seine Augen wölbten sich. „Zu aufdringlich?"

„Das glaube ich nicht." Sie rückte den Kragen seiner Jacke zurecht. „Hast du deinen Flugplan schon fertig?"

Er wedelte mit der Unartigenliste und hielt inne, gefangen zwischen seiner Traurigkeit und seiner Aufregung. „Ich schätze, das ist ein Auf Wiedersehen."

„Aham", lächelte sie.

„Ich meine", er schluckte. „Im Ernst. Endgültig."

„Ich weiß."

Jack wusste nicht, was er von ihrem Lächeln halten sollte. „Ich laufe weg. Wirklich." Ihr Lachen verblüffte ihn. Sie lachte natürlich, weil der Krampus nicht echt war … nur eine Geschichte, um unartige Kinder zu Weihnachten zu erschrecken. Jacks Mund stand offen und seine Lippen zitterten, als er nach seinen Worten suchte. „Ich werde dich vermissen", platzte er schließlich heraus, als ob er es nicht sagen wollte, aber die Worte entglitten ihm trotzdem.

„Wir sehen uns später."

„Candi?" Seine Verwirrung über ihre Stimmung quälte ihn so sehr.

„Du kannst einen Dauer-Schwur nicht rückgängig machen." Sie schüttelte den Kopf.

„Aber ich werde mit dem Krampus leben."

Sie nickte … aham. Doch dann wurde ihr Blick ernst und sie hielt inne, mit wachsender Unruhe in ihrem Bauch, bevor sie schließlich ihre Arme um Jack schlang und ihn küsste. Es war keiner dieser Hollywoodküsse, von denen sie schon lange geträumt hatte – nur ein einfacher Kuss. Ein süßer Kuss. Ein Kuss, der Jack wissen ließ, was sie einander noch nie gesagt hatten. Dass sie ihn liebte, war offensichtlich. Dass er sie liebte, hatte sie nie bezweifelt. Aber es wurde nie erwähnt. Nie in die Tat umgesetzt, abgesehen von ihrer Freundschaft. Der Kuss war eine Grenze, die sie in einem Jetzt-oder-Nie-Moment wie diesem überschritten haben wollte. Und Jacks große Überraschung und sein Lächeln ließen ihr Lächeln noch strahlender erscheinen. „Vielleicht kannst du einen Dauer-Schwur nicht rückgängig machen, Jackie. Aber vielleicht gibt dir das einen Grund, nach Hause kommen zu *wollen*.“

Jack blieb stehen und sah zu, wie sie in Richtung Nordpol-Hauptquartier davonging. Ihr Lächeln, das sie ihm entgegenblitzte, war das Hellste, was er im Blickfeld hatte. Sein Herz flatterte vor Freude, doch das machte die Last seiner Traurigkeit nur noch schwerer. Würde dies das letzte Mal sein, dass er sie sehen würde? Könnte ihre Freundschaft jemals wieder dieselbe sein, wenn er nach Hause zurückkehrte? Könnte an der Seite seines Idols Krampus zu arbeiten, ihm jemals wieder so viel Freude bereiten, wie er in diesem Moment empfand? Was war es, das ihn in einem solchen Moment des Glücks in Traurigkeit stürzen konnte?

Er schaute nach draußen zu den Rentier-Teams, die abflogen. Er schaute sich am Nordpol um, zu all den festlichen Elfen, die die Flieger anfeuerten. Auf die Kesselkarts, die vorbeiflitzen. Auf den verschneiten Campus, gemischt mit modernen Gebäuden und alten, traumhaften Häusern.

Eine Träne entwich ihm.

Was war so falsch an ihm? Warum gehörte er nicht hierher? Wie konnte er so sicher sein, dass er mehr zum Krampus dazugehörte als zum Pol? Warum konnte er nicht einfach ein fröhlicher, festlicher Elf sein, der mit allen in der Taverne feierte? Warum konnte er nicht einfach ein artiger Elf sein? Oder zumindest ein guter Elf?

6 - Das Problem, der Weihnachtsmann zu sein

Die Nacht war klar als Jack mit seinem Schlitten über den mondbeschienenen Lake Michigan raste und die Lichter der Stadt Chicago bestaunte. Die Kufen glitten nur knapp über die Wasseroberfläche und hinterließen Ringe in seinem Sog. Jack hüpfte auf die Füße und betrachtete die Autos, die den verschneiten Lake Shore Drive entlang rauschten.

„Candi!", rief er aus, als er in die Stadt flog und zu den Wolkenkratzern hinaufblickte. „Ich hätte nie gedacht, dass die Gebäude so groß sind! Größer als der Gelee-Berg!" Er flitzte zwischen den Gebäuden hindurch und steuerte auf den schwarzen John Hancock Tower zu. „Dünner als die Pfefferminz-Fälle!" Wie der Mond und die Lichter auf dem Glas schimmerten! „Und sie glitzern! Wie die Zwergmispel-Farm." Er drehte sich über eine ratternde Hochbahn hinweg und folgte ihrem Weg. „Und Züge fliegen durch die Stadt!"

„Jackie", rief Candi durch das Headset, aber in seiner Aufregung konnte er sie nicht hören.

Autos fuhren, auf kurvenreichen Straßen mit goldenem Licht, in alle Richtungen in die Stadt hinein und hinaus in die Vororte. „Und überall Autos."

ELF AUF ABWEGEN UND DER KRAMPUS

„Jackie."

Er nahm seine Mütze ab, kratzte sich am Kopf und genoss den kalten Windhauch, der durch seinen schwarzen Schopf fuhr. „Aber wenn alle den Weihnachtsmann erwarten, warum sind sie dann nicht alle in ihren Betten?"

„JACK!", rief Candi.

„Ah!" Er wich vor seinem Ohrhörer zurück. „Was?"

„Vergiss nicht, dass du auf einer Mission bist."

„Ach ja!" Er zog die Unartigenliste aus dem Sack des Weihnachtsmanns. „Als erstes … Randy. Randy Jones, du bist unartig gewesen. Was ist das?"

In diesem Moment erspähte Jack eine junge Frau, die erschöpft von der Hektik der Last-Minute-Weihnachtseinkäufer in ihrem Job im Einzelhandel auf der Michigan Avenue war. „Es tut mir leid!", wiederholte die Frau in ihr Telefon, schaute in beide Richtungen und wich dem Verkehr aus, als sie die Straße überquerte. „Der Chef hat mich nicht gehen lassen! Ich hatte nicht einmal Zeit, Geschenke zu besorgen." Das war teilweise eine Lüge. Sie warf einen Blick auf die Tasche mit dem einzigen, trostlosen Spielzeug, das sie für ihren Sohn finden konnte, und war enttäuscht darüber, wie sehr sie die Zeit in den letzten Wochen verstreichen lassen hatte. „Vielleicht finde ich in den nachweihnachtlichen Angeboten etwas, das ihm wirklich gefällt." Sie ging weiter in Richtung Bahnhof, Erschöpfung und Frustration zeichneten sich in ihrem Gesicht ab. „Ja, ich weiß, du hast heute Abend etwas vor. Ruf seine Tante an. Sie wird ihn holen. Ich brauche vielleicht noch eine Stunde." In diesem Moment rauschte ein kalter Wind die Straße hinunter und wirbelte Schnee um sie herum auf, der vom Boden aufgewirbelt wurde. „Wow!" Überrascht drehte sie sich um, als der Wirbelwind vorbeizog und der glitzernde Schnee wieder zur Ruhe kam. Sie schüttelte abwesend ihre Einkaufstasche und merkte, wie sie plötzlich schwerer wurde, nachdem sie auf mysteriöse Weise mit ein paar Geschenken gefüllt worden war, die ihrem Jungen gefallen würden. Sie schaute sich nach einer Erklärung für dieses kleine Weihnachtswunder um, aber sie sah nichts, nicht einmal Jacks Schlitten, der wieder hoch in den Himmel stieg. „Ich muss los", sagte sie abwesend in ihr Telefon. „Ich rufe meine Schwester an, sobald ich im Zug sitze."

Jack lächelte über die Verwirrung der Frau, als er die Zügel anzog. Er wusste nicht, ob ihr Sohn auf der Unartigen- oder der Artigen-Liste stand. Er sah nur eine gestresste Mutter, die versuchte, den Babysitter zu beruhigen, während sie an Heiligabend spät von der Arbeit nach Hause eilte. Sie würde nie erfahren, wer ihr die Spielsachen für ihren Sohn geschenkt hatte. Und sie würde auch nicht verstehen, dass die Geschenke eigentlich für sie waren. Ihre verwirrte Erleichterung darüber, dass ihr kleines Weihnachten auf mysteriöse Weise gerettet worden war, löste in Jacks Herz die größte Freude aus, die ein fast wahnsinniges, unkontrollierbares Grinsen auf sein Gesicht zauberte. Der Weihnachtsmann sein, dachte er. Daran könnte er sich gewöhnen.

Sein Rentier-Team zog den Schlitten in einem hohen Bogen, flog aus der Stadt heraus und raste in einen viel, viel ruhigeren Vorort, in dem es keine hohen Gebäude und fliegenden Züge gab. Aber was diese Stadt hatte, war eine Fülle von Weihnachtsstimmung. Immergrüne Bäume waren wie riesige Weihnachtsbäume beleuchtet, Eichenstämme waren in blinkende Lichtermatten gehüllt, rote und weiße Lichterkugeln baumelten von den Ästen, Sträucher funkelten in allen Farben. Riesige aufgeblasene Weihnachtsmänner wehten zusammen mit unzähligen Frosty dem Schneemann und Schneekugeln im Wind. Als Jack in eine dieser festlichen Straßen flog, gab es Zuckerstangen aus Plastik, Krippen mit leuchtenden Jesusbabys aus Plastik und eine Armee von Nussknacker-Soldaten. Ein Nachbar verteilte, offenbar aus Protest, silberne Metallstangen, *Festivus*, in seinem Garten.

„Da drüben!" Jack deutete auf Randys Haus an der Ecke und stöhnte, während er sich die stimmungsvolle Dekoration ansah. „Pfui. Als hätte der Geist der gegenwärtigen Weihnacht hier alles vollgekotzt."

Candi gluckste. „Was?"

„Kitschig, Candi …einfach…kitschig." Er stellte sich auf den Sitz und lehnte sich über die Kante des Schlittens, da einige weiße Holzstatuen von Rentieren seine Aufmerksamkeit erregt hatten. Ein paar Jugendliche hatten sie, eher un-weihnachtlich, in ziemlich unsittlichen Positionen aufgestellt, aber trotzdem fröhlich. Als er wieder nach vorne schaute, hatten seine Rentiere bereits begonnen, in die Schornsteinspitze zu wirbeln, wie Wasser in einem Trichter. „Wow!", rief er, aber es war zu spät.

Das Wohnzimmer von Randy war die perfekte Kulisse für einen Weihnachts-Werbespot – Strümpfe hingen am Kamin, ein geschmückter Baum stand in der Ecke – und überall gab es weihnachtlichen

Schnickschnack. Man könnte fast erwarten, dass eine Schar von Weihnachtssängern hereinkommt und von den wunderbaren Schnäppchen singen, die sie in den Läden gemacht haben. Aber da war nur eine grauschwarz gestreifte Katze, die schnurrte und sich im Schlaf streckte. Und ansonsten war es still …

POOF!

Rote und grüne Lichtblitze funkelten aus dem Kamin, wo acht winzige Rentiere und Jacks Schlitten herausschossen und in den Raum krachten. Der Raum unterlag. Fürchterlich. Möbel, Schnickschnack und der Baum flogen in verschiedene Richtungen … und weckten die Katze, die kreischend, wie eine Rakete abhob und irgendwo im Chaos des Baumes landete.

„Ah!" Jack atmete ein und ließ seinen Blick umherschweifen. Seine Rentiere warteten geduldig in ihren ordentlichen kleinen Reihen. „Ho-ho-ho." Eins nach dem anderen fielen drei Ornamente herunter und prallten an Jacks Kopf ab. Sein „Oh … oh … oh" wich einem „Au!", als der Stern die Äste hinunterpurzelte und ihn vor den Kopf stieß.

„Jackie?", rief Candi. „Bist du okay, Jackie?"

Jack leckte sich über die Lippen, unsicher, was gerade passiert war. „Wusstest du, dass Rentiere durch den Schornstein fliegen können?"

„Was hast du gemacht?" Im Nordpol-Hauptquartier startete Candi eine App auf ihrem Computer, die Randys Haus in einem Wärmebild von oben zeigte. Ihre Augen weiteten sich, als sie die Rentiere im Wohnzimmer sah. In anderen Räumen konnte sie den schlafenden Jungen und seine Eltern sehen … die dabei waren, aufzuwachen. Ihr Atem stockte, als sie sah, wie sich die Familie hin und her wälzte und schließlich wieder einschlief.

„Ich habe nicht aufgepasst!", sagte Jack. „Was soll ich tun?"

„Schick sie wieder hoch!"

Jack klopfte ihnen leicht mit den Zügeln auf den Rücken. „Äh …los?" Die Rentiere drehten sich langsam zu ihm um und warfen ihm einen Blick zu, der Jack eindeutig fragte, ob er durchgedreht sei. Jack warf fast sein drahtloses Headset weg, als Candis Vorschlag kam, den Weihnachtsmann zu holen. „Nein! Hol nicht den Weihnachtsmann! Ich habe ihm versprochen, dass ich aufpasse."

„Du hast *nicht* aufgepasst."

„Genau mein Problem! Hol. Nicht. Den. Weihnachtsmann!" Er schnaufte. „Ich weiß! Striezel es!"

„Striezel es?" Candi öffnete einen Webbrowser. „Was soll ich striezeln – Rentiere entfernen?" Mickie drehte sich mit einem neugierigen Blick zu ihr um, aber sie war zu beschäftigt, um sich um ihn zu kümmern. In ihrem Browser öffnete sich eine Suchmaschinenseite zu *Striezel* – deren Softwareentwickler eindeutig vom Nordpol waren. Sie tippte „*Rentierentfernung*" ein und ging die Resultate durch. „Rentierkot von den Stiefeln entfernen … Rentier von den Dächern … Rentiereintopf? Ah!" Sie klickte auf einen Link. „Rentierentfernung", keuchte sie.

„Was?!"

„Oh!" Sie tippte sich an die Stirn und kniff die Augen zusammen. „Ungesehen machen! Ungesehen machen! Ungesehen machen! Das ist einfach eklig. Nehmen wir mal an, du bist der Erste, der Rentiere in einem Haus landet."

„Juchhu!", kam durch das Headset zurück.

Candis Augen verengten sich. „Konzentrier dich, Jackie!"

Im Wohnzimmer von Randy schirrte Jack sein Rentier-Team ab. „Nein, es ist ‚juchhu', ich hab's! Durch den Schornstein kriege ich sie nicht wieder hoch, aber durch die Haustür schon!"

„Sie werden nicht passen."

„Zu zweit werden sie das nicht."

Gerade als er das letzte Tier seines Teams abgeschirrt hatte, sprang die Katze vom Baum und stürzte sich auf das Hinterteil eines Rentiers, das daraufhin brüllte und bockte und alle anderen Rentiere in Aufruhr versetzte. Sie flogen. Sie hüpften. Sie sprangen und stürzten.

Weihnachten hatte den Raum zerstört.

Entsetzt beobachtete Candi, wie sich die Wärmebilder der Rentiere verteilten, und ihre Augen huschten über die App. „Oh, oh, oh!" Sie bedeckte die App mit ihrer Hand, verzog das Gesicht zu Mickie und als sie dann unter ihre Hand schaute, keuchte sie: „Jackie!" Denn der zehnjährige Randy war endlich aufgewacht, als er Jacks Aufregung im Wohnzimmer hörte ... aber Jack war zu beschäftigt, um sie zu hören.

ELF AUF ABWEGEN UND DER KRAMPUS

Randy gähnte und streckte sich, rollte sich auf die
Seite und verhedderte sich in den Decken seines
Raumschiffbetts. Sein ganzes Zimmer war wie eine
Szene aus einem Science-Fiction-Film eingerichtet. Sein
Schreibtisch und sein Stuhl sahen aus wie eine Konsole
aus dem Raumschiff Enterprise. Seine Kommode hatte
die Form eines Druiden, der sogar leuchtete und
Geräusche machte, wenn er die Schubladen öffnete.
Der orangefarbene Teppich war wie ein außerirdisches
Terrain mit Kissen mit Steine-Motiv übersät, die überall
verstreut lagen. In den Regalen stand seine wertvolle
Sammlung – Dutzende seiner Lieblingsroboter – gut
und böse – aus den verschiedenen Galaxien seiner
Lieblingsfilme. Randy sprang im Bett auf:
„Weihnachtsmann!"

Randy wusste nicht, dass er dieses Jahr einen Platz auf
der Unartigenliste verdient hatte. Er war sich sicher,
dass der Weihnachtsmann ihm dieses Jahr den
Dezimierer-Roboter aus dem Kinofilm „*Mars Mutanten*"
aus den 1950er Jahren bringen würde. Wenn er den
Dezimierer bekäme, wäre er glücklich. Nun, sein Glück
würde mindestens eine Woche anhalten, vielleicht sogar
zwei! Aber dann müsste er sich unbedingt Dezimierers
Robo-Kumpel Golan Brink holen. Und dann würde
natürlich Randys ganzes Glück davon abhängen, dass er
diesen einen … letzten … nächsten … Roboter
bekommt. Er musste sicherstellen, dass es der
Weihnachtsmann in diesem Jahr hinbekam, denn im
letzten Jahr hatte er sich den Dezimierer gewünscht,
aber nur eine Druiden-Actionfigur aus einem aktuellen
Film erhalten, die noch in der Verpackung war und von
dem Schauspieler, der ihn in dem Film spielte, signiert
wurde.

Randy kroch aus dem Bett und stolperte vorsichtig den Flur hinunter, wo Jacks Unruhe lauter wurde. Krachen. Klopfen. Zerbrechendes Glas. Und dann rief Jack: „Flucht nach vorne!"

Candis Stimme rauschte durch die Kopfhörer. „Du hast ein Kind auf sechs Uhr!"

„Auf was?"

„Auf sechs Uhr. Hinter dir!"

Jack drehte sich gerade um, als ein fassungsloser und ehrfürchtiger Randy den Raum betrat. Ein Rentier galoppierte durch die Luft, umrundete die Ecken des Raumes und blieb kurz vor den Augen des Kindes stehen, als Jack durch den Raum schnellte. „Randy Jones, du hast …"

Und damit fiel Randy in Ohnmacht.

„Verdammte Zuckerstange!", rief Jack. „Ich bin nicht dazu gekommen, meinen Satz zu sagen."

„Du hast acht Rentiere herumschwirren." Auf der Striezel-Seite vor Candi begann eine Banneranimation. „Mach dir keine Sorgen wegen der Warteschlange." Ein verpixelter Weihnachtsmann hüpfte über das Banner und legte Geschenke unter den Baum. Candis Augen weiteten sich vor einer Idee. „Dein Weihnachtsmann-Sack!"

„Was ist damit?"

„Fang die Rentiere damit ein!"

Jack schnappte sich den Weihnachtsmann-Sack vom Schlitten. „Genial!" Er sprang hoch vom Schlitten und klammerte sich an das Geweih eines Rentieres. Er zog ihm den Sack über den Kopf und das Tier verschwand darin. „Nur noch sieben!"

Gerade als Candi murmelte: „Die Eltern auf ..." wurde Jack von Randys Vater aufgeschreckt, der mit der Mutter am Flurende stand.

„Was zum ..." Der Vater begutachtete das völlig zerstörte Zimmer – Möbel und alles – inmitten von wimmelnden Rentieren und ihrem Kind, das ohnmächtig zu ihren Füßen lag.

„Zehn Uhr", fuhr Candi fort. Jack konnte praktisch hören, wie ihr Kopf auf den Schreibtisch krachte.

Jack sprang auf, streckte die Handflächen nach außen und flehte: „Würdet ihr bitte einfach weiterschlafen?" Und zu Jacks Überraschung schoss aus jeder seiner Handflächen ein glitschiger, leuchtender Schneeball und traf die Eltern mit einer glitzernden, nassen Explosion mitten auf die Stirn. Sie fielen sofort auf den Boden und schliefen fest ein. Erstaunt schaute Jack auf seine Handflächen. „Wow! Candi ... wusstest du, dass wir auch außerhalb des Nordpols Superkräfte haben?"

„Was?"

Jack hatte eine Idee. Er drehte seine Handflächen auf die Unordnung des Wohnzimmers. „Rückgängig machen." Und als sich nichts rückgängig machen ließ, schnippte er „Verdammte Zuckerstange!" Aber dann kam ihm eine andere Idee. Er schoss einen leuchtenden Schneeball auf eines seiner schwebenden Rentiere. Das von ihm getroffene Rentier schlief sofort mit ausgestreckten Beinen ein und taumelte selig und sanft durch die Luft. Jack lachte und begann, sie alle in den Schlaf zu wiegen, indem er über die Möbel hüpfte und

leuchtende Schneebälle warf. „Schlaft! Schlaft! Schlaft!"
Ein aufgeregtes Rentier jedoch wich einem Schlafball
aus, sprang über Jack hinweg und verschwand im
dunklen Flur. „Oh, Mist!"

Ein paar weitere Schlafbälle ließen das Wohnzimmer
still werden. Einige Rentiere waren auf den Boden
gefallen, andere schwebten und prallten wie pelzige
Luftballons mit Geweih sanft voneinander und von den
Wänden ab. Jack sah sich im Zimmer um und seufzte.
„Candi? Ich habe ein Rentier verloren."

Candi scrollte durch die Anzeige der Thermo-App
und sah, wie ein Geweih in Randys Zimmer Regale
umwarf. „Den Flur entlang. Die erste Tür auf der linken
Seite."

Jack trat vorsichtig in die Dunkelheit und hörte ein
Geräusch hinter der ersten Tür zu seiner Rechten.
„Hier, hier, Rentier, raus in die Freiheit", rief er. Und als
er die Tür öffnete, rief Candi, dass sie links und nicht
rechts gesagt hatte. Ein großer, hechelnder
Bernhardiner stürmte heraus. Jack schrie auf, rannte
und stolperte zurück ins Wohnzimmer. Jack schoss
einen Schlafball, und der Hund brach zusammen. Der
Schwung, den er hatte, warf ihn direkt auf Jack, der
unter dem Gewicht des Hundes nach Luft rang.

„Jackie?", fragte Candi. „Bist du okay?" Aber die
einzige Antwort, die er gab, war sein schweres Atmen.
„Jackie?"

Die schweren Atemzüge hörten auf, denn er hielt sich
den Mund zu und versuchte, den Sabber zu vermeiden,
der auf sein Gesicht tropfte. Er drückte mit den
Händen. Er drückte mit den Beinen und als er
schließlich unter dem Biest hervorkroch, jammerte er:

„Blödeste. Superkraft. Die es gibt." Er dachte, der Kampf sei vorbei, aber dann sprang die Katze hinter der Couch hervor und griff die Teufelsglocke an Jacks Hut an. Jack kreischte, wirbelte herum und stieß gegen die Wand. „Ach, man!" Schließlich riss er den Hut ab und schleuderte die Katze quer durch den Raum. Völlig zerzaust schnaufte Jack und stöhnte. „Der Weihnachtsmann kann seinen Job nehmen und …"

Im Hauptquartier am Nordpol trat der Weihnachtsmann hinter Candi und erschreckte sie, als er fragte: „Ist hier alles in Ordnung, Candi?" Aber natürlich war nichts in Ordnung. Jacks Ausraster ertönte aus dem Headset und sagte dem Weihnachtsmann, er könne sich seinen Job sonst wo hinstecken.

„Heilige Zuckerstange!" Candi sprang auf und straffte ihre Schultern und ihren Rücken. Sie riss das Headset ab und deckte die Ohrmuschel ab, wobei sie zusammenzuckte, als der Weihnachtsmann sie ermahnte.

„Ausdruck." Der Weihnachtsmann beugte sich vor und schaute auf ihren Monitor, während sie sich bemühte, die Wärmebild-App zu schließen. „Hat Jackie ein Problem?"

„Alles ist unter Kontrolle, Sir. Ich meine!" Sie richtete sich auf und drehte sich zu ihm um. „Uns geht es gut!"

„Wie viele Lieferungen bis jetzt?"

„Äh", sie schluckte. „Eine." Mickie kicherte. „Wir sind immer noch bei der ersten", sagte sie und blinzelte, als sie zugab, wie schlimm das klang.

„Er soll das Tempo anziehen. Wir haben nur heute Abend Zeit."

„Ja, Sir." Sie beobachtete ihn, wie er weiter durch die Reihe ging, gelegentlich an anderen Arbeitsplätzen innehielt und auf die Uhr schaute. „Der Weihnachtsmann sagt, wir sollen uns beeilen."

Als in Randys Wohnzimmer kein einziges durchgedrehtes Rentier mehr zu sehen war, stieß Jack einen schweren Seufzer aus. „Ich bin fertig. Ich bin fertig." Er warf den Sack über die Schulter, der nur so aussah, als wäre er mit Spielzeug gefüllt – und nicht mit Kohle, Jacks Habseligkeiten, einem Schlitten oder acht kleinen Rentieren. „Wir gehen jetzt."

„Hast du das verschwundene Rentier gefunden?", fragte Candi.

„Ja!"

„Hast du daran gedacht, Randy ein Stück Kohle in den Strumpf zu stecken?"

Als Jack die Tür öffnete, wehte ein kühler Wind über die Weihnachtskatastrophe – eine zertrümmerte Couch, zerschlagene Tische, zerbrochener Schnickschnack, ein kaputter Baum, Randy und seine Eltern, die auf dem Boden lagen. Jacks Augen begutachteten das Chaos und sein Herz klopfte vor Schuldgefühlen. Er musste daran denken, beim nächsten Haus besser auf die Landung zu achten. „Sagen wir einfach, äh, ja." Er trat nach draußen und schloss die Tür, doch dann kam ihm der Gedanke, dass Randy nie erfahren würde, dass der „Weihnachtsmann" ihn besucht hatte, wenn er kein Geschenk, oder in diesem Fall, einen Klumpen Kohle, hinterlassen hätte. Woher sollte Randy wissen, dass er von der Unartigenliste runter musste? Oder was wäre, wenn er wüsste, dass er auf der Unartigenliste steht und das zerstörte Zimmer für seinen Klumpen Kohle hält? Das wäre ja furchtbar; zu denken, dass man *so* unartig ist, dass der Weihnachtsmann das Wohnzimmer verwüstet, aber nicht einmal einen Klumpen Kohle dalassen kann. Er öffnete die Tür erneut, warf einen Klumpen Kohle hinein und schlug die Tür schnell wieder zu.

Der Kohlenklumpen fiel durch das Chaos, als würde er aus eigener Kraft purzeln. Die Katze beobachtete, wie er über den schlafenden Hund hüpfte, durch die zerbrochenen Bilderrahmen rollte, gegen das zersplitterte Tischbein prallte und schließlich vor dem Kamin liegen blieb. Nach einem kurzen Moment schoss ein einzelner Funke aus der Asche des Kamins, kurz darauf folgten weitere puffende Blitze, die eine Flamme entfachten. Ein Feuer wurde zum Leben erweckt. Ein schimmerndes Portal öffnete sich in den Flammen. Die Katze blinzelte und drehte ihren Kopf schief. Hinter dem Portal lag eine verborgene Welt aus Feuer und Schwefel, eine scheinbar endlose Felsengrube mit fliegenden Rengoyles – Rentieren mit Gargoyle-Köpfen und fledermausartigen Flügeln.

Der haarige Schatten des Krampus, mit seinen langen Hörnern, Ziegenbeinen und seinem schlitternden Schwanz, trat aus dem Kamin. Als er den verwüsteten Raum auskundschaftete, schnellte seine lange Zunge aus dem Maul und zog sich dann zurück. Die Katze kreischte, blähte sich mit einem Fauchen auf und floh dann über Randys Gesicht hinweg in die Sicherheit eines Schlafzimmers. Der wimmernde Schatten trat zum Fenster. Seine großen, klauenartigen Finger zogen die Vorhänge zurück, um zu sehen, wie Jack die Rentiere aus seinem Sack holte und sein Team wieder zusammenstellte. Ein unheimliches Kichern entschlüpfte ihm.

Randy stöhnte und erweckte die Aufmerksamkeit des Krampus auf sich aufmerksam. Der Schatten machte lange Schritte auf ihn zu und ging über zerbrochenes Glas, als Randy seine Augen öffnete. „Was …?" Er musterte die Gestalt vor ihm von Kopf bis Fuß. „Was zum Teufel bist du?"

Ein Korb wurde über ihn gestülpt. Randy kreischte. Und die tiefe, unheimliche Stimme des Krampus dröhnte: „Randy Jones, du warst unartig." Das *Unartig* ging in ein tiefes Kichern über. Der Korb des Krampus funktionierte ähnlich wie der Sack des Weihnachtsmanns. Er hatte zwar keinen scheinbar endlosen Innenraum, aber er hatte mehr Raum, als scheinbar möglich war. Ein dunkler Raum. Eng, wenn er mit Kindern gefüllt war, denn der Krampus wollte den bösen Kindern nicht mal einen winzigen Anschein von Komfort geben. Dünne Lichtstrahlen drangen zwischen den Korbflechten hindurch und trafen auf weinende Kinder, die in der Dunkelheit kauerten und sich dehnten, sich rauften und miteinander um die Flechten kämpften, um einen Blick in die Außenwelt zu erhaschen. Randy trat und schrie, schob sich über die anderen Kinder und griff unter dem Deckel hervor — nur damit dieser wieder auf seine Finger und seine Hand geschlagen wurde. Durch die Flechten sah er, wie der Krampus ins Feuer trat, und aus Angst, lebendig verbrannt zu werden, heulte Randy.

Randys Schicksal wäre jedoch nicht an dieser Stelle besiegelt, denn Kinder bei lebendigem Leib zu verbrennen, würde nicht der Mission des Krampus dienen. Als der lange Schwanz des Krampus durch das flammende Portal geschlittert war, schloss sich es sich, und das Feuer schwand und erlosch.

Draußen schickte Jack sein Team los, um *seine* Mission fortzusetzen. Dabei bemerkte er natürlich nicht, dass er sie gerade fast erfüllt hatte, als der Krampus direkt hinter ihm in Randys Haus zugange war. „Los, los, alle los!", rief er, als die Rentiere in den Nachthimmel emporstiegen.

Ein kurzer Moment der Ruhe lag mit einer Schwere in Randys Wohnzimmer.

Dann wehten zarte, frostige Windschwaden vom Schornstein herab und wirbelten durch den Raum, der sich auf magische Weise wieder herzustellen begann. Zerbrochener Schnickschnack setzte sich wieder zusammen. Der umgestürzte Baum richtete sich wieder auf, und die Ornamente hingen sich wieder zurück, wo sie hingehörten. Der Stern wirbelte nach oben, sprang über die Ornamente und Lichter und richtete sich in der Baumkrone wieder auf. Zerbrochene Möbel zogen sich zusammen und stabilisierten sich. Alle Dinge waren wieder unversehrt und heil. Die Schwaden wirbelten an Randys Eltern vorbei, hoben sie an und ließen sie zurück in ihre Betten schweben. Als sie wieder in die Betten lagen, drehten sich die Windschwaden und rauschten wieder durch den Schornstein nach oben.

Schließlich schwebte Randys Kohle vom Boden hinauf, um in seinem Strumpf zu landen. Am Ende schien es, als atmete Weihnachten erleichtert auf, weil es das Chaos im Haus von Randy Jones wieder in Ordnung gebracht hatte.

7 – So Lahm!

Nachdem er den Krampus bei seinem ersten Halt nur knapp verpasst hatte, kam Jack in einen Rhythmus, bei dem er in einem angemessenen Elfen-Tempo von Haus zu Haus flitzte. Candi beobachtete, wie der weiße Punkt, der Jack auf ihrer Radar-App darstellte, über den Bildschirm flimmerte, während sie nebenbei Eisbäris naschte – mit Schokolade überzogene Rosinen. Sie hatte sich gelangweilt und ihren Kopf aufgestützt, während sie den blinkenden Punkt beobachtete … bis er plötzlich aufhörte zu blinken.

„Was ist los, Jackie? Sieht aus, als wärst du langsamer geworden."

Im Wohnzimmer von Jeremy Donner nahm Jack seinen Elfenhut ab und kratzte sich am Kopf, denn auch ihm wurde langsam langweilig. Halbherzig warf er einen Klumpen Kohle in einen Strumpf und seufzte: „Jeremy Donner, du warst unartig." Er schaute sich im Zimmer um, in der Erwartung, dass sein Idol auftauchen würde, und begann sich zu fragen, wie der Krampus an Heiligabend unterwegs war. Hatte er einen Schlitten? Kam er wie der Weihnachtsmann durch den Schornstein? Und überhaupt, wo war diese Welt, in die er die bösen Kinder schleppte? Keine dieser Fragen war für Jack neu. Er hatte sogar den Weihnachtsmann schon darüber ausgefragt. Aber dieser wollte nicht darüber reden und sagte Jack, er solle sich weniger um den Krampus kümmern und mehr um die Spielsachen, die er eigentlich hätte machen sollen.

„Immer noch kein Krampus", meinte Jack bedauernd und schoss den Schornstein hoch.

„Ach was", sagte Candi und schlürfte an einem Frozen Moon. Obwohl sie mit sich selbst sprach, ärgerte es Jack, als sie noch „Er existiert nicht" hinzufügte.

Jack wusste natürlich, dass es den Krampus wirklich gibt. Ihm wurde jedoch klar, dass sein Plan, den Krampus zu treffen, nicht funktionierte. „Kannst du herausfinden, warum Jeremy Donner auf der Unartigenliste steht?" Während er hoch in den Himmel flog, scrollte Jack durch die Unartigenliste. Er konnte hören, wie Candi an ihrem Computer navigierte und die Tasten bediente.

„Keine Chance", antwortete sie schließlich. „Ich habe die Datei gefunden, aber sie ist passwortgeschützt." Sie schlürfte wieder an ihrem Shake. „Soll ich versuchen, mich einzuhacken?"

„Nein", seufzte er.

„Warum willst du wissen, was Jeremy getan hat?" Sie lauschte dem Schweigen von Jack, der gedankenverloren auf die Unartigenliste starrte. „Jackie?"

Plötzlich wurde Jack von der Aufregung gepackt. Er hüpfte auf den Sitz und freute sich über seine eigene Genialität. Fünf Kinder, sie wohnen nicht nur alle in der gleichen Seitenstraße, sondern stehen auch alle auf der Unartigenliste. „Emily, Kevin, Stephen, Ashanti und Micha … ihr wart alle unartig." Als er in Richtung ihrer Häuser schoss, lachte er: „Was habt ihr alle gemacht?"

Bis auf Micha waren die Kinder aus der Seitenstraße hellwach. Natürlich wartete keines von ihnen auf den Weihnachtsmann. Das wäre auch ziemlich lahm. Stattdessen spielten drei von ihnen ein Online-Videospiel über ein Mädchen namens Alice und ihre Missgeschicke in einem bizarren Kaninchenbau. Die Goth-Kids sprachen strategisch in ihre Headsets, wie sie die Monster mit seltsamen kleinen digitalen Waffen besiegen konnten, die sie bei der Erkundung ihres imaginären Wunderlandes eingesammelt hatten. Das Lösen von durchgeknallten Rätseln kamen ihnen an diesem Weihnachtsabend gerade recht, denn sie waren im Ungewissen darüber, dass ihnen ein ähnliches Schicksal in einem ganz anderen Kaninchenbau bevorstand, wenn sie nicht aufpassten.

Und das fünfte Kind? Das wäre Ashanti. Ash, wie sie lieber genannt werden wollte, ist inzwischen weniger Goth als ihre früheren Kumpels es nach wie vor sind. Sie klammerte sich auch nur noch an wenige Erinnerungen ihrer Freundschaft. An ihrem Armband baumelte ein Totenkopf-Anhänger, der ab und zu gegen ihren Schreibtisch klapperte. Lila Eyeliner und passender Lippenstift, der ihre dunklen Lippen noch dunkler machte, waren alles, was ihr wichtig war, um ihren Look zu erhalten. Sie hat sogar damit aufgehört, ihr Haar zu färben und zu glätten, und es wieder zu einem dicken, schwarzen Wuschelkopf werden lassen, den sie manchmal gerne seitlich zu zwei kleineren Zöpfen zusammenbindet.

Sie war sich ihres Schicksals bewusst. Zumindest dachte sie das. Das ganze Jahr über hatte sie sich darauf vorbereitet. Wie Jacks Zimmer war auch ihr Schlafzimmer eine Hommage an den Weihnachtsdämon. Nicht mit Postern, sondern mit Büchern über den Krampus und andere Weihnachtsmonster – unzählige, mit Eselsohren versehene Seiten, Zeichnungen und sogar alte Weihnachtskarten, die sie auf ihrer Kommode verstreut und dann auf dem Boden verschüttet hatte. Bis vorletztes Jahr hatte sie noch nie von ihm gehört, aber je mehr sie darüber nachdachte, desto sicherer wurde sie sich einer unangenehmen Sache – dass der Krampus von ihr gehört hatte. Falls sie recht hatte, hatte der Dämon eine Freundin von ihr entführt, die seit dem letzten Weihnachtsabend vermisst wurde, und Ash wollte sie zurückholen.

Anders als Jack vergötterte sie den Krampus nicht. In ihren Träumen hatte sie vage Bilder von ihm gesehen, wie er sie überragte; Bilder, die sie verfolgten wie ein lauerndes Raubtier auf Beute. Sie wusste, dass die flüchtigen Eindrücke echt waren. Sie fühlten sich jedenfalls real an, blieben aber so undurchsichtig, dass sie vielleicht nicht mehr als ein Hirngespinst waren, das im Dschungel ihres ruhelosen Geistes lauerte. Aber für alle Fälle hatte sie das ganze Jahr über recherchiert und sich vorbereitet, falls dieses Hirngespinst an Heiligabend sein hässliches Antlitz zeigen sollte.

Ash hatte eisblaue Augen; eine Anomalie, würde sie sagen, besonders angesichts ihrer dunklen Haut. Sie blinzelten groß und nervös durch ihre Steampunk-

Brille, die sie mit ziemlich starken Lupengläsern modifiziert hatte. Sie betrachtete die Details einer Hauptplatine, an der sie verzweifelt versuchte, ein Kabel anzulöten. Sie pustete in die Rauchwolke. „Ich hätte mit dem Peilsignal anfangen sollen", jammerte sie, bevor sie sich weiter vorbeugte, um sicherzugehen, dass der Draht fest saß.

Mhambi, eine ihrer Erfindungen, klackerte über ihren Schreibtisch und berührte mit einem Spinnenbein die Hauptplatine. Der kugelförmiger Körper, etwas größer als die Hand eines erwachsenen Mannes, war aus durchsichtigem Harz, damit Ash in das Innere schauen und die Computer- und Mechanikfunktionen überwachen konnte, wenn sie neue Funktionen hinzufügte und testete – wozu das neue Peilsignal, an dem Ash bastelte, *nicht* gehörte. Die Idee dazu kam ihr erst vor kurzem, nachdem sie einen Großteil des Jahres damit verbracht hatte, die Spinnenbeine und die Drohnenfähigkeiten hinzuzufügen. Davor war Mhambi nur ein wie ein herum rollender Roboterball. „Ich bin noch nicht fertig", scheuchte Ash die Spinne weg, aber Mhambi protestierte mit einem Zirpen und weiteren Klopfgeräuschen der Vorderbeine. Und als Ash ihre Erfindung mit einem Grunzen und einem sanften Schnippen ihres Handrückens abwies, fügte die Spinne ihrem Argument weiteres Zirpen und flackerndes rotes Licht hinzu. „Mhambi?!", stöhnte sie und lehnte sich in ihrem Stuhl zurück, um auf die Uhr auf ihrem Nachttisch zu schauen. „Scheint ein bisschen früh zu sein. Oder spät. Ich weiß es nicht." Es folgten weitere protestierende Pfiffe.

Ash seufzte und schnappte sich den Stecker für den Lötkolben von der Wand. „Ein ganzes Jahr der

Vorbereitung", ermahnte sie sich wieder einmal. Sie schnappte sich Mhambi von ihrem Schreibtisch, als sich ihre Beine in eine Kugelform zurückzogen. Sie warf sich den Rucksack über die Schulter, den sie mit Vorräten und weiteren Erfindungen vollgestopft hatte... alles, was ihr einfiel und ihr bei ihrer Mission helfen könnte. Alles, außer dem Peilgerät, versteht sich. Sie schlängelte ihren Arm gerade noch rechtzeitig durch den anderen Riemen, denn der Roboter hatte recht – ihr Abenteuer begann gerade erst.

Während Jack mit seinem Schlitten auf dem Dach von Kevin Mahoney stand, ertönte Candis Stimme in seinem Kopfhörer. „Was treibst du, Jackie?"

„Denk doch mal nach, Candi!" In seiner Aufregung waren Jacks Gedanken so klar, dass er vielleicht gar nicht mehr klar denken konnte. „Wenn der Krampus sich umherbewegt und ich mich umherbewege, dann ist er ein bewegliches Ziel." Er schnappte sich seinen Sack und sprang dann schnell von Dach zu Dach der Seitenstraße, verschwand durch jeden Schornstein und kam schließlich in Kevins Keller zum Halt. „Aber wenn ich stoppe", erklärte Jack, „wird *mich der Krampus* finden!"

„Und wie kommst du darauf, dass *der Krampus* diesem Kind nicht schon einen Besuch abgestattet hat?" Candi stellte ihre Frage so, dass Jack die Betonung und den Zynismus dahinter heraushören konnte.

Aber Jack beachtete sie nicht. Er schüttelte seinen Weihnachtsmann-Sack aus und schüttete fünf an Stühle gefesselte Goth-Kinder heraus. „Weil sie noch hier sind." Sie waren alle zwischen dreizehn und sechzehn

Jahre alt. Der schluchzende Micha, der wie Jack einen schwarzen Schopf hatte, war der Jüngste. Kevin, der Älteste, warf mit seinen stechenden Augen wütende Blicke durch den Raum. Emily und Stephen waren irgendwo dazwischen – launische Teenager, die mehr fasziniert als wütend oder verängstigt waren. Sie waren alle geschminkt, wenn auch in unterschiedlichem Ausmaß und auf unterschiedliche Art und Weise, so dass sie zwar alle einzigartig waren und trotzdem identisch aussahen: schwarzer Eyeliner, schwarzer Lippenstift, gepiercte Nasen, Lippen, Augenbrauen und Ohren, blasses Make-up; Emily hatte bunte Haare – schwarz, weiß, lila, dunkelrot, blau – und Kleidung, die zu einer lässigen Halloween-Party passte. Micha allein trug einen Schlafanzug … allein die Peinlichkeit machte seine ewige Traurigkeit noch schlimmer.

Ash trug natürlich keinen Schlafanzug … Sie hatte sich für ihr Abenteuer mit Wanderstiefeln, einer Cargo-Weste sowie Shorts eingekleidet, deren Taschen mit Snacks und Gadgets für alle Herausforderungen gefüllt waren, die auf sie zukommen würden. Natürlich durfte ihr Rucksack nicht fehlen. Ihre Lupenbrille saß auf ihrer Stirn und der Riemen lief um ihren schwarzen Haarschopf herum. Sie selbst war nicht überrascht, denn sie hatte sich auf diesen Moment vorbereitet und ihn erwartet. Er war nur ganz und gar nicht so, *wie* sie ihn erwartet hatte.

„Du bist nicht der Weihnachtsmann!", meinte Emily wütend, als Ash beiläufig bemerkte: „Du bist nicht der Krampus."   Emilys bunt gefärbte Haare, die wie ihre Gedanken sanft von einer dunklen Schattierung zur nächsten übergingen, flogen umher, während sie ihren kunterbunten Kopf schüttelte. Eine in sich fließende

Melancholie. Dunkles Blau ging in tiefes Rot über, dann in Violett und am Ende in Schwärze. „Wer bist du?"

„Ich bin niemand", antwortete Jack. „Wer bist du?"

„Emily Dickinson".

Jack runzelte die Stirn. „Du bist Emily Dickinson?"

„Du hast es gerade erwähnt." Sie rollte mit den Augen …

„Ich habe nichts erwähnt." Jack wurde schnell unruhig. „Ihr steht alle auf der Unartigenliste."

„Was?!" Sie drehte sich zu Kevin um. „Du hast gesagt, niemand wüsste davon."

Kevins wütende Augen schossen zwischen den Kindern hin und her. „Wer hat es ausgeplappert!?"

Mhambi rutschte aus Ashs Griff und rollte zu Jacks Füßen. Vier Beine blieben eingezogen, während die anderen vier gerade nach außen ragten. Winzige Propeller an den Enden surrten und drehten sich, die Spinne erhob sich und schwebte auf Jacks Gesicht zu. Jacks Augen weiteten sich vor Neugier und Faszination. „Faszinierend", sagt er. In diesem Moment sprühten violettfarbene Funken aus Mhambi und schossen um seinen Kopf herum. „Ah!!!", rief er. Er schlug mit der Faust auf die Spinne ein, die zu Boden stürzte, und drohte ihr mit einem Tritt, bevor sie schnell wegkroch und in Ashs Schoß hüpfte.

„Ich glaube, sie mag dich nicht", sagte Ash, als eine kleine, sich drehende, gezackte Klinge einen der Propeller ersetzte.

„Was ist das?", fuhr Jack sie an.

„Meine Freundin." Mhambi schob sich näher an das Seil heran, mit dem sie an den Stuhl gefesselt war.

Kevin stichelte: „Ihre einzige Freundin. Lusche." Daraufhin starrte Ash ihn drohend an.

„Haltet die Klappe!", rief Jack, nahm seinen Elfenhut ab und kratzte sich an den Seiten seines Kopfes. „Haltet die Klappe, haltet die Klappe, haltet die Klappe!" Er grunzte. „Der Krampus soll euch alle in die Hölle verschleppen. Ich will wissen, warum."

Micha wimmerte. „Krampus? Was ist ein Krampus?"

„Schon gut, Mhambi", flüsterte Ash. Die drehende Klinge zog sich zurück. Ash nickte und gab der Spinne zu verstehen, sich in den Rucksack zurückzuziehen. Jack war vielleicht nicht das, worauf Ash sich das ganze Jahr über vorbereitet hatte, aber der Krampus war es auf jeden Fall … und wenn Jack wusste, dass sie auf der Unartigenliste des Krampus stand, würde sie abwarten, bis der Dämon auftauchte.

Emily seufzte und wurde mürrisch. „Die Hölle ist leer. Alle Teufel sind hier."

Die anderen nickten alle zustimmend. Stephen setzte ein halbes Lächeln auf, so viel Lächeln wie erlaubt war. „Shakespeare. Der düstere Barde. Sehr cool."

Jacks Augen wurden groß. Mit fünf verschiedenen Versionen von sich selbst zurechtzukommen, war ganz schön anstrengend. „Ruhe!"

„War es das langweilige Straßenfest?" fragte Emily. „Ich wette, das war es. Verdammte Angeber."

ELF AUF ABWEGEN UND DER KRAMPUS

Kevin schnauzte sie an: „Lass es!" Jack bemerkte, wie schnell Emily nachgab. Als Micha wimmerte, richtete Kevin seine Wut auf ihn. „Sei nicht solch ein Emo."

„Ich bin kein Emo", schniefte Micha. „Ich glaube nicht einmal an den Weihnachtsmann!"

Jack keuchte. „Du glaubst nicht an den Weihnachtsmann!?"

„Ich bin Jude!", rief Micha, und obwohl das eigentlich als Erklärung ausreichen sollte, ging die Bedeutung an Jack vorbei.

Stephen wippte mit dem Kopf, um ein Wort visuell hervorzuheben, denn ihm waren die Hände gebunden. „Ich dachte, du glaubst nicht an *organisierte* Religion."

„Mitläufer", schoss Kevin hervor, und damit hüpfte Jack auf Kevins Schoß und sah ihn nachdenklich von Angesicht zu Angesicht an.

„Du bist der Chef hier, was? Haben alle Angst vor dir?" Jack bemerkte nicht Ashs *Ist klar* Grinsen, als er wieder herunterhüpfte.

„Lass mich gehen!" Kevin rüttelte an dem Seil. „Ich werde nach meinen Eltern schreien!"

Stephen lachte und fügte dann in seinem dramatischen, dunklen Tonfall hinzu: „Ein Schrei. Aus dem Abgrund der Verdammnis. Nach Mama und Papa!" Und dann steckte sein Lachen Emily an, die vor Lachen weinte.

„Schrei so viel du willst", sagte Jack. „Mama und Papa schlafen schon". Seine Finger zuckten, als er über weitere Schlafbälle nachdachte.

„Hört auf!", rief Kevin wütend und wieder bemerkte Jack, wie schnell die anderen auf seine Drohungen reagierten.

„Warum darfst du die Regeln machen?", fragte Jack, aber er wartete nicht auf eine Antwort. Ein Schlafball blitzte auf und schlug direkt auf Kevins Stirn ein, sodass Funken nach außen spritzte. Er zuckte zurück, kippte durch den Schwung so weit zurück, dass es die Stuhlbeine unter ihm wegzog. Er landete bewusstlos auf dem Rücken. Die anderen Kinder keuchten erschrocken.

Micha schniefte. „Du … du hast ihn umgebracht!"

„Faszinierend", staunte Emily. „Ultimative Befreiung."

Jack protestierte, während die Kinder weiterhin ihre tiefen, tödlichen Abgründe zum Besten gaben. Ash dachte im Stillen über ihre Pläne nach … Sie hatte sich auf so ziemlich alles vorbereitet, aber sicher nicht auf das. Die anderen Goth-Kids konnten sich nicht entscheiden, ob sie fasziniert oder entsetzt waren, dass Kevin tot war. Während sie ihre Schwarzmalerei fortsetzten, blieb Ash ruhig und rollte so verächtlich mit den Augen, dass es eine Erleichterung war, als Jack es endlich nicht mehr aushielt. „Argh!", schnauzte er. „Kein Wunder, dass der Weihnachtsmann mich hasst! Ja, ich habe Kevin getötet. Jetzt halt die Klappe und erzählt mir von dem Straßenfest, bevor ich richtig wütend werde!" Die Teenager rollten alle kurz mit den Augen … als ob. Doch dann hob Jack die Hand, als ein leuchtender Schlafball aus dem Nichts auftauchte und mit dem Raum unter ihnen verschmolz. Die Bedrohung durch ihren eigenen Schlafballtod erregte ihre

Aufmerksamkeit. Ash runzelte angesichts der Drohung nur die Stirn – für sie gab es für jedes Problem eine technische Lösung, aber das hier schien wirklich Magie zu sein.

„Das war alles Kevins Idee!", platzte Emily heraus und schüttelte den Kopf, um ihre langen Haare aus dem Gesicht zu bekommen. „Unsere Eltern haben uns gezwungen, zu dem Fest zu gehen. Was öde war."

Stephen erklärte, dass ihre Eltern sich alle wie beste Freunde verhalten, sich aber in Wirklichkeit nicht ausstehen können.

Emily seufzte: „Angeber. Wenigstens ist unser Hass ehrlich."

Ash schüttelte subtil den Kopf, aber nicht so subtil, um darauf hinzuweisen, wie dumm sie sie alle fand. Jack stampfte mit dem Fuß auf und flehte: „Können wir bitte einfach weitermachen?"

Stille herrschte unter den Goth-Kids, die sich mit ihren lila und schwarz umrandeten Augen anstarrten. Schließlich platzte Micha heraus: „Wir haben den Desserts mit Durchfallmedikamenten eine besondere Note verpasst!"

Emilys Schultern hoben sich in plötzlicher Traurigkeit. „Und dann haben wir die kleinen Kinder in die Hüpfburg gesperrt." Sie sprach in die Leere vor ihr. „Und bevor alle Durchfall bekamen, haben wir die Dixi-Klos zugeschlossen."

Stephen vergoss eine Träne, die eine schwarze Spur durch die blasse Schminke auf seiner Wange hinterließ. „Mrs. Hall hat an der Tür gerüttelt. Immer und immer wieder. Und dann rannte sie nach Hause. Eine Hand auf ihrem Mund, die andere auf ihrem Hintern."

„Sie hat es nicht bis ins Haus geschafft!" Micha schluchzte und schüttelte den Kopf. „Sie hat es nicht geschafft."

Stephen keuchte, eine Erinnerung schnürte ihm die Kehle zu. „Aber die Kinder in der Hüpfburg!" Die anderen sahen ihn alle traurig an. „Sie hüpften noch, als es losging. Sie haben versucht, durch die falschen Fenster zu entkommen, aber am Ende ist die Luft aus der Burg entwichen."

Micha schüttelte den Kopf. „Sie mussten herausgeschält werden."

Emily starrte auf den Boden, als ob der Schlamassel ihrer Erinnerungen dort verschüttet worden wäre und darauf wartete, weggewischt zu werden. „Manche hatten Glück." Sie schüttelte den Kopf und sah zu Jack auf. „Nur manche."

Mehr schwarze, tropfende Schlieren von Stephen. „Meistens wurde es eine Sauerei."

Schuldgefühle legten sich auf Emilys zitternde Lippen. Ihre tiefschwarzen Augenbrauen zogen sich traurig nach oben. „Und dann haben alle angefangen, sich zu übergeben."

„Der absolute Horror an beiden Enden!" Micha schluchzte.

Emily schüttelte den Kopf und schrie auf. „Ich habe mich in meinem ganzen Leben fast noch nie so schlecht gefühlt!"

ELF AUF ABWEGEN UND DER KRAMPUS

Endlich endete ihre Beichte, und es folgten keine düsteren Klagen darüber, wie die Last der Schuld auf ihren sterblichen Seelen lastete, sondern für einen Moment waren sie einfach nur Kinder. Schuldgeplagte Kinder, die sich schluchzend bei niemandem speziell entschuldigten. Diese wirklich reumütigen Kinder wussten nicht, was sie davon halten sollten, als Jack erst kicherte, dann lachte, schließlich schnaubte und dann hysterisch wurde, indem er die Beine übereinanderschlug und auf seinen Oberschenkel klopfte. „Ich mach mir in die Hosen!", lachte er unter Tränen. Die Goth-Kids schauten sich gegenseitig an. Sie schnieften. Ihr Schluchzen ließ nach. Stephen und Emily zwangen sich zu einem Kichern, und alle waren fassungslos. „Das ist ziemlich unartig", sagte Jack als er wieder zum Luftholen kam. Er dachte einen Moment nach. „Aber ich weiß nicht, ob das den Zorn des Krampus verdient hat." Er starrte Kevin an, der noch schlief und immer noch glaubte, dass ihr Geheimnis ein Geheimnis war, das wenig Bedeutung hatte. „Vielleicht bedeutet unartig für den Weihnachtsmann und den Krampus etwas anderes?"

„Es war wirklich nicht sehr lustig", brummte Ash Jack zu, bevor er die Goth-Kids anschnauzte. „Und übrigens! Jeder! Jeder weiß, dass du es warst. Also kannst du Kevin sagen, dass niemand *geredet* hat." Sie machte sich über Kevin lustig, indem sie mit großen Augen den Kopf schüttelte.

Jack trat auf sie zu. „Du hast nichts damit zu tun?"

„Nein", Stephen erklärte es einfach. „Sie ist eine Trantüte." Ash warf ihm einen Blick zu, der seinen Tonfall schnell korrigierte. „Kevin sagt, sie ist eine Trantüte. Eine Angeberin"

Jack war so sehr damit beschäftigt, herauszufinden, was es bedeutete, dass sie nicht Teil ihres Sommerspaßes war und trotzdem auf der Liste stand, dass er dem Geplänkel keine Aufmerksamkeit schenkte.

„Weißt du überhaupt, was ein Angeber ist?", fragte Ash. „Das ist, wenn du vorgibst, etwas zu sein, was du nicht bist. Ich habe mich nie als Goth bezeichnet, aber wir waren trotzdem befreundet." Emilys trauriger Blick wurde noch trauriger, als wollte sie damit sagen, dass es ihr leidtut, dass sie keine Freunde mehr sind. „Und nur weil Kevin ein Idiot ist, heißt das nicht, dass ihr alle Idioten sein müsst."

„Aber …" überlegte Jack. „Warum stehst du auf der Unartigenliste des Krampus?"

Und mit einem scharfen Blick erwiderte Ash: „Genau das will ich herausfinden."

8 – Verdammtes Elfen-Klischee!

Jack war natürlich nicht der einzige Elf, der an diesem Abend auslieferte. Im Gegensatz zu Jack und gerade wegen Jack lieferte Feliz an Heiligabend keine Kohle in irgendein Haus … nur Geschenke für die artigen Kinder. Doch im Haus von Amy Doohan fiel Feliz etwas Merkwürdiges auf. Nachdem er im Zimmer herumgewuselt war und die Geschenke unter den Baum gelegt hatte, stürzte er zum Kamin und fand dort nicht nur einen, sondern zwei Strümpfe – einen für Amy und einen für Sally.

„Amy?"　　　Feliz kratzte sich am Kopf und zog seine zusammengeklebte Schriftrolle mit den Artig-Kindern　　　hervor. „Ich habe keine Amy hier stehen", sagte er. „Nur eine Sally."

„Wie bitte?", fragte Mickie durch das Headset.

„Ich habe nur Geschenke für Sally mitgebracht. Eine Amy haben wir nicht auf der Liste."

Im Nordpol-Hauptquartier sah Mickie Candi stirnrunzelnd an. „Vielleicht steht Amy auf unserer Unartigenliste?" Candi bemerkte sein Stirnrunzeln mit einem Seitenblick und lenkte ihre Aufmerksamkeit mit den Schuldgefühlen in eine andere Richtung. Sie tippte auf der Tastatur rum und tat so, als wäre sie ahnungslos, während sie vorgab, beschäftigt zu sein. Sie fuhr sich mit den Fingern durch die Haare, um einen Strähnchen aus Blond und Grün als Barriere zwischen sich und seinem strengen Blick zu ziehen. Ihr Stapel an zerknülltem Snack-Papier und leeren Getränkedosen war so groß geworden, dass er über die Kante ihres Schreibtisches auf den Boden kippte.

„Wir haben keine unartigen Kinder", schoss Feliz zurück.

„Ich weiß, dass wir keine unartigen Kinder haben", schnauzte Mickie. Candi zuckte zusammen und klapperte schneller auf ihrer Tastatur herum. Doch trotz aller Seltsamkeiten an diesem Heiligabend und trotz des berechtigten Verdachts, der ihr entgegengeschleudert wurde, fand sie, dass dies eine unterhaltsamere Art war, den Tag zu verbringen, als Jack in die Hütchenbar auf einen Drink zu schleppen.

Feliz warf ein Geschenk unter den Baum. „Ich lasse ihr trotzdem ein Geschenk da. Ich muss weiter."

„Vergiss die Milch und die Kekse nicht", erinnerte Mickie ihn, denn das war ebenso eine der Aufgaben der Helfer.

Aber Feliz stieß an seine Grenzen … eine Grenze aus Zuckerplätzchen-Übelkeit. „Argh. Ich kann einfach keinen weiteren Keks mehr essen. Kein Wunder, dass der Weihnachtsmann so fett ist! Ich werde sie einfach mitnehmen."

„Lass unbedingt ein paar Krümel übrig, damit sie wissen, dass der Weihnachtsmann die Kekse gegessen hat."

„Wie können Krümel etwas bewirken?"

„Schau", sagte Mickie und blätterte in einer Art selbsterstellten Notizen. „Die Missus hat es in ihre Notizen geschrieben. Es ist Vorschrift. Es soll so aussehen, als hätte der Weihnachtsmann auch etwas Milch getrunken."

„Alter", brummte Feliz. „Weißt du, dass warme Milch richtig eklig ist? Ich nehme nicht einen Schluck mehr."

„Tu einfach so."

„Na gut! Ich könnte jetzt wirklich ein Pfefferminzbier gebrauchen."

„Und lass Krümel im Glas."

„Oh Mann!" Feliz hüpfte auf die Couch und ging zu den Keksen und der Milch, die auf dem Beistelltisch gestanden hatten. Doch zu seinem Entsetzen fand Feliz auf dem Tisch einen Zettel für den Weihnachtsmann, der von einem Elf On The Shelf hochgehalten wurde. Feliz schnappte nach Luft. „Ein verdammter Elf On The Shelf!" Feliz schnappte sich die Puppe. „Das ist ein beleidigendes Klischee!" Er würgte die Puppe und als er sein eigenes Spiegelbild sah, hielt er inne. Er betrachtete sein eigenes lächerliches Outfit – die elfengroße Weihnachtsmannmütze, die elfengroße Weihnachtsmannuniform, die elfengroßen Weihnachtsmannstiefel. Er flüsterte „Freak", als er die Puppe fallen ließ. Doch dann stieg eine seltsame Wut in ihm auf. „Ich bin ein Elf On The Shelf! Wie ein verdammtes Klischee!"

Jack hatte recht, dass sie alle Freaks sind. Und das brachte Feliz zu einem leichten Nervenzusammenbruch. Die Art von Nervenzusammenbruch, die mehr als ein oder zwei Pfefferminzbiere in der Taverne erforderte. Weil er sich darüber aufregte, dass er, wie der Elf On The Shelf ein verdammtes Klischee war, plünderte Feliz die Badezimmerschubladen nach Make-up, um Shelfie ein neues Gesicht zu verpassen. Die rosigen Wangen von Shelfie wurden blasser, der Eyeliner machte seine Augen strenger und ein dünner Ohrring zierte jetzt an seinem Ohr. Mit schwarzem Filzstift malte er „Krampus" auf Shelfies Rücken und versuchte, einige seiner Klamotten zu zerreißen, aber als er die Hose mit einer Zehennagelschere durchtrennte, stieß er auf Füllmaterial, das aus Shelfies Bein quoll. „Oh, das ist nicht gut", sagte Feliz und überlegte. „Aber nicht, dass du es nicht verdient hättest!" Schnell kramte er in den Schubladen des Waschbeckens, fand ein Nähzeug und flickte ihn mit ein paar Stichen zusammen. Dann kam ihm der Gedanke, dass sich Jack an seiner Stelle eine ordentliche Schnittwunde zugefügt hätte. Mit ein paar Nuancen Lidschatten, die er in die Wunde malte, mischte er Violett- und Grüntöne mit ein bisschen rotem Lippenstift, bis die Wunde richtig ranzig aussah. Als Feliz fertig war, sah er Shelfie an und dachte, dass das Einzige, was fehl am Platz wirkte, das stereotype Elfenlächeln war.

Sein Spiegelbild im Badezimmer lächelte nicht, denn es war Shelfie, der die Umgestaltung bekommen hatte. Feliz sah immer noch wie ein Klischee aus. Ihm wurde klar, dass es genau das war, wogegen Jack sich stemmte. Er nahm die weiße Puderquaste und zog sie langsam über seine Wangen, um die natürliche Röte zu verwischen. Der dunkle Eyeliner ließ seine Augen so wütend wie die von Jack erscheinen. Und ein eigenartig violettfarbener Lippenstift ließ seinen Mund wie die Nacht aussehen: Dunkel, leer und doch voller endloser Möglichkeiten. Er zerriss seine roten Hosenbeine Risse und schnitt wütend ein paar Löcher in seinen Weihnachtsmannmantel, aber er vermied es geschickt, sich – im Gegensatz zu Shelfie – Schnittwunden zuzufügen. Jetzt sah er vielleicht so aus, als wäre er bereit, sich dem fröhlichen Todesschwadron anzuschließen. Aber natürlich gab es in diesem keine Schmink- oder Kleidervorschriften ... Bei der Mitgliedschaft ging es darum, eine gewisse Ängstlichkeit im Herzen zu tragen. Meistens ging es allerdings nicht einmal darum.

Als Feliz Shelfie zurück zu dem Teller mit den Keksen stellte und den Zettel für den Weihnachtsmann durch einen neuen ersetzte, auf dem stand: „Grüße vom Krumpus!", puffte ein Funken im Kamin auf. Feliz drehte sich neugierig zum Kamin um. Er wich in die Zweige des Weihnachtsbaums zurück, als sich weitere Funken verteilten, bis ein Feuer zum Leben erweckt wurde. Aus den Flammen tauchte eine dunkle, schattenhafte Gestalt auf. Feliz wich leise weiter in die Äste zurück und lugte hinter einer Christbaumkugel hervor.

Der Krampus!

Jacks Idol hielt inne und streckte einen langen, krummen Finger aus, um die Kugel zu bewegen und Feliz zu entblößen. Feliz schluckte und betrachtete die verdrehten Hörner und den haarigen Körper. Das Gesicht des Krampus war leicht abgeflacht, so dass seine Nase wie eine Bulldoggenschnauze aussah. Ein haariges Bein war menschlich und hatte einen Klauenfuß, das andere war ziegenähnlich und hatte einen gespaltenen Huf. Seine lange Zunge schlängelte sich heraus und wedelte in der Luft herum. „Krampus?!" Feliz keuchte, sein rechtes Auge zuckte und dann … machte er sich nass.

Der Krampus gluckste und nahm Shelfie in seine Klauenhand. Er drehte sie um und bewunderte Feliz' Handarbeit. „Jackie Rumpus", knurrte er, ließ die „Krumpus"-Puppe zurück auf den Tisch fallen und verschwand in der Dunkelheit des Korridors. Feliz stand wie versteinert da, atmete flach und sein Herz raste in seinen Ohren.

Im Hauptquartier am Nordpol wiederholte Mickie das Wort, von dem er nicht glauben konnte, dass er es gerade gehört hatte. „Krampus? Was soll das heißen, es gibt ihn wirklich?" Und das erregte Candis Aufmerksamkeit... *Was*? Mickie zuckte mit großen Augen zusammen. Sie rutschte zu ihm hinüber und schob sein Headset zur Seite, so dass sich ihre Köpfe schmerzhaft aneinander drückten. Feliz flüsterte erschrocken: „Er kennt Jackie."

Candi rappelte sich auf. Das Headset knallte gegen Mickies Schläfe. Er duckte sich und rieb sich die Seite seines Kopfes. „Was soll das heißen, er kennt Jackie?", rief sie, und alle diensthabenden Helfer drehten sich zu ihr um. „Das ist nicht lustig, Rooney!"

Feliz versteckte sich hinter dem Baum und wich vor Candis Rufen zurück. „Oh, oh", flüsterte er. „Er kommt!" Er atmete tief ein und hielt den Atem an, als ob er dadurch unsichtbar werden und in Sicherheit sein würde.

Der Krampus schritt kichernd durch das Wohnzimmer, während Amy aus seinem Korb schrie. Aus den Flammen im Kamin ragte ein Rengoyle mit seinen verdrehten Teufelshörnern als Geweih und dünnen fledermausartigen Flügeln. Der Krampus hielt vor ihm inne und schimpfte mit ihm wie mit einem bösen Hund. Es wimmerte unter dem Blick seines Herrn und zog sich ins Feuer zurück. Der Krampus folgte ihm und verschwand im Kamin, bevor die Flammen, zusammen mit Amys Schreien nach Mama und Papa, erloschen.

Feliz wartete, bis er seinen Atem nicht mehr anhalten konnte und trat dann hinaus. Sein ganzer Körper zitterte. „Schluss", sagte er und keuchte ein paar Mal tief durch. „Schluss, aus, Feierabend! Ich will nach Hause!"

„Du kannst nicht nach Hause kommen", erinnerte Mickie ihn. „Die Kinder zählen auf dich. Der Weihnachtsmann zählt …"

„Ich komme nach Hause." In diesem Moment wirbelten die weißen Schwaden vom Kamin herein. „Was zum …" Flüchtige Nebelschwaden wirbelten um ihn herum. Seine Augen wurden groß. Seine Arme gingen nach oben. Der Wind umhüllte ihn und ließ ihn in einem kristallinen Kokon erstarren, bevor er wieder in den Kamin gezogen wurde. Feliz taumelte, knallte nach vorn gegen den Boden und wurde dann zusammen mit der Krumpus-Puppe in den Kamin gesaugt.

9 - Weihnachts-Wichteln

Der Weihnachtsmann wollte die Flieger natürlich nicht ohne irgendwelche Unterstützung in die Welt entlassen … Unterstützung, die über das hinausging, was die Helfer anbieten konnten. Normalerweise hatte Crusty die Aufgabe, auf die riesige Schneekugel im Büro des Weihnachtsmanns aufzupassen. Und normalerweise musste Crusty nur auf einen Flieger aufpassen … und das war der Weihnachtsmann selbst. Da dieses Jahr alle Flieger und Helfer unterwegs waren und der Weihnachtsmann nichts zu tun hatte, beschloss er, selbst auf die Kugel aufzupassen – und er wachte mit strengem Blick über seine Flieger.

In diesem Moment spielte sich Feliz' Szene in Amy Doohans Wohnzimmer inmitten der Nebelschwaden in der Weltkugel ab. Der Zeigefinger des Weihnachtsmanns drückte gegen das Glas und steuerte den Nebel. Genau in diesem Moment brachten die weißen Schwaden alles wieder in Ordnung und froren Dinge in Kokons ein. Sie zogen in Richtung des Fingers des Weihnachtsmanns und ließen Amys Wohnzimmer unberührt, ohne eine Spur von Feliz oder der Krumpus-Puppe. Der Weihnachtsmann hielt inne und seufzte enttäuscht.

ELF AUF ABWEGEN UND DER KRAMPUS

„Verdammte Zuckerstange", brummte er. Geistig abwesend, klopfte er mit einem Fingerknöchel gegen das Glas, wodurch der Nebel aufblitzte und sich in den richtigen Schnee einer Schneekugel verwandelte. Er wirbelte herum und setzte sich schließlich auf dem Boden ab, bevor ein leichter Nebel aufstieg und den Raum wieder ausfüllte. Der Weihnachtsmann blickte auf die Liste der Flieger auf seinem Schreibtisch und strich Feliz' Namen durch. Nur Jack, der ganz oben auf der Liste stand, blieb übrig. Keiner der anderen Flieger hatte die Erfahrung gemacht, sich nach einer Begegnung mit dem Krampus hysterisch in die Hosen zu machen, und sie machten auch nicht die unglücklichen Fehler, die dazu führten, dass Weihnachten die Wohnzimmer zerstörte, aber während der Weihnachtsmann alles den ganzen Abend hindurch beobachtet hatte, fand er subtile Gründe, sich Sorgen zu machen, dass etwas in all seinen Fliegern fehlte.

Buddy ignorierte zum Beispiel einen Betrunkenen, der in einer Gasse ohnmächtig geworden war und glaubte, er hätte Halluzinationen, als er die Elfe von einem Wohnungsfenster zum nächsten huschen sah. Beim Abliefern der Kohle bei einer besonders frechen Elise Strombaur, dachte Tinsel nicht daran, dass ihre Familie angesichts des eisigen Wetters und des Mangels an Brennholz vielleicht zusätzliche Kohle hätte gebrauchen können. Und als Noel im Haus von Pierre Laurent niemanden von der Artigen-Liste, ließ er das Geschenk einfach im leeren Wohnzimmer liegen. Wohlgemerkt, Keine dieser Elfen hatte etwas Falsches getan. Sie haben eigentlich genau das getan, was sie tun sollten, aber mehr auch nicht. Und den meisten Elfen fehlte etwas, das sie dazu bringen könnte, mehr zu tun, als ihnen aufgetragen worden war. Ihnen fehlte etwas, das sie dazu bringen könnte, sich um einen Mann zu kümmern, der in einer Gasse schläft, oder großzügig mit der Kohle umzugehen oder vielleicht zu versuchen, ein Kind und seine Familie in einer Unterkunft ein paar Straßen weiter zu finden. Ihnen fehlte etwas. Etwas Besonderes. Und trotz all seiner Fehler erkannte der Weihnachtsmann, dass diese besondere Eigenschaft — was auch immer es war — bei Jack nicht fehlte, der den Umweg gemacht hatte, um einer erschöpften und gestressten Patricia James, einer alleinerziehenden Mutter, die Weihnachten oft überfordert war, Weihnachtsfreude zu bringen. Er klopfte mit den Fingern auf die Liste, stand auf und stieß mit seiner Frau zusammen, als er sein Büro verließ. „Kannst du das Team in der Scheune alarmieren?", fragte er sie. „Das Team von Feliz sollte in Kürze eintreffen."

Die Missus nickte. „Ein Unfall?" Der Weihnachtsmann antwortete nur mit einem Seufzer, als er davonlief. „Wo willst du denn hin?"

„Krankenstation. Das hier war eine schlechte Idee."

„Ist Feliz okay?", rief sie.

„Ja", nickte er, ohne sich umzudrehen. „Er wird es sein."

An seinem Arbeitsplatz geriet Mickie in Panik. „Feliz?", rief er. Sein Flieger reagierte nicht mehr, und laut den von der Missus aufgestellten Protokollen war die angemessene Reaktion, nicht in Panik zu geraten. „Feliz!" Er und Candi drehten sich erschrocken zueinander um.

Candi überprüfte die Radar-App auf ihrer Workstation. Jack hatte sich nicht bewegt. „Jackie?" Sie wartete so lange, wie sie es aushalten konnte, was nicht wirklich lange war. „JACK!"

Jack zuckte zusammen und wich zurück. „Würdest du bitte aufhören zu schreien?"

„Ich möchte, dass du nach Hause kommst", sagte sie.

„Was? Warum?"

„Der Krampus ist echt!"

„Ach was", lächelte Jack und ließ seine Antwort ironisch klingen.

Candi schlug mit der Handfläche gegen die Tischplatte ihres Arbeitsplatzes, als ob sie Jack damit zur Vernunft bringen könnte. „Nein, ich meine, er ist wirklich echt!"

Jack konnte die Dringlichkeit in ihrer Stimme einfach nicht verstehen. „Ich weiß! Das sage ich dir schon seit Jahren."

„Verdammt, Jackie! Er weiß, wer du bist!" Ihre Fäuste ballten sich nun vor ihrer Brust und zitterten.

Der Gedanke, dass der Krampus, sein Idol, wusste, wer er war, machte Jack ganz schön stolz. „Der Krampus kennt mich?!"

„Das ist nichts Positives, Rumpus!"

Jack zuckte wieder zusammen. „Nicht so schreien …"

Candi verkrampfte sich – aus Frust. Schließlich warf sie das Headset weg und ballte ihre Fäuste noch fester zusammen. „Mist!"

Als sie davonstürmte, rief Mickie: „Wo willst du hin?"

„Äh …", sie machte eine Pause, „Die Natur ruft. Bin gleich wieder da." Aber Candi wusste, dass sie nicht gleich wieder da sein würde. Sie musste verhindern, dass Jack den Krampus trifft.

Der Weihnachtsmann unterhielt sich mit der Elfenschwester in der strahlend weißen Klinik. „Feliz Navidad", nickte er. „Er wird in Kürze eintreffen."
Und damit erstrahlte ein rotes und grünes Licht im Kamin. Noch immer in Eis gehüllt, schoss Feliz heraus und rutschte durch den Raum, bis er vom Stiefel des Weihnachtsmanns gestoppt wurde. Das Eis schmolz schnell, als Feliz hysterisch zu schreien begann. „Feliz!", rief der Weihnachtsmann. „Feliz, Fel …" Frustriert warf der Weihnachtsmann eine einen Schlafball auf ihn und seufzte, während er sich nachdenklich auf die Nasenspitze klopfte. „Lass ihn bis morgen früh außer Gefecht." Er ging, drehte sich aber in der Tür zurück und rümpfte die Nase, als ob er etwas Ekliges riechen würde. „Oh, und du solltest ihn vielleicht aus diesen Klamotten rausholen."

Der Weihnachtsmann humpelte durch die Flure des Hauptquartiers, sein Stock klapperte auf dem Boden auf und fluchte mit sich selbst, dass er zu alt sei. Das Klappern des Stocks verstummte an Candis unbemanntem Arbeitsplatz. Der Weihnachtsmann blinzelte, als würde er erwarten, dass sie so auf magische Weise auftauchen würde. Er drehte sich zu Mickie, der aus den Fenstern in die kalte, verschneite Nacht starrte. Er drehte die Daumen, während er vor sich hin murmelte: „Wir sind nicht in Panik. Wir sind nicht in Panik."

„Wo ist Candi?", fragte der Weihnachtsmann und ließ Mickie aufschrecken.

„Ich bin nicht in Panik!" Er drehte sich so schnell und stark, dass er sich fast ein Schleudertrauma zugezogen hätte.

„Feliz geht es gut", versicherte der Weihnachtsmann. „Ich habe ihn nach Hause gebracht."

„Oh." Mickies Schultern entspannten sich. „Das ist gut."

„Candi?"

„Auf Toilette. Glaube ich." Und überlegte. „Ist schon eine Weile her."

„Gibt es etwas Neues von Jackie?" Mickie zuckte mit den Schultern. „Was machst du dann die ganze Zeit?"

Mickie schaute sich um, als würde er beschuldigt werden, etwas getan zu haben. „Nichts", beharrte er. „Ich wusste nicht, was ich tun sollte."

Der Weihnachtsmann stemmte die Hände in die Hüften. „Aber dazusitzen und nichts zu tun … Das scheint das Richtige zu sein?"

„Ich weiß es nicht. Ähm …" Mickies Augen huschten nach links und rechts. „Was soll ich tun?"

Ein verärgerter Seufzer folgte auf den Weihnachtsmannblick, der Mickie entgangen war.

„Nichts, Mickie", brummte der Weihnachtsmann, als er mit dem Stock wegklapperte. „Mach einfach weiter." Mickie sah ihm nach, wie er sich entfernte, und machte dann pflichtbewusst weiter mit dem Nichtstun. Draußen fielen Schneeflocken, und Mickies Gedanken wanderten aus dem Fenster und immer weiter nach oben, dorthin, wo Schnee zu Schnee wurde und vielleicht noch gar nicht gefallen war. Dorthin, wo sich die   Flocken gerade erst gebildet hatten und sich vielleicht nur zart an den Himmel klammerten, bevor sie endlich losgelassen wurden.

Candi hingegen hatte keine Zeit, um in Gedanken abzuschweifen. Sie eilte durch den Flur und schreckte auf, als sie Feliz in der Ferne schreien hörte, was sie nach draußen in den kalten Nachtwind trieb. Sie eilte an den Kesselekarts vorbei, versteckte sich vor der Menge vor der Hütchenbar, passierte den Stadtrand und ging hinaus zum Rentierstall. Dort angekommen, schnappte sie sich den vertrauten braunen Sattel und eilte direkt zu Rudolphs Stall.

„Okay, Rudy … wie immer, aber schnell-" Sie ließ den Sattel fallen und sah sich um. Zu ihrer Überraschung war ihr Lieblingsrentier verschwunden. „-er." Sie trat in die Mitte des Stalls und drehte sich um, halb in der Erwartung, dass ein rotes Leuchten auftauchen würde. „Rudolph?"   Ein Seufzer entglitt ihr, während sie die Schultern sinken ließ und über ihren nächsten Schritt nachdachte … Noxen. Candi spähte um Rudolphs Stall herum und zum dunklen Ende der Scheune hinunter, wo ein einzelnes Rentier von den anderen getrennt gehalten wurde, von wo aus ein silbriges Licht funkelte und schimmerte, bevor es verlosch. „Noxen“, wiederholte sie für sich selbst, diesmal laut und mit einem entschlossenen Nicken.

Candi schnappte sich den Sattel und schlich auf das Licht zu. Sie fragte sich kaum, ob es klug war, Noxen zu nehmen. Es fühlte sich zu verpflichtend an. Sie war schon ein paar Mal mit ihm geflogen, und soweit man mit einem Rentier befreundet sein konnte, betrachtete sie ihn als solchen. Es würde alles von seiner Stimmung abhängen, die sie sorgfältig abschätzte, als sie in seinen Stall trat. Noxen war bekannt für seine schlechte Laune und vor allem dafür, wie mies er andere in seiner Gegenwart fühlen ließ. Er war größer als die anderen Rentiere, dick und muskulös, hatte ein schwarzes Fell und eine noch schwärzere Mähne, die einem das Glück aus der Seele zu saugen schien. Sein Geweih drehte sich und sah aus wie die knorrigen Äste eines uralten Baumes. Seine Augen schimmerten in einem silbernen Licht, das oft seine flüchtigen Stimmungen widerspiegelte. Die Verzweiflung überkam oft diejenigen, die ihm zum ersten Mal begegneten, und zwang die betroffenen Elfen in die Knie, wo sie schluchzend und keuchend versuchten, den Ansturm der Traurigkeit zu verstehen. Aber für diejenigen, die durch die Dunkelheit, die Noxen einhüllte, hindurchsehen konnten, war die Verzweiflung genauso flüchtig wie die Launen des Rentiers. Einige wenige, wie Candi und Jack, hatten diesen Effekt noch nicht mal erlebt.

Der Weihnachtsmann hatte nicht so viel Glück. Als er das Tier zum ersten Mal traf, brach er in Tränen aus und weinte wie ein Kind, das festgestellt hatte, dass es zum zehnten Mal in Folge auf der Unartigenliste stand. Der Weihnachtsmann sperrte Noxen in eine dunkle Ecke, weit weg von den Elfen, die in der Scheune arbeiteten, und von den anderen Rentieren, und er sagte sich, dass er schon noch herausfinden würde, was er mit Noxen machen würde … aber das tat er nie. Jack und Candi brachten Noxen oft heimlich raus, um ihm etwas Bewegung zu verschaffen und ihm Gesellschaft zu leisten, und sie schafften es sogar, dass er sich sogar mit einigen wenigen der anderen Rentieren anfreundete. Aber der Weihnachtsmann? Er ist nie über seine erste Begegnung hinweggekommen.

„Noxen?", sagte Candi und wurde mit einem silbernen Funkeln in den Augen begrüßt. „Ich weiß, wir sind noch nie außerhalb vom Nordpol geflogen, aber kannst du mir helfen? Keiner ist schneller als du, und Jackie wird den Krampus treffen."

Sie klopfte ihm auf die Seite, als er grunzte und mit dem Fuß aufstampfte. Seine Augen schimmerten, als er sie mit seiner Schnauze direkt auf den Boden stieß.

„Vorsichtig!", ermahnte sie ihn, kletterte auf die Füße und streifte das Heu ab. Noch mehr Grunzen. Noch ein Stampfen. „Was soll das heißen, na und? Wenn sie sich treffen, dann bedeutet der Dauer-Schwur nichts." Sie schüttelte den Kopf. „Er wird nicht nach Hause kommen."

Er stupste sie erneut an, dieses Mal sanfter, als die Scheunentore aufflogen und ein kalter Windstoß Staub und Stroh aufwirbelte. Candi spähte aus dem Stall zu den Elfen, die Feliz' Rentier-Team in die Scheune führten, bevor sie sich flüsternd umdrehte. „Du wusstest, dass der Krampus existiert?"

„Hast du eine Ahnung, was mit Feliz passiert ist?", fragte einer der Elfen.

ELF AUF ABWEGEN UND DER KRAMPUS

Noxen brummte und bewegte sich unruhig. „Pst …“, flüsterte Candi und beruhigte ihn.

„Keinen Schimmer“, sagte der andere Elf. „Ich habe etwas über Krumpus   gehört, aber …“

„Ich kann mir nicht vorstellen, dass er und Jackie an Heiligabend wieder aufeinander losgehen!“

„Genau!“

Schweigen herrschte unter den Elfen, als sie sich daran machten, die Geschirre des Rentier-Teams zu entfernen, bis einer der Elfen einen Gedanken äußerte. „Du glaubst doch nicht …, dass es … vielleicht …“, er stockte angesichts der Absurdität, die er in Betracht zog. „Vielleicht war es … *Krampus?*“

Plötzlich wurde das Innere der Scheune für einen Moment dunkel, denn es schien, als wäre alles Licht weggesaugt worden. In der darauffolgenden Dunkelheit schossen   zwei silbrig-blaue Blitze in Richtung der Scheunentore, die dabei wieder aufflogen. Der Wind rauschte hinein und die Lichter gingen mit einem Schlag wieder an. Ein silberner Blitz schoss hoch in die Nacht, als die Elfen sich wieder den Türen zuwandten und Feliz' Rentiere unruhig wurden.

„Was war das?“

Der zweite Elf ging zu den Türen und blickte achselzuckend in die Kälte hinaus. „Wahrscheinlich nur der Wind.“

„Hast du das Leuchten nicht gesehen?“, fragte der erste Elf, ungläubig darüber, dass der zweite ein solches Detail übersehen hatte.

Dieser silberne Streifen war natürlich Noxen und Candi, die immer höher in die Nacht schossen, dorthin, wo Schnee zu Schnee wurde, und schwebte behutsam, bevor er seinen Schwung verlor. „Ich wusste gar nicht, dass du das kannst!" Candi lachte und streichelte die Seite seiner Mähne. „Ich dachte, deine Magie wäre nur schlechte Laune!" Sie flitzten über Land. Und rasten über den Ozean. Über Städte und Seen, über Autos und das vorstädtische Tohuwabohu, das Weihnachten war. Candi beugte sich vor, um Noxen zu einem schnelleren Tempo anzuspornen. „Los, Noxen!", rief sie. „Gib alles, was du hast!" Der silberne Streifen brüllte und schoss schneller über den Himmel des Mittleren Westens.

10 – Sei vorsichtig, was du dir wünschst

Es dauerte nicht lange, bis Jack den Fehler in seinem neuen Plan erkannte, herumzusitzen und darauf zu warten, dass der Krampus ihn findet … es war das Herumsitzen und das Warten. Um die Langeweile zu vertreiben, baute er ein Modell der Rentierscheune auf der Theke. Die Kinder schauten alle ehrfürchtig zu, wie sich seine Hände in Windeseile bewegten und Cocktailservietten, Strohhalme, Zahnstocher und andere zufällige Gegenstände in etwas Erstaunliches verwandelten. Niemand war mehr beeindruckt als Ash, die sich ausmalte, was sie alles bauen könnte, wenn sie sich so bewegen könnte. Das fertige Modell war zwar nicht rot, aber ansonsten eine ziemlich genaue Nachbildung einer alten, verwitterten Scheune, die unmöglich Horden von Rentieren beherbergen konnte. „Dieses Spinnen-Ding“, sagte Jack, trat von seiner Kreation zurück, schaute aber immer noch hinein, als ob er tatsächlich ein Rentier sehen könnte, das sich bewegt. „Hast du das gemacht?“ Er wandte sich an Ash, deren Blick zwischen ihm und der Scheune hin und her wanderte, als sie nickte. „Ich wette, du wärst ein toller Elf.“ Stephen verdrehte die Augen und fragte sich, ob das ein Kompliment war oder nicht, aber Ash stellte seine Worte nicht infrage. Ihr anerkennendes Lächeln erschien und verblasste schnell wieder, ähnlich wie das kurze, strahlende Leuchten eines himmlischen Meteors.

Kevin stöhnte, als er wieder zu Bewusstsein kam.

„Hey!" Micha sah zu Kevin hinunter und sprach mit Jack. „Mister."

„Jack", nickte er zurück und drehte sein Modell auf dem Tresen, um zu prüfen, ob das Detail auf der Nordseite der Scheune richtig war. Eine Hand kratzte sich am Kopf, während die andere abwesend nach einem Stapel Pappuntersetzer griff. Ash beobachtete fasziniert, wie Jack die Quadrate zu einer Art Fahrzeug verbog und faltete. Sie stellte sich vor, wie das echte Ding aussehen und sich anhören musste, wie es sich bewegte, und ahnte dabei nicht, dass es sich um Jacks Version eines modifizierten Kesselkart handelte, mit dem der Dünger zur Zwergmispel-Farm transportiert wird.

„Mister Jack", begann Micha wieder. „Kevin ist nicht tot."

„Untot", zog Emily in Betracht. „Ein Vampir?"

Der Gedanke, dass einer von ihnen, vor allem Kevin, ein Vampir sein könnte, hätte eigentlich lächerlich sein müssen, geschweige denn ein bisschen beängstigend, aber Stephen konnte seine Aufregung bei dem Gedanken nicht unterdrücken. „Ein Vampir?! Cool!" Und dann erinnerte er sich daran, wie uncool es war, etwas so cool zu finden. „Ich meine", zuckte er mit den Schultern. „Egal."

ELF AUF ABWEGEN UND DER KRAMPUS

Jack seufzte und warf den Goth-Kindern den Blick zu, den der Weihnachtsmann normalerweise für Jack hatte: den Weihnachtsmannblick. Manchmal war der Weihnachtsmannblick eine Warnung, manchmal war er nur ein Ausdruck von Frustration. Die Version, die Jack heraufbeschwor, war eine Beobachtung und eine Frage zugleich … *seid ihr wirklich so dumm?* „Ich habe ihn nur zum Schlafen gebracht, mehr nicht", sagte er achselzuckend.

Michas Augen röteten sich vom Schluchzen – kein schrilles Heulen, was Elfen-Ohren nicht vertragen, sondern eher ein langsames, wimmerndes Schluchzen. „Ich will nach Hause."

„Tut mir leid", sagte Jack, und es tat ihm wirklich leid. „Wir müssen einfach warten."

„Worauf?", fragte Ash. Sie wusste schon, worauf, aber sie hatte gehofft, dass Jack noch ein paar Details verraten würde.

Kevin wachte ruckartig auf. „Richte mich wieder auf, du Hobbit!" Jack hüpfte vom Barhocker und forderte den Goth-Anführer in einem singenden Ton auf, „bitte" zu sagen. „Ich trete dich bitte in den …" Doch bevor Kevin seine Drohung beenden konnte, brachte Jack ihn aufrecht und stellte sich auf Kevins Knie.

„Du bist nicht sehr nett", bemerkte Jack.

Ash grinste: „Meinst du?"

Kevin richtete seine Wut auf sie. „Wer hat dich gefragt?"

„Emily Dickinson!", rief Jack wütend. Puffende Funken rissen seine Aufmerksamkeit nach oben, gefolgt von einem heißen Feuerblitz und dann … ein Schatten! Als ob Jacks strahlendes Lächeln sein ganzes Ich ergriffen hätte und sein Glück seinen Körper überwältigte, zitterte Jack vor Grinsen, welches aus reinster Freude entstanden war. Er hüpfte auf Kevins Knien auf und ab. „Er ist da! Er ist da!", rief er mit zitternder Stimme.

Kevin sah auf. „Wer ist da?"

Ashs Augen wurden groß und schossen zum oberen Ende der Treppe. Sie reckte ihren Hals nach unten und versuchte törichterweise, um die Ecke des Treppenhauses zu spähen, als ob das Licht sich ihrem Willen beugen könnte.

„Der Krampus!", kicherte Jack. Sein Idol war nur wenige Meter von ihm entfernt! Sein langjähriger Weihnachtswunsch ging endlich in Erfüllung! Er zitterte. Seine Kehle wehrte sich gegen einen aufgeregten Schrei, so dass nur ein Quietschen herauskam und Jack durch den Druck in seinem Nacken fast ohnmächtig wurde. Und dann … stieß er einen lauten Schrei wie ein Fan bei einem Konzert aus. Ein Schrei, der selbst ihn überraschte, entsprang der Mitte seiner Brust und breitete sich bis zu seinen Schultern aus, schoss seine ausgestreckten Arme hinunter und schien ihm durch seine bebenden Fingerspitzen zu entweichen.

Und etwas so cool zu finden, war natürlich sehr uncool für Stephen. „Reiß dich zusammen."

Ash drehte sich weiter um und versuchte, einen Blick nach oben zu werfen.

ELF AUF ABWEGEN UND DER KRAMPUS

In ihrem monotonen Tonfall gestand Emily, wie sie einmal zum Fangirl mutierte. „Als ich Andy von der Rockband *Black Veiled Brides* traf. Ich habe mich in meinem Mantel verheddert. Das hat uns beide umgehauen."

„Ich schäme mich für dich", sagte Stephen sowohl zu Jack als auch zu Emily.

„Dann hat der Sicherheitsdienst eingegriffen. Ich habe mir die Nase gebrochen." Und dann, als ob es die Krönung wäre, fügte sie hinzu: „Meine Nase hat Andy von *Black Veiled Brides* voll geblutet! Hat aber meinen Mantel ruiniert."

Der Krampus trat auf die Treppe, und Jack hielt inne. Er war im Begriff, sein Idol zu treffen. Und er wollte nicht, dass sein Idol ihn beim Schwärmen sieht. Warum … Wahrscheinlich schwärmt jeder, wenn er den Krampus trifft, dachte er. Er musste sich beruhigen, sich zusammenreißen und cool bleiben. „Bleib cool", sagte er zu sich selbst und – poof – verschwand dann hinter der Bar, um sich zu beruhigen.

Die Kinder beobachteten, wie der Krampus herunterkam, und als sie seine volle Gestalt sahen, eine riesige dunkle Kreatur im Keller, drehten sie durch. Zuerst dachte Jack, dass auch sie schwärmten, aber es war kein aufgeregter Schrei. Jacks Aufregung machte ihn blind für ihre Angst. Alle außer Kevin versuchten, von ihren Stühlen abzuhauen, so dass Kevin als einziger stumm dasaß.

Der Krampus kam am unteren Ende der Treppe an und beugte sich wegen der niedrigen Decke und seiner langen Beine vor. Als erstes erblickte er Ash, die ihren Stuhl nach hinten schob, zitternd, die Augen auf ihn gerichtet. „Ashanti Omondi", knurrte er, langsam und tief, und als wäre es ein Befehl, dass er ihren Namen ausspricht, verstummte sie plötzlich. „Du warst unartig." Er hob sie mitsamt ihrem Stuhl hoch, und stopfte sie in seinen überfüllten Korb. Sie war kaum in der Lage zu keuchen, als er das tat.

„Kevin Mahoney." Der Krampus verdrehte seinen Hals, während er seine Augen langsam auf seine neue Beute richtete. „Du warst unartig." Die Goth-Kinder schrien auf, als der Krampus Kevin mitsamt Stuhl in seinen Korb steckte. Zu Krampus' Überraschung stand Jack an Kevins Stelle und lächelte strahlend. „Jackie Rumpus?" Der Krampus verzog seinen Hals. „Du warst unartig."

Der Krampus überraschte Jack mit einem Glucksen und griff nach ihm. „Was?!", rief Jack und sprang rechtzeitig weg. Die leere Faust des Krampus warf Emily und Stephen um, die sofort k.o. geschlagen wurden – und nicht im Sinne eines Schlafballs. Der Krampus hatte sie hart getroffen. „Nein!", rief Jack und fuchtelte mit seinen flehenden Händen herum. „Tu ihnen nicht weh!"

„Du kommst mit mir mit!" Ein weiterer Griff und ein Fehlschlag. Michas Schluchzen verstummte, als er gegen die gegenüberliegende Wand geschleudert wurde. Jack hielt inne, untröstlich ihrer schlaffen Körper wegen.

„Nein!", schrie er sein Idol an. „So nicht!"

„Oh? Sagst du."

„Ich will dir helfen!"

ELF AUF ABWEGEN UND DER KRAMPUS

„Der Krampus braucht keine Hilfe." Er runzelte die Stirn über die Absurdität, dass jemand etwas anderes behauptete.

„Aber ich kann die unartigen Kinder für dich holen." Jack begutachtete die Körper, wobei er ein Auge auf den Krampus ließ. „Wie die zum Beispiel. Und du musst ihnen nicht wehtun."

Der Krampus trat vor, so dass Jack ein paar Schritte zurückwich. „Ich brauchte dich nicht, um sie zu holen." Der Krampus schlug nach ihm, verfehlte ihn und zertrümmerte die Rentierscheune.

Jack schaute sich die Ruinen an und stellte schmerzhaft fest: „Ich stehe wirklich auf deiner Unartigenliste." All seine Pläne fühlten sich plötzlich so selbstsüchtig an – ein Verrat an allem, was Weihnachten war. An diesen Goth-Kids. An all die anderen Helfer und Flieger. Am Weihnachtsmann selbst.

Jacks fliegende Helferin kreiste hoch über der Seitenstraße und peilte ihr Ziel an. Sie zeigte auf die Stelle, an der Jacks Rentier-Team auf dem Dach von Kevins Haus stand. „Da drüben!", rief Candi. Noxen tauchte ab, und als sie sich dem Haus näherten, fügte Candi hinzu: „Wir gehen rein!" Aber in all den Weihnachtsgeschichten, die Noxen im Laufe der Jahre über den Weihnachtsmann gehört hatte, ging es nie darum, durch den Schornstein „reinzugehen" … die Rentiere landeten immer oben auf dem Haus … warum sollten sie jemals mit dem Weihnachtsmann ins Haus gehen? Das Rentier wehrte sich, schloss seine Beine und versuchte, zu bocken. „Entspann dich", sagte Candi und rieb ihm den Hals. „Jackie sagt, das geht schon."

Und während Noxen durch die Luft schlitterte, wirbelte er seitlich in den Schornstein.

Plötzlich fanden sie sich in der Hölle wieder – Krampus' Reich. Feuer, fliegende Rengoyles und weit unten Trolle auf den Felsen. Candi klammerte sich ängstlich an seine Mähne, und bei einer ihrer Umdrehungen konnte sie einen Blick auf eine brennende Feuerstelle erhaschen. „Hoch, Noxen!", rief sie. Das dunkle Tier schaffte es, die Umdrehung zu stoppen, schüttelte die Benommenheit ab und schoss zum Kamin hinauf.

Puff! Candi und Noxen purzelten aus dem Kamin, der durch Krampus' offenes Portal noch brannte. Candi flog vom Rentier und warf den Flachbildfernseher um. Noxen rollte gegen einen Sofatisch und zerschmetterte Familienfotos und Schnickschnack. Er landete Auge in Auge mit einem Plüschtier, das Rudolph darstellte, der ein grünes Footballtrikot mit einer großen *01* auf der Brust trug und für die *Rentierspiele* spielte. Das Rentier blinzelte sein ausgestopftes Gegenüber verwirrt an. Candi rieb sich den Kopf, ihr war übel. „Oh, das hat sich nicht gut angefühlt." Sie half Noxen auf die Beine und rieb ihm die Seiten. „Geht es dir gut, Noxen?" Ein lautes Krachen aus dem Keller ließ sie aufschrecken.

Und dieses Krachen war eigentlich ein Schlag, denn der Krampus griff immer wieder nach Jack und verfehlte ihn. Jack hüpfte von der Bar nach oben. Krach! Er hüpfte auf das Sofa. Krach! „Aber ich wollte doch mit dir weglaufen!", rief Jack und hüpfte auf den Beistelltisch. „Dein Helfer sein." Krach! Ihm wurde klar, warum der Weihnachtsmann seinen Wunsch nie erfüllte. Und er erkannte, dass seine Vergötterung falsch gewesen war. Er fühlte sich wütend, gekränkt und von seinem eigenen schweren Herzen betrogen. „Du warst mein Held!", schniefte er.

Das erregte die Aufmerksamkeit des Krampus. Er hielt inne. Ließ den Korb fallen. „Held?"

Jack schnappte nach Luft und wütende, traurige Tränen der Enttäuschung stiegen auf, als ihm die Absurdität seines Wunsches bewusst wurde. „Ich wollte bei dir wohnen." Der Krampus legte den Kopf schief und überlegte. Seine lange Zunge schnellte heraus, fuhr in seine Nase und putzte den Rotz heraus, was Jack gründlich ekelte. „Das ist einfach", schluckte Jack. „Oh, igitt."

„Du kannst mir zeigen, wo der Nordpol ist."

„Der Nordpol?" Jack wischte sich eine Träne weg. „Du weißt nicht, wo er ist?"

„Polarmagie", überlegte der Krampus. „Machen ihn unsichtbar." Und es sah fast so aus, als hätte sich der Krampus in jemanden verwandelt, den Jack mögen könnte. Die Schultern des Weihnachtsdämons lockerten sich. Die wütende Anspannung in seinem Gesicht schmolz dahin. Die Wildheit in seinen Augen wurde milder und brachte jemand nachdenklichen zum Vorschein. Mit einem Ziel. Eine Mission und einen Grund. Aber es war nur ein flüchtiger Blick auf jemanden, der der Krampus einmal gewesen sein könnte.

Als Kevin sich im Korb wehrte, kehrte die ganze Wut des Krampus zurück und er schmiss den Korb quer durch den Raum. „Ruhe!", schrie er, und die Bösartigkeit der Aktion lastete auf Jack. Er jammerte über die anderen Kinder, die von den Schlägen ohnmächtig waren. Er musste einen Weg finden, sie in Sicherheit zu bringen. Jack starrte immer wieder auf den Korb und überlegte, wie er ihn dem Krampus entreißen könnte.

„W-warum willst du den Nordpol finden?"

Der Krampus spuckte wütend. „Weil Weihnachten mir gehören sollte!" Er stieß sein Gesicht in Jacks, so dass dieser nach hinten stürzte. Dann lächelte der Krampus, als er Candi die Treppe hinunterlaufen sah. Er eilte, um seinen Korb zu holen.

„Jackie!", rief sie.

„Candi Kane!", knurrte der Krampus, eilte die Treppe hinauf und stopfte sie in seinen Korb, bevor sie realisieren konnte, was geschah. Sie kreischte, als er hinzufügte: „Du warst unartig!"

„Jackie!", rief sie.

Und Jack hüpfte auf die Füße und die Treppe hinauf. „Candi!"

Candi purzelte aus dem Korb und eilte über den Boden im Wohnzimmer davon. Der   Krampus rannte hinterher und hielt fasziniert   inne, als er Noxen in der Mitte des Raumes stehen sah. Das schwarze Fell, die dunkle Mähne, das verdrehte Geweih, das aussah wie uralte, verdrehte Äste, der silberne Schimmer seiner Augen … Der Krampus keuchte: „Was ist das für ein prächtiges Tier?!" Noxen sah aus, als gehöre er zu ihm in die Hölle.

Jack warf einen Schlafball auf den Krampus, die ihn aus seinem starren Blick aufschreckte, aber ansonsten hatte er keine Wirkung. Jack warf daraufhin eine Reihe von Schlafbällen, die alle den gleichen Nicht-Effekt hatten, außer dass sie den Krampus ärgerten, weil sie von ihm abprallten und sich um seine Füße herum auftürmten.

„Schwache Polarmagie", kicherte der Krampus.

„Versuch was Besseres", schlug Candi vor und kletterte auf Noxens Rücken, woraufhin Jack rief, dass er nicht wisse, was er sonst tun solle. Und dann, genau wie in der Rentierscheune, wurden alle Lichter des Raumes in Noxens schwarze Mähne gesaugt und tauchten den Raum für einen Moment in Dunkelheit, bis zwei silbrig-blaue Blitze aus Noxens Augen schossen und den Krampus blendeten. Er griff an und versetzte den Krampus einen Kopfstoß in den Bauch. Der Krampus schleuderte zurück, prallte gegen den Kamin und zerstörte den Kaminsims – Bilder, Strümpfe und Schnickschnack flogen in alle Richtungen. Candis Griff gab nach und sie stürzte über Noxens Kopf, prallte vom Krampus ab und fiel auf den Boden.

Der Krampus schüttelte den Schlag ab, knurrte und zog sich in den Kamin zurück.

Jack und Candi atmeten einen Moment auf, und gerade als sie dachten, sie hätten gewonnen, griff der Krampus durch die Flammen und packte Candi am Knöchel.

„Jackie!", rief sie. Sie zappelte und trat, wurde aber nach hinten in die Flammen gerissen. Jack stürzte sich auf sie und verfehlte sie nur knapp. Sie versuchten krampfhaft, sich an den Händen zu packen. „Jackie!", rief sie erneut.

Ihre Schreie verklangen in den Flammen.

JOHN RAE

Die Flammen verblassten in der Dunkelheit.

„Candi!", rief er erschrocken und holte ein paar Mal tief Luft. Er sah sich um. Noch ein paar Atemzüge. Was soll er tun, was soll er tun?! Er kletterte auf die Füße und sah sich den Kamin an. „Sesam öffne dich?" Nichts. „Gruß vom Krampus?!" Noch weniger und es machte ihn nur noch wütender. „Krampusnacht! Krampuskarten! Krampusschnaps!" Er stampfte, trat, schlug, stieß schließlich einen markerschütternden Schrei aus und brach unter Tränen auf dem Boden zusammen. Sein Weihnachtswunsch, sein einziger Weihnachtswunsch, der einzige Weihnachtswunsch für dieses Jahr und viele Jahre zuvor … nahm ihm seine Candi weg. Es war seine Schuld, schluchzte er, zu überwältigt, um zu hören, wie Noxen mit dem Huf auf dem Boden kratzte und nach Aufmerksamkeit schnüffelte.

Als das Kratzen und Schniefen Jack nicht aus seinem Elend riss, drückte das Rentier seine kalte Nase in Jacks Nacken und ihn seitlich auf den Boden. Jack hustete, um seine Schreie zu unterdrücken, umarmte das Tier und genoss den Trost, der ihm zuteilwurde. Er kratzte Noxen an der Schnauze und schniefte von Freak zu Freak: „Hey, Freak." Die Augen des Freaks schimmerten sanft und dunkel und brachten Jack auf eine Idee.

Weihnachtsmann!

Jack eilte in die Küche und kramte hektisch in den Schubladen, bis er endlich fand, was er brauchte – einen Stift, einen Block Papier und einen Umschlag. Die Stuhlbeine am Tisch quietschten, und er sprang auf, stellte sich auf den Stuhl und sprach, während er schrieb:

Lieber Weihnachtsmann,

jedes Jahr bekommen wir einen Weihnachtswunsch. Nur einen. Und jedes Jahr erfüllst du ihn nicht. Es ist deine Schuld, dass ich …

„Ahh" Er zog eine Grimasse über seine eigenen Worte, riss das Blatt vom Block ab, zerknüllte es und warf es weg. Es muss gut sein, dachte er. Es muss gut sein. Er zupfte an seinem Haar und überlegte.

Lieber Weihnachtsmann,

ich weiß, dass ich mir jedes Jahr das Gleiche wünsche und du mir nie das gibst, worum ich dich bitte. Und ich weiß, dass sich das anhören muss, als würde ich dich wieder um das Gleiche bitten. Aber es ist diesmal anders. Ich brauche deine Hilfe. Der Krampus hat Candi entführt! Bitte öffne die Tür zum Krampus, damit ich sie zurückholen kann. Ich war dieses Jahr ein guter Elf.

Er überlegte, schluckte und kritzelte schließlich seinen letzten Satz heraus. Der Weihnachtsmann würde die Wahrheit wissen.

Ich war meistens ein guter Elf.

Er überlegte erneut und kratzte seine Worte weg. Traurige Tränen stiegen auf und tropften herunter. Warum war es so schwer für ihn, ein normaler, fröhlicher Elf zu sein? Warum hasste er den Nordpol so sehr? Hatte er den Nordpol wirklich gehasst? Oder hasste der Nordpol ihn? Er hasste die Kälte. Das Basteln von Spielzeug, rot und grün, seinen blöden Elfennamen, Feliz Navidad und Mickie Rooney. All diese Gedanken gingen ihm durch den Kopf, als er das schrieb, was sich endlich ehrlich anfühlte.

Es tut mir leid, dass ich so ein böser Elf bin. Bitte hilf mir trotzdem.

Unter Tränen steckte er den Brief in den Umschlag und kritzelte: Weihnachtsmann, Nordpol, DRINGEND! Draußen in der Kälte machte er sich auf den Weg zum Briefkasten am Ende der Einfahrt und hinterließ dabei winzige Fußspuren auf dem frischen Schnee. Kaum hatte er den Brief eingeworfen, wurde er von einem hellen, pastellfarbenen Lichtstrahl auf den Rücken geschleudert und der Brief schoss, wie ein Komet, mit einer langen, funkelnden Spur hoch und in den dunklen Himmel.

11 - Dunkelstimmen

Ein fröhlicher Krampus hüpfte einen gewundenen, felsigen Pfad hinunter, der auf der anderen Seite von Kevins Kamin entstanden war. Auf der einen Seite befand sich eine Felswand, auf der anderen ein steiler Abgrund. Schreckliche Kreaturen kreischten und heulten in dem riesigen, mit Feuer gefüllten Ort. Hier und da stiegen unheimliche Dampfschwaden aus dem meist kargen Boden auf und zogen durch die Äste der wenigen toten oder langsam absterbenden Bäume, die die Landschaft übersäten, und sich zu langen, knochigen Geisterhänden reckten, die aussahen, als suchten sie nach einer verlorenen Seele, um sie weiter in die abgrundtiefe Tiefe zu reißen.

Das Innere des Korbs war eng und dunkel, nicht ganz so zauberhaft wie der Sack des Weihnachtsmanns, aber er bot trotzdem mehr Platz, als es von außen den Anschein hatte. Hände und Füße zappelten, stießen und traten, und Kinder schrien nach ihren Mamas und Papas. Ab und zu stieß eine Hand oder ein Bein aus dem Korb heraus, nur um gleich wieder zugeschlagen zu werden.

Ash, die gegen die Innenseite des Korbs gepresst war, spürte, wie das Bein von Kevins Stuhl in ihre Seite stieß. Sie rief nach Mhambi, die sich abmühte, die vorderen

Beine so zusammenzudrücken, damit sie sich durch den engen Raum zwängen konnte, während sie mit den hinteren Beinen nachdrückte. „Schneide mich los."

„Meinst du, du könntest mich auch befreien?" meinte Kevin wütend und stieß das Stuhlbein versehentlich noch tiefer in ihr Bein.

„Warum sollte ich dir helfen?", zuckte sie zusammen. „Du kannst nicht einmal nett fragen."

„Das war nett!"

Als Mhambi ihre Hände befreit hatte, zappelte Ash herum, um das Stuhlbein von ihr wegzubekommen und schnappte sich eine Ecke eines Tuchs, das Mhambi aus dem Rucksack geholt hatte. „Bist du bereit?" Die Spinne zirpte bejahend und schnitt dann einen horizontalen Schlitz in die Seite des Korbs. Doch bevor sie herausschlüpfte, schob Ash ihr Gesicht unter die Arme irgendeines Kindes und sah Kevin in die Augen. „Vielleicht wird dir die Hölle guttun", sagte sie. Und so gemein es auch klang und so gekränkt Kevin es auch auffasste, war es doch die netteste Geste, die sie aufbringen konnte, ihre alte Freundschaft zu ehren, bevor sie aus dem Korb schlüpfte. Nachdem Ash sich herausgedrückt hatte, stöhnte der Inhalt des Korbs und richtete sich wieder auf, so dass Candi leicht gebeugt in der Nähe von Kevins Ohr auftauchte. „Was ist gerade passiert?", fragte sie niemanden speziell.

„Ash ist gerade entkommen", sagte Kevin.

„Ash? Asche?", fragte sie. „Stehen wir in Flammen?"

Außerhalb des Korbes landete Ash mit einer Rolle und wickelte sich dabei in eine schmutzige, hellbraune

Decke ein, wobei sie leider ihren Griff um Mhambi verlor. Als der Krampus eine leichte Verschiebung des Gewichts und des Inhalts seines Korbs spürte, blieb er stehen und drehte sich um, um zu sehen, ob es einem der bösen Kinder gelungen war, zu entkommen. Aber alles, was er sah, waren Steine auf dem Dreckweg, also genau das, was Ash ihm zeigen wollte. Aber er sah auch eine Roboterspinne mit einem gläsernen Körper … was der Krampus auf keinen Fall sehen sollte. Er schritt auf das Ding zu, das es nicht wagte, anzugreifen oder sich zu weit von Ash zu entfernen. Neugierig griff er nach ihr, aber sie wich ein paar Schritte zurück, dann ein paar Schritte nach links und dann ein paar Schritte nach vorne zwischen Krampus' Beinen hindurch, so dass sie jetzt hinter ihm war.

Der Krampus drehte sich um und schaute auf das Ding hinunter, bevor er es schließlich als ein weiteres verlorenes Spielzeug abtat. Er kickte Mhambi über die Klippe und setzte seinen Weg fort. Unter der Decke wurden Ashs Augen groß, aber sie wagte es nicht, nach ihrer Roboterfreundin zu schreien oder unter der Decke hervorzukommen. Sie wartete, bis der Krampus außer Sichtweite war, bevor sie aus ihrem Versteck hervorkam und auf den Felsvorsprung kletterte, wo Mhambi mit ausgestreckten Armen in vollem Drohnenmodus etwa 3 Meter unter ihr schwebte.

„Oh!", rief Ash aus. „Gott sei Dank!" Obwohl es so aussah, als würde sich Mhambi nur verstecken, versuchte die Spinne einfach nur, nicht herunterzufallen und auf die Felsen ganz unten zu stürzen. Und während sie über den Felsen schwebte und sich drehte, hatte sie genau den Grund ausfindig gemacht, aus dem Ash den Krampus treffen wollte. Mhambi zwitscherte, um Ash

Bescheid zu geben, aber Ash zitterte vor lauter Aufregung, wie dieses Abenteuer verlaufen war. „Ich wusste, dass er echt ist! Ich wusste nur nicht, dass er so …" Mehr Zwitschern und Blitze unterbrachen ihre Gedanken. „Oh, richtig!", rief Ash aus und wischte über den Bildschirm ihrer Smartphone-Armbanduhr zu einer App, die sie geschrieben hatte und die das Zirpen und Pfeifen besser übersetzen konnte. „Du hast Maia gefunden? So schnell?!" Das Display an ihrem Handgelenk zeigte ein Video, das sich drehte, als Mhambi sich bewegte, und das den seltsamsten Anblick einfing: eine Hütte, inmitten dieses höllischen Ortes, wie aus einem Märchen. Seine Holzrahmen schmückten das Äußere in sich kreuzenden Winkeln, die sich an den Ecken der Fenster trafen, die mit leeren Blumenkästen geschmückt waren. An der Seite des Hauses, inmitten eines Gartens, der mit einem Lattenzaun eingezäunt war, hockte Maia auf einem Zaunpfahl und diente als dekorative Aussichtskugel. Sie war Mhambis Zwilling, allerdings ohne Beine, denn Ash hatte sie Mhambi seit Maias Verschwinden an Weihnachten hinzugefügt. Ja, Ashs vermisste Freundin war ein weiterer Roboter, aber Ash war eine äußerst loyale Freundin … eine Eigenschaft, die Kevin jetzt, wo sie keine Freunde mehr waren, schmerzlich vermisste.

Ash hatte diese Art Schwestern erschaffen, damit sie zusammenarbeiten und Aufgaben erfüllen konnten, aber Maia war letztes Jahr zu Weihnachten verschwunden … bevor Ash dazu gekommen war, die Sphären aufzurüsten, die dann einfach rollten, um sich fortzubewegen. Sie hatte tagelang nach Maia gesucht und konnte sie nicht finden; sie konnte sich nicht erinnern, wo sie sie zuletzt gesehen hatte, und gerade als sie bereit war, die Suche aufzugeben und anzunehmen, dass Maia sich alleine irgendwo hin verirrt hatte, begann Ash sich zu erinnern. An vage Dinge, wie über eine Bestie namens Krampus. Oder an einen Traum, in dem sie in einen Korb gepfercht und in die Hölle verschleppt wurde. Ein Gefängnis vielleicht. Und irgendwo auf dem Weg hatte sich Maia verlaufen. Sie musste zurückkommen, um Mhambis Schwester zu retten.

Ash wusste – sie spürte es in ihrem Innersten – dass es egal war, ob sie das ganze Jahr hindurch artig oder unartig war. Der Krampus würde so oder so hinter ihr her sein. Wahrscheinlich war der Krampus schon Jahre hinter ihr her. Irgendetwas war mit Ash – vielleicht stimmte etwas nicht mit ihr, aber auf jeden Fall war sie anders – so wie Jack wusste, dass er etwas Einzigartiges an sich hatte, das ihn von den anderen Elfen unterschied. Als ihre ehemaligen Freunde anfingen, sich wie Goths zu kleiden und aggressive Musik zu hören, probierte Ash es ebenso aus und dachte, wenn es sich richtig anfühlt, könnte das vielleicht ihre Angst erklären. Aber es fühlte sich für sie nicht richtig an; jedenfalls nicht sehr lange. Sie ließ das Goth-Dasein größtenteils hinter sich, während sie sich wieder in ihr nerdiges Technik-Ich zurückverwandelte. Sie hätte nie gedacht, dass sie dabei ihre Freunde verlieren würde.

Ash blickte von Display ihrer Uhr auf und schaute in Richtung der Stelle, auf die Mhambis Kamera gerichtet war. Sie konnte das Haus in der Ferne kaum erkennen. „Meinst du, du kannst mich runterfliegen? Ich bin mir nicht sicher, ob wir den langen Weg schaffen können. Jedenfalls nicht, ohne erwischt zu werden." Verschiedene Biester patrouillierten durch den höhlenartigen Raum. Die Roboterspinne zwitscherte zustimmend, aber Ash hatte ihre Zweifel. „Wir haben nie getestet, wie viel Gewicht du im Drohnenmodus tragen kannst." Aber Mhambi hatte kaum Zweifel. Sie beugte zwei Beine nach unten, so dass Ash sich an etwas festhalten konnte, was wie der Lenker eines Fahrrads aussah. Ash trat an den Vorsprung, schaute nach unten und atmete tief ein. Sie wickelte sich die schmutzige Decke um die Schultern, um felsiger und hoffentlich Rengoyliger zu wirken, bevor sie schließlich nach Mhambi griff. „Bleib dicht an der Felswand. Ich will nicht mit einem dieser Gargoyle-Dinger kollidieren." Mhambi hob sie ein paar Meter vom Boden ab und so schnell wie der Boden unter ihren Füßen verschwand, verschwand auch Ashs Angst. Sie hielten sich an der Felswand und machten an kleinen Vorsprüngen immer dann eine Pause, wenn Ashs Griff müde wurde, was nach unten immer häufiger vorkam. Bei einer dieser Pausen begann sie, in ihrem Rucksack nach einem Stück Seil zu kramen, weil sie dachte, dass sie daraus eine Schlinge machen könnte, etwas zum Sitzen oder ihren Armen irgendwie eine Pause zu gönnen. Aber gerade als sie das Seil fand, rutschte der Vorsprung, auf dem sie saß, unter ihr weg. Als sie die Felswand hinunterrutschte, kämpfte sie gegen den Drang an, schreien zu müssen. Mhambi jagte hinterher, aber die Propeller an zwei ihrer Arme verhedderten sich in der Decke, und die beiden stürzten ineinander verdreht ab. Ash prallte gegen die Felswand und fiel weiter, schlug noch etwas mehr auf, konnte die Augen nicht offen halten und hustete vom Staub, bis sich die Decke um den Stamm eines längst abgestorbenen Baumes gewickelt hatte, der aus der Seite der Felswand ragte. Die Kraft von Ashs Gewicht zerrte an den Wurzeln, so dass es den Anschein hatte, der Stamm würde sich jeden Moment vom Felsen lösen. „Urgh!", stöhnte sie, weil die Wucht des plötzlichen Halts ihr die Luft aus den Lungen drückte.

Ash baumelte aufgrund der Decke hin und her und musste ansehen, wie ihr Rucksack die Felswand hinunterrutschte, wobei sein Inhalt verschüttet wurde. „Nicht bewegen", wies sie Mhambi an. Zwei ihrer Beine waren verschwunden. Ein Drittes baumelte genauso unsicher an ihrem Körper, wie sie beide an dem Baum. Ein Viertes versuchte, die anderen beiden verbliebenen Beine von der Decke zu schneiden. „Was machen wir? Was machen wir?" überlegte Ash und schaute nach unten, um sich herum und nach oben. Sie wollte um Hilfe schreien, aber wer würde ihr helfen? Und das Wort selbst wollte ihr einfach nicht über die Lippen kommen.

Weit oben und fast direkt über Ash kam der Krampus schließlich an einem Gefängnis an, das er aus einer Höhle in den Fels gehauen hatte. Es wurde von einem Troll mit Bulldoggenzähnen, dickem, verfilztem Haar, winzigen Hörnern und haarigen Rehbeinen bewacht. Die bereits eingesperrten Kinder verteilten sich in die Dunkelheit der Höhle, als der Krampus das Gittertor aufriss, einen Haufen Kinder und eine kleine Elfe hineinschüttete und das Tor wieder zuschlug. Obwohl die Kinder kauerten, weinten und schluchzten, kamen die einzigen Geräusche, die zu hören waren, von den Neuankömmlingen, die übereinander stürzten und sich aufrappelten. Candi befreite sich aus dem Durcheinander und stürmte auf das Tor zu … sie war die einzige, die mutig genug war, das zu tun. Als sie durch die Gitterstäbe griff, bekam sie einen Stromstoß wie von einer dieser elektrischen Fliegenfänger. „Verdammte … Zuckerstange!" Candi sprang zurück, als der Schlag jedes einzelne Gelenk in ihrem Körper erfasste.

Der Krampus amüsierte sich über ihren Schmerz.

„Wohin gehst du jetzt, Krampus?!", fuhr sie ihn an. „Willst du dir einen Spaß daraus machen, noch mehr Kinder zu entführen?" Sie sah sich an den mit Schmutz und Ruß bedeckten Felswänden um. Bis auf Kevin hatten sich alle Kinder hingekauert. Er stand, schaute sich ebenfalls um und nahm seine neue Umgebung mit einer Mischung aus Faszination und berechtigter Sorge in Augenschein, während er sich geistesabwesend von den Seilen und zertrümmerten Stuhlteilen befreite. Ohne dem Krampus oder Candi Beachtung zu schenken, näherte er sich den Gitterstäben und erfühlte sie und ihre seltsame Kälte in der sonst heißen Luft. „Die Teufel sind wirklich alle hier", murmelte er zu sich selbst.

Als sie sah, dass Kevin keinen Stromschlag bekommen hatte, vermutete Candi, dass der Krampus die Stäbe so verzaubert haben musste, dass keine Elfen durch die Lücken gelangen konnten. Aber warum sollte er das tun, dachte sie. Es sei denn, der Krampus verschleppt auch Elfen? Schnell schaute sie sich im Raum um … sie war die einzige Elfe dort.

Jetzt, wo er wieder in seinem Reich war, entspannte sich der Krampus. Er bewegte sich langsam, streckte und beugte sich, während seine Bewegungen überlegt und gemächlich waren. „Wir sind alle ein Teil dieses Krippenspiels, Candi Kane", sagte er mit unheimlicher Ruhe. Er und die Elfe sahen sich in die Augen und musterten sich gegenseitig, bevor er eine ruhige und menschliche Hand auf den Platz vor ihm legte.

Seine Augen rollten erwartungsvoll nach oben und drehten sich dann wieder zu Candi. „Dunkelstimmen", flüsterte er.

Candis Augen wurden groß. Sie wirbelte herum und schlug ihre Hand auf Kevins Mund, so dass sie beide stürzten. Aus den Mündern der Neuankömmlinge kam ein dunkler Schatten, der rauchte, umherwirbelte und sich zu einer Schattenkugel formte, die durch die Luft rollte und auf Krampus' Handfläche landete. Der Krampus sah die Kugel fasziniert, obwohl er das Jahr für Jahr, immer wieder aufs Neue, erlebt hatte. Er grinste voller Schadenfreude, als alle Neuankömmlinge still wurden. Die Schattenkugel stieg höher und höher und verschmolz mit einer viel Größeren, aus der wahnsinnige Schreie und Qualen zu hören waren. Gelegentlich tauchte eine Form auf, nicht etwa eine Hand oder ein Gesicht, sondern nur etwas, dass *im Ansatz* ähnlich war – und ins Leere griff oder schrie.

Krampus' Blick wandte sich von der großen Schattenkugel zurück in die Zelle und er musterte die verängstigten Augen vor ihm. „Schrecken umschlingt die härteste Seele", sagte er. „Wütende Stille führt sie nach Hause."

Candi stürmte wieder auf die Gitterstäbe zu und hielt abrupt an, bevor sie sie berührte. „Jackie wird mich nicht hier lassen!"

Der Krampus stieß sein Gesicht bedrohlich in die Gitterstäbe. Die Kinder wischen alle zurück, so dass Candi und Kevin allein zurückblieben. Ungerührt. „Ich verlass mich drauf!", rief der Krampus, griff hindurch und zerrte sie am Kragen in die Gitterstäbe. „Und du lernst am besten ein paar Manieren, Elfe. Schade, dass der Zauber an dir vorübergeht."

Candi stöhnte vor Schmerz auf, als Funken über ihre Brust schossen, aber keuchte dann, als Kevin etwas völlig Unerwartetes tat. Er legte eine Hand auf den Arm des Krampus. „Mr. Krampus, Sir?" Kevin schluckte und schaute nervös. „Ich möchte bitte nach Hause."

Der Krampus drehte sich zu Kevin um und kicherte zu seiner Überraschung. „Und du auch? Siehst du das, Candi Kane? Kevin möchte *bitte* nach Hause." Der Krampus seufzte und löste seinen Griff um Candi, als ob er merkte, dass er sein Temperament nicht im Zaum halten konnte. Und obwohl der Krampus ein Dämon und kein Mensch war, änderte sich sein Benehmen in das eines Gentleman. „Du, Kevin, bist ein Schnelllerner. Er möchte nach Hause und *bitte* noch dazu. Du könntest schon bald nach Hause gehen." Er wandte sich an den Troll, der das Gefängnis bewachte. „Mach uns doch eine Tasse Tee. Während wir auf ihre Freunde warten."

Der Troll flitzte davon, während der Krampus sich entfernte.

Candi und Kevin sahen sich gegenseitig an. Candi verzog das Gesicht, weil sie nicht glauben konnte, was sie gerade gehört hatte. „Hat er gerade gesagt, mach uns eine Tasse-"

„-Tee", nickte Kevin. „Ja."

Der Weihnachtsmann humpelte durch die Flure des Hauptquartiers und schlug gelegentlich frustriert mit seinem Stock gegen herumstehende Hindernisse — einen Mülleimer, einen Kopierer, einen Stapel Papierrollen, die ein gelangweilter Elf zu einem Weihnachtsbaum gestapelt hatte. Er murrte die ganze Zeit und hielt manchmal inne, um sich selbst für seinen leichtsinnigen Plan zu tadeln. Dann schlug er mit dem Stock gegen eine beliebige Trennwand. Nicht zu vergessen, dass es sich um elfengroße Kabinen handelte, deren Wände wie Bonbonpapier zerrissen wurden. Die wenigen Elfen, die noch nicht zum Feiern gegangen waren, schreckten an ihren Schreibtischen hoch, sahen sich gegenseitig und dann den Weihnachtsmann an und verdünnisierten sich schnell, als sie sich stillschweigend einig waren, dass es Zeit war, sich dem Spaß in der Taverne zum Nussknacker anzuschließen.

Der Postelf eilte aus seinem Büro herbei, stellte sich dem Weihnachtsmann in den Weg und wäre beinahe von dem Stock umgeworfen worden, als er sich zwischen dem Weihnachtsmann und einem Frozen-Moon-Automaten befand. „Argh!", rief er und wich so schnell vor dem Stock zurück, dass er stolperte und zu Boden fiel.

Daraufhin taumelte der Weihnachtsmann zurück und gab ein „Oh, ho!" von sich. Der Weihnachtsmann riss sich zusammen und half seinem Freund auf die Beine. Dabei entschuldigte er sich und wischte die Schokoladenreste eines aus Frust genaschten Eisbäris vom Boden auf. Er betrachtete die geschmolzene Schokolade in seiner Handfläche und wischte sie an seinem Ärmel ab. Nachdem er sich vergewissert hatte, dass es dem Postelfen wirklich so gut ging, wie dieser behauptet hatte, bemerkte er den Brief. „Was ist das?", er nahm den Umschlag und drehte ihn um. „Niemand schreibt mir an Heiligabend."

Der Postelf wickelte seinen knochigen Finger um den Umschlag und wies darauf hin: „Als dringend gekennzeichnet. Sehr merkwürdig."

Der Weihnachtsmann öffnete ihn, las ihn und enthüllte mit einem schweren Seufzer den Verfasser. „Rumpus." Er dachte einen Moment nach und tippte sich mit dem Finger an die Nase.

„Brauchst du meine Hilfe?", fragte der Postelf, aufrichtig besorgt, aufrichtig seine Hilfe anbietend, aber insgeheim hoffend, dass er nicht gebraucht wurde.

„Nein, nein", sagte der Weihnachtsmann. „Du hast dir eine Pause verdient." Er klopfte dem Postelfen auf die Schulter, als er weiterging. „Geh rüber Zum Nussknacker und amüsiere dich." Er humpelte weiter, jetzt nachdenklicher und überraschenderweise weniger frustriert. Aber das Problem, das ihn schon so lange verfolgte, war wieder da. Er war müde. Aber da er der Weihnachtsmann war, war die Müdigkeit keine Ausrede. Der Krampus hat Candi entführt? Und Jack hatte endlich sein Idol getroffen. Er muss zu Tode erschrocken sein, dachte der Weihnachtsmann. Dass Jackie den Krampus trifft, sollte so nicht passieren.

Der Weihnachtsmann ging einen langen Flur entlang, der düster und leer war und in dem sich eine Reihe Bürokabinen aneinanderreihte. Die Elfen hatten alle ihre Arbeit für dieses Jahr beendet und waren unterwegs – sie feierten in der Hütchenbar, ruhten sich zu Hause aus oder waren als Flieger oder Helfer eingeteilt. Am Ende des Flurs bog er zu einem alten, verwitterten Eingang zur alten Werkstatt ab – damals, als sich Werkstatt und Hauptquartier noch denselben kleinen Raum teilten. Heutzutage war sie eine Art Museum. Das moderne Hauptquartier war um die alte Werkstatt herum gebaut worden, um die bescheidenen Anfänge des Nordpols zu bewahren. Der Weihnachtsmann schritt durch den Raum und erinnerte sich an die Herstellung von Spielzeug, als er selbst ein junger Elf war. Er hatte noch den Geruch von Schweiß und Sägemehl in der Nase, und dachte daran, wie groß und magisch sich damals alles anfühlte und wie einfach Weihnachten früher war. Er erreichte das hintere Ende der Werkstatt, öffnete knarrend eine alte, schwere Holztür nach draußen und trat in den Schnee und die Kälte. Der Wind wehte durch seine Kleidung, als er über einen gepflasterten Weg zu einem alten Häuschen schritt, das der Hütte des Krampus nicht sehr unähnlich war. Doch statt der Blumenkästen, die mit Ruß und Asche gefüllt waren, quollen sie über vor Schnee und Eis. Einige der älteren Elfen versammeln sich hier jedes Jahr zur Sommersonnenwende ... wo um die Mittagszeit auf magische Weise arktischer Mohn aus den Kästen sprießt, überläuft und einen hellgrünen, weißen und gelben Teppich um die Füße der Schaulustigen bildet. Für die älteren Generationen ist dies der Beginn eines Abends mit Lagerfeuern, Tanz und Heiterkeit. Heute Abend war das Fest allerdings in der Stadt. Licht des Kamins in der Hütte reflektierte sich mit zunehmendem Flackern auf die Schneewehen unter den Fenstern.

Der Weihnachtsmann trat an eine weitere große und alte Holztür und zog an einem Seil, das Glöckchen im Inneren zum Klingen brachte. Er wartete, rieb sich die Hände an den Armen, um sich zu wärmen, und wünschte, er hätte einen Umweg gemacht, um seinen Mantel zu holen. Er klingelte das Glöckchen erneut und klopfte, bis die Tür schließlich knarrend aufging und Crustys müde Augen nach draußen blickten.

„Weihnachtsmann?", rief er, öffnete die Tür weit und bat ihn aus der Kälte herein.

„Oh, gut!" Der   Weihnachtsmann trat ein und stampfte den Schnee von seinem einen Schuh auf die Matte, die die Besucher mit *Wünsch dir was* fröhlich begrüßte. „Du bist wach."

„Natürlich bin ich wach", sagte Crusty, obwohl er mit seinem Bademantel und einer langen gestreiften Nachtmütze fürs Bett angezogen war. „Es ist Heiligabend", fügte er hinzu, als ob es der Weihnachtsmann vergessen hätte.

„Du musst auf die Kugel aufpassen."

„Aber es ist doch alles ruhig?" Crusty betonte es, als wäre es eine dumme Frage, drehte sich um und suchte nach seinem Mantel, wobei er vergaß, dass er ihn bereits trug. „Aber es ist doch alles ruhig." Wiederholte er, während er sich immer noch im Kreis drehte und suchte. „Kein Trubel."

„Es ist …ähm…" Der Weihnachtsmann versuchte zu deuten, was Crusty meinte, aber stattdessen korrigierte er nur dessen Verwirrung. „Nein, nicht Trubel. Die Kugel. Du musst auf die Schneekugel aufpassen."

„Oh?!" Crusty schwankte, ein bisschen schwindelig von der Drehung. „Ich dachte, das machen wir dieses Jahr nicht?"

„Planänderung", sagte er, und die Müdigkeit ließ sein kaltes Gesicht sanfter werden. Crusty schaute ihn nachdenklich an, zwei uralte Augenpaare starrten ineinander.

„Es wird langsam Zeit für dich abzutreten, oder?"

„Ich glaube schon", meinte der Weihnachtsmann mit klagendem Unterton und schluckte den Kloß in seinem Hals hinunter.

„Nun", Crusty lächelte und seine Augen leuchteten auf. Er war vielleicht der Einzige am Nordpol, der verstehen konnte, was den Weihnachtsmann die ganze Zeit beschäftigt hatte. „Das ist doch keine Schande." Er deutete mit einem knochigen Finger auf den Raum zwischen ihnen und wandte sich dann einem alten, verzierten Schrank zu, der mit Holzschnitzereien einer Waldszene bedeckt war – ein älterer – und anderer – Weihnachtsmann, mit einem riesigen Sack voller Spielzeug, der von einem Gespann aus vier Pferden gezogen wurde; und neben ihm ritt der Krampus, der eine Rute und einen Korb trug; beide sahen festlich gestimmt aus. An einem Haken an der Seite hing eine alte, verwitterte, grüne Filzmütze mit Pelzbesatz und Zwergmispeln. Crusty griff in den Schrank und zog eine Flasche Likörs Pfefferminzrum von 1892 heraus. „Wir sollten feiern!"

„Nein, Crusty. Keine Feier. Heute Abend ist keine Zeit dafür."

Crusty hielt inne, stellte die Flasche zurück und sah seinen langjährigen Freund an. Er schleppte einen kleinen Tritthocker vor den Weihnachtsmann und stupste ihn an, damit er ihm half, so dass sie auf Augenhöhe standen. „Wenn ich noch etwas Magie in mir hätte", schluckte er. „Würde ich nur einen letzten Wunsch erfüllen." Er klopfte dem Weihnachtsmann auf die Schulter. „Dass du dich an all die Briefe erinnerst, die du beantwortet hast, an all die Wünsche, die du erfüllt hast, an all die Freude, die Hoffnung und die Weihnachtsstimmung, die du all den Kindern in all den Jahren gebracht hast, und …" Er stockte, als er an seine eigenen vielen Jahre zurückdachte, und fügte dann hinzu: „Und dass du dort dein Glück findest."

Der Weihnachtsmann überlegte und langsam legte sich ein Lächeln auf sein Gesicht. Es war ein trauriges Lächeln, aber für sie beide würde es reichen. Seltsamerweise war die Müdigkeit verschwunden und wurde durch eine schwelende Leidenschaft ersetzt, die angefacht wurde. „Oh, Crusty. Ich glaube, es steckt mehr Magie in dir, als du denkst. Vergiss nicht, die Schneekugel, alter Freund?"

Crusty nickte. „Dreh dich um, alter Mann!" Der Weihnachtsmann gehorchte und Crusty sprang auf, um huckepack zurück ins Hauptquartier zu getragen zu werden. Crusty wippte von einer Seite zur anderen, während der Weihnachtsmann durch die Flure in Richtung seines Büros humpelte.

„Teile die Liste von Feliz zwischen Angel und Sirius auf. Der Weihnachtsmann zeigte auf eine imaginäre

Liste, die vor ihm in der Luft schwebte. „Sie sollen sich doppelt so schnell bewegen.“

Crusty sah ein bisschen albern aus, die Streifen seiner langen Mütze schwangen hin und her, als er seinen Hals um den des Weihnachtsmanns reckte, um auf die imaginäre Liste zu schauen. „Doppelt so schnell, check.“

„Fokussiere dich auf Rumpus. Wenn der Krampus durchdreht, ruf alle Flieger zurück.“

„Aber … wer liefert dann all die Spielsachen aus?“

„Alles zu seiner Zeit.“ Sie erreichten das Büro und der Weihnachtsmann half Crusty beim Herunterklettern. Er nickte ihm zum Dank und zum Abschied zu und als er sich abwandte, rief Crusty ihn zurück.

„Grüß den Krampus von mir.“

Für den Weihnachtsmann war das eine sehr seltsame Bitte. „Er ist nicht mehr der Krampus, den du einst kanntest, Crusty.“

„Und du bist nicht mehr der Weihnachtsmann, den er einst kannte. Sag ihm, dass Crusty gerne ein paar Kekse mit ihm essen würde. Bei einem Tee.“

Der Weihnachtsmann verzog das Gesicht, als er weiterlief, und murmelte vor sich hin: „Okay …“ Er marschierte mit solcher Wucht den Flur hinunter, dass sein Gips zerbrach und in Stücke zerfiel. Er warf seinen Stock weg und schritt entschlossen auf die Glastüren nach draußen zu. Er zog seine schwarzen Lederstiefel an, warf sich seine Weihnachtsmannjacke über und wickelte sich seinen dicken, schwarzen Ledergürtel um die Hüfte. Er wandte sich dem Ganzkörperspiegel zu

und musterte sich. Die Glut war nicht nur voll entfacht, sie war aufgeflammt.... und er sah entschlossen aus …
ICH BIN DER WEIHNACHTSMANN!

Er drehte sich um, um zu gehen, und als sich die automatischen Türen öffneten und der kalte Wind hereinwehte, rief die Missus ihn zurück: „Hey! Nikolaus!“

Der Weihnachtsmann blieb abrupt stehen und drehte sich um. Die Türen schlossen sich. Das Feuer erlosch.

„Hast du etwas vergessen?“, fragte sie.

Der Weihnachtsmann schaute sich um und tastete sich ab – er hatte seinen Gürtel, seine Handschuhe, seine Stiefel … was könnte er vergessen haben? Ah! Natürlich! Er gab der Missus einen Abschiedskuss.

„Ich meinte deinen Hut“, grinste sie. Sie zog ihm den Hut über den Kopf und richtete die Bommel aus. „Wo wärst du ohne mich?“

„Verloren.“ Der Weihnachtsmann lächelte.

„Hoffnungslos verloren“, stupste sie ihn spielerisch an und küsste ihn. „Bring sie nach Hause.“

„Wünsch mir Glück.“

Sie lächelte mit einem Zwinkern und stupste ihn an, aber der Weihnachtsmann zögerte. „Behalte Crusty im Auge, ja? Er ist ein bisschen …“ Er winkte mit der Handfläche … durcheinander.

„Los! Los!“, drängte sie ihn.

Elfen sind weithin dafür bekannt, dass sie Spielzeug herstellen. Sie sind aber auch richtig kreative Köpfe und in der Lage, die unmöglichsten Dinge zu kreieren, die einem in den Sinn kommen. Was Jack betrifft, war er, exakt in diesem Moment, gerade dabei, in Kevins Küche das größte Chaos anzurichten. Er durchwühlte die Schubladen und Schränke und holte alles heraus, was er brauchte. Die Schublade, die man gerne als Sammelsurium für unwichtige Dinge missbrauchte, sah aus, als wäre sie explodiert – vertrocknete Stifte, stumpfe Bleistifte, Büroklammern, längst abgelaufene Pizzagutscheine, Gummibänder, vertrocknete Klebestifte und leere Rollen Geschenkband lagen auf der Arbeitsplatte und dem Boden verstreut. Bei all dem Stöbern übersah er jedoch fast das, was er suchte, als er es planlos über die Schulter warf, dann aber schnell merkte, was er gerade weggeworfen hatte, und sich nach hinten beugte, um es aufzufangen – was natürlich dazu führte, dass er das Gleichgewicht verlor und vom Hocker fiel.

Er hielt die Rolle mit dem Gewebeband hoch und überlegte, was er damit machen sollte.

Nun, es war bekannt, dass Jack und Klebeband, egal welcher Art – wie Candi sagen würde – keine Freunde waren. Gewebeband war sein besonderer Erzfeind, denn es war besonders klebrig. Vorsichtig zog er eine Ecke hoch, dann noch ein oder zwei Zentimeter mehr und befestigte es vorsichtig an der Arbeitsplatte, damit er ein langes Band sicher abrollen konnte. So weit, so gut, dachte er. Aber als er das Stück von der Rolle riss, klebte das Band an seiner Hand. Und als er versuchte, es mit der anderen Hand abzuziehen, fing das Band an, an einer, zwei und dann an drei Stellen an ihm selbst zu kleben. Und als Jack daran zerrte, um es wieder gerade zu bekommen, löste sich der Teil, der an der Arbeitsplatte klebte. Das Band rollte sich um sich selbst und um Jack, und er verhedderte sich darin, als wäre es eine klebrige Python. Er stolperte und fiel auf den Boden.

„Heilige Zuckerstange!"

Es brauchte mehrere Anläufe und mehrere Bauchlandungen auf dem Boden, aber Jack schaffte es schließlich … er hatte sich eine Schärpe aus Klebeband gebastelt, die wie bei einer ziemlich uneleganten Miss America von seiner Schulter über seine Brust fiel und ein Steakmesser, eine zweizinkige Gabel, eine Holzkelle und Bambusspieße zierte. Wäre er ungünstig hingefallen, hätte das seine Mission zu einem jähen Ende gebracht, und zwar auf eine schreckliche Art und Weise, die vielleicht nicht einmal die Elfenschwester hätte flicken können. Aber er fiel nicht, und trotzdem durchsuchte er die Küche nach aller Art von Waffen, die er seinem Arsenal hinzufügen konnte. Eine Bratpfanne könnte weh tun, dachte er, aber sie war zu schwer und sperrig, vor allem da sie aus Gusseisen war. In diesem Moment erregte ein Messerblock seine Aufmerksamkeit so sehr, dass er einen rot-grünen Lichtschein aus dem Wohnzimmer nicht bemerkte.

Der Weihnachtsmann ist da!

Jack zog langsam das größte Messer aus dem Block und schätzte seine Möglichkeiten. In Jacks winzigen Elfenhänden wirkte die Klinge wie ein kleines Schwert, mit dem man einen Truthahn tranchieren könnte, ohne zu wissen, dass es eigentlich zum Hacken und Würfeln von Gemüse gedacht war. Jack rieb es an der Schleifstange und stellte sich seine Verwendung vor, während er es hin und her schwang.

Im Wohnzimmer begutachtete der Weihnachtsmann das Durcheinander, schlug seine Hand vor den Kopf und grummelte …oh je. Er stolperte über zerbrochenen Schnickschnack und zögerte, bevor er Noxen den Kopf streichelte. Der Weihnachtsmann wusste, dass ihre unangenehme erste Begegnung nicht Noxens Schuld war – zumindest genauso wenig wie es Rudolphs Schuld war, dass er die neblige Nacht mit seinem roten Leuchten erhellte -, aber er spürte immer noch einen Schmerz, einen Hauch von Verzweiflung, wenn er sich dem Rentier näherte. Es war zwar nicht fair, dass er ihn auf Abstand hielt, aber trotzdem verständlich. Noxen grüßte den Weihnachtsmann mit einem kurzen Dimmen seines Strahlens und einem elektrischen Funken aus seinen Augen. Der Weihnachtsmann erwiderte seinen Gruß mit einem Lächeln, bevor sie sich beide in dem Chaos umsahen. Weihnachten zerstörte dieses Jahr wirklich die Wohnzimmer. Die Wangen des Weihnachtsmanns blähten sich auf, als er seufzend über die zerbrochenen Bilderrahmen stolperte, als er sich auf den Weg in die Küche machte. Auf dem Weg dahin stieß er auf ein zerrissenes Foto von Kevin und seinen Eltern. Die strahlenden Augen und das Lächeln von Mama und Papa schimmerten unheimlich zwischen den Glasscherben, während Kevins seltsame Dunkelheit in diesem weihnachtlichen Gemetzel ganz gut zur Geltung kam. Der Weihnachtsmann trat in die Küche und beobachtete, wie Jack das große Messer schwang und gegen einen imaginären Feind kämpfte. Seine Augenbrauen zogen sich in Falten; die Röte seiner Wangen stach, fast so hell wie Rudolphs Nase, durch die Schminke hindurch. Die Augen des Weihnachtsmanns fühlten sich so schwer an wie sein Herz. „Rumpus?", rief er sanft.

Erschrocken wirbelte Jack herum und zeigte mit dem Ende des Messers auf den Weihnachtsmann. Er grunzte, fletschte die Zähne und sein Atem ließ seine Brust schwer werden.

„Jackie?" Der Weihnachtsmann blieb ruhig, aber vorsichtig.

„Weihnachtsmann?!" Jack entspannte sich und erkannte den Eindringling. „Du bist hier?"

Der Weihnachtsmann blickte auf die Messerspitze, die auf ihn gerichtet war. Der Teil von ihm, der sich wie ein Vater für alle Elfen und Kinder auf der Welt fühlte, legte sich auf sein Herz. „Natürlich, ich bin hier."

Jack schaute auf sein Messer. Seine tränenden Augen blickten auf den Boden. „Er hat Candi."

„Was ist das für eine Aufmachung?", fragte der Weihnachtsmann und versuchte, die Situation aufzulockern, aber Jack war für keine Auflockerung bereit.

„Es ist alles meine Schuld." Jack schüttelte den Kopf. „Er hat sie entführt."

„Willst du den Krampus zu Hackfleisch machen?"

Ein weiterer emotionaler Stupser vom Weihnachtsmann, um ihn zu beruhigen, brachte nur eine Bösartigkeit hervor, wie er sie noch nie bei Jack gesehen hatte. „Er hat Candi!", fauchte er und umklammerte den Griff des Messers immer fester.

Der Weihnachtsmann biss sich auf die Unterlippe, wog den Moment ab und nahm den überwältigenden Schmerz in Jacks Gesicht wahr, die Art von Schmerz, die vorgibt, wütend zu sein. Er sank sanft und väterlich auf ein Knie. „Und wir werden sie zurückholen", versicherte er Jack, nahm das Messer und legte seine Hand auf Jacks Schulter. „Aber nicht auf diese Weise."

„Er ist böse", schluchzte Jack. „Candi hatte recht. Er ist wirklich böse."

Der Weihnachtsmann nahm Jack die Schärpe vorsichtig ab und bewunderte seinen Einfallsreichtum. Und seine Verzweiflung. „Das war nicht immer so", sagte er und legte seine Handfläche an Jacks Wange, um ihn zu trösten und gleichzeitig zu belehren. „Und ich glaube, dass ein Teil von ihm immer noch nicht so böse ist. Aber, Jackie …" Der Weihnachtsmann schluckte und seufzte erneut. „Du kannst nicht Böses mit Bösem vergelten. Das ist ein rutschiger Abhang, den du nicht ergründen kannst." Jack nickte zustimmend und bedauernd. Ihre Blicke trafen sich, bis der Blick des Weihnachtsmanns auf ein Paar Füße fiel, die hinter der Private hervortraten. Der Weihnachtsmann erhob sich, neigte den Kopf zur Seite und warf einen Blick auf Kevins Eltern … die zusammengesackt waren. „Hmm-oh", schluckte er.

„Schlafbälle", Jack zog eine Grimasse.

„Ich habe dir den Zauber gegeben, um das Chaos mit den Rentieren in Ordnung zu bringen!"

Jack runzelte die Stirn und zog den Kopf zurück. „Das hast du gesehen?!" Daraufhin setzte der Weihnachtsmann seinen Weihnachtsmannblick auf … was du nicht sagst. Jack sog Luft durch seine Zähne und schämte sich plötzlich, obwohl er nicht wusste, warum. „Gibt es eine empfohlene Dosis? Ich musste wirklich viel benutzen." Seine Handfläche fuhr zu seinen Augen und massierte seine Schläfen. „Ein paar Mal."

„Ah", seufzte der Weihnachtsmann. „Sie werden sich fühlen, als hätten sie ein paar Pfefferminzbiere zu viel getrunken." Er sah sich in der Küche um. „Wenn sie aufwachen."

„Im Ernst, Weihnachtsmann." Jack schüttelte den Kopf. „Schlafbälle sind die lahmste Superkraft aller Zeiten. Außer vielleicht für Aquaman."

Der Weihnachtsmann verdrehte die Augen und zog seine Oberlippe unter dem Bart hervor. „Zum Glück lässt deine Superkraft nach, wenn die Sonne aufgeht." Er schaute sich um und rief dann zur Decke hinauf: „Crusty?! Etwas Hilfe?"

Jack sah sich ebenfalls um … Crusty? Und dann wirbelten vertraute weiße Schwaden, die aus einer riesigen Schneekugel im Büro des Weihnachtsmanns herbeigerufen worden waren, aus dem Kamin auf und ab. Die zerbrochenen Bilder und der Schnickschnack schimmerten und erhoben sich um Noxen, der jaulte, brüllte und aufstampfte, als hätte er diesen besonderen Zauber noch nie gesehen. Das Bild von Kevin und seinen Eltern richtete sich selbst auf dem Beistelltisch aus, so dass Mama und Papa wie aus dem Ei gepellt aussahen und Kevin nun derjenige war, der auf unheimliche Weise fehl am Platz war. Die Mühe, die der

Teenager in seinen betont desinteressierten Blick gesteckt hatte, zahlte sich aus, denn so entstand ein Familienfoto, das seine kunstsinnige Mutter in Schwarz-Weiß gedruckt sehr beeindruckend fand. Sie hatte das Foto sogar für die diesjährigen Weihnachtskarten verwendet, die sie an Familie und Freunde schickte. Sehr zu Kevins Missfallen.

Der Nebel, der den Raum um Noxen füllte, wirbelte in den Keller und ließ Geräusche von Dingen, die wieder in Ordnung kamen, nach oben erklingen, während weitere Schwaden in die Küche wirbelten und Jack einhüllten.

„Was zum …?", rief er erstaunt aus, als sich die Küche selbst aufräumte. Er zuckte zurück, als Kevins Eltern sich schwebend und wie tot vom Boden erhoben und dann mit hängenden Armen und über den Boden schleifenden Händen, zurück in ihr Schlafzimmer schwebten. Jacks Augen weiteten sich, als er zur Wohnzimmertür schritt und sah, wie sie in der Dunkelheit des Flurs verschwanden. Als er sich zur Küche umdrehte, sah er, wie das Klebeband, die ausgetrockneten Klebestifte und die abgelaufenen Pizzagutscheine zurück in die Schublade schossen, die daraufhin zuschlug.

„Jackie Roland Rumpus!", rief der Weihnachtsmann und rüttelte Jack aus seiner Verblüffung auf. Drei schlafende Kinder, die immer noch an Stühle gefesselt waren, schwebten aus dem Keller in das Wohnzimmer.

„Der Krampus sollte mich finden!", erklärte Jack, doch der strenge Blick des Weihnachtsmanns ließ ihn wissen, dass seine Erklärung nicht zufriedenstellend war. „In dem Moment schien es eine gute Idee zu sein!"

Der Weihnachtsmann runzelte die Stirn und blickte ihn an. „Es tut …" Jacks Herz tat weh. Die Kinder taumelten durch die Luft, ihre Fesseln lösten sich, sie rutschten von ihren Stühlen und schwebten durch die offene Haustür zurück in ihre Häuser und Betten. „Es tut mir so …"

„Ich weiß!" Der Weihnachtsmann fuhr ihn an. „Es tut dir leid!" Er zeigte die Zähne und schüttelte nur leicht den Kopf. „Es tut dir immer leid."

Jack trat auf den Weihnachtsmann zu. „Aber dieses Mal tut es …"

„Wirklich leid? Ja, du lernst es nie!" Der Weihnachtsmann schritt an Jack vorbei, um sich in der Küche umzusehen.

Jack schaute zur Decke hinauf. „Crusty!", rief er. „Stell sicher, dass es ihnen gut geht?!" Seine Augen huschten umher, in der halben Erwartung, dass Crusty irgendwo an der Decke auftauchen würde. „Der Krampus hat sie ziemlich erwischt. Und zwar ziemlich hart." Jack wandte sich an den Weihnachtsmann. „Das kann Crusty doch auch, oder?" Ein strafender Blick vom Weihnachtsmann ist genauso, als würde einen der strengste und wütendste Vater strafend ansehen. Ein Windstoß wehte Jack ins Gesicht und zerzauste sein Haar, als die Schwaden aufgewirbelt wurden und nach hinten in den Kamin flogen … bis hin zu Crustys Fingerspitze, die gegen die Schneekugel im Büro des Weihnachtsmanns drückte.

Crusty beobachtete, wie sich die letzte Schwade in seine Fingerspitze zurückzog und warf einen neugierigen, anerkennenden Blick auf seinen Finger. Seine Augen wanderten durch das lange Büro, zu all den Büchern und den Briefen, die wie alte Zeitungen gestapelt und gebunden waren, nach draußen in die Heiligabendnacht, zu den fernen Bergen, durch die das Fernrohr des Weihnachtsmanns spähte. Er nahm einen alten Zylinder aus schwarzem Filz aus einem Regal, setzte ihn auf und fühlte sich ein bisschen wie der Weihnachtsmann. „Die Zeit", sagte er und klopfte gegen die Spitze des Hutes, „marschiert vorwärts." Er wandte sich wieder dem flüchtigen Nebel im Inneren der Weltkugel zu.

Jack stammelte und rannte dem Weihnachtsmann hinterher, wobei er seinen Blicken auswich und mit seinen Händen rang. Der Weihnachtsmann durchsuchte jeden Schrank und schlug jede Tür wieder zu – scheinbar härter als die vorherige – um dann zum nächsten Schrank weiterzugehen.

„Es tut …" Jack hielt inne und unterbrach sich selbst, bevor der Weihnachtsmann ihn mit einem weiteren *Es tut mir leid* aufziehen konnte. „Es *tut* mir leid", seufzte er. „Es tut mir leid, dass ich …", er dachte einen Moment nach und akzeptierte, was ihm alle am Pol schon so lange gesagt hatten. „Es tut mir leid, dass ich so ein böser Elf bin."

„Jackie!" Der Weihnachtsmann knallte einen weiteren Schrank zu. „Du bist kein böser Elf. Du tust nur unartige Dinge." Er ging weiter zum nächsten Schrank. „In neun von zehn Fällen, wenn du die Wahl hast, etwas Unartiges oder etwas Artiges zu tun, würde ich wetten, dass du das Artige wählen würdest." Jacks Augen weiteten sich, denn er hatte nicht gewusst, dass der Weihnachtsmann so über ihn dachte … wirklich?! Doch Jacks Freude fiel in sich zusammen, als der Weihnachtsmann ihn anfuhr: „Aber auf die unartigste Art, die man sich vorstellen kann!"

„Ich … ich … ich glaube …", stammelte er. „Ich glaube nicht, dass ich …"

Endlich fand der Weihnachtsmann, was er suchte: einen Salzstreuer. Er stapfte in Richtung Wohnzimmer und hielt gerade so lange inne, dass sich seine Schultern anspannten. Seine Hände erhoben sich und würgten einen imaginären Hals vor ihm. „Du hast heute drei Kinder entführt!"

„Fünf", sagte Jack ganz sachlich. „Technisch gesehen." Er zog eine Grimasse. „Wenn ich ehrlich sein soll."

Der Weihnachtsmann blieb vor dem Kamin stehen und drehte sich wieder zu Jack um. „Wer noch entführt Kinder an Heiligabend?"

„So war es nicht! Ich meine!-" Jack überlegte … es war nur, damit der Krampus ihn findet. Es war nicht böse. Es war keine Entführung! Aber trotzdem war es … genau wie beim Krampus! „Es sollte doch nur …" Und dann wurde Jack klar, wie sehr er sich in diesem Weihnachtsjahr wie sein früheres Idol verhalten hatte. „Es war nur …" Er versuchte, sich zu erklären. Er wollte sich entschuldigen! Aber als er stotternd nach Worten suchte, kamen ihm nur zwei über die Lippen: „Oh! Kacke!"

„Ja", nickte der Weihnachtsmann und beugte sich zu seinem problematischsten Elfen hinunter. „Kacke." Er rappelte sich wieder auf und richtete seinen Frust auf Noxen, der am Baum knabberte.

„Deshalb hasst du mich?", fragte Jack.

„Candi", sagte der Weihnachtsmann. „Würdest du sagen, sie ist böse?" Jacks Gesicht verzog sich. Auf den Gedanken wäre er nie gekommen … Candi? Schlecht? Der Weihnachtsmann nickte: „Ich vermute, sie hat sich mit Rudolph Spritztouren unternommen." Jack war fassungslos. Seine Augen weiteten sich bei dieser Erkenntnis und er zählte eins und eins zusammen, als der Weihnachtsmann seinen Stiefel benutzte, um Platz um den Kamin zu schaffen. „Und ich dachte, du wärst es!"

„Wegen Candi wurde Weihnachten abgesagt?"

„Und ich nehme an, ihretwegen wurde es auch wieder nicht abgesagt." Er kickte ein Geschenk weg, das fein säuberlich in goldenes Geschenkpapier mit einer roten Schleife verpackt war. „Siehst du", sagte er, „du tust einfach, was dir in den Sinn kommt – ohne Rücksicht darauf, ob du unartig oder artig bist. Sie hingegen denkt über den Unterschied nach und tut trotzdem das Unartige." Dann drehte er sich zu Jack um und warf ihm einen Blick zu, der ihn etwas erkennen ließ, was ihm vorher nicht ganz klar war. „Für dich, möchte ich hinzufügen."

„Für mich?" Weihnachten nicht abgesagt zu bekommen, zu wissen, wie die Zwergmispel Farm im Mondlicht glitzerte, sein Training zu sabotieren, der Dauer-Schwur …

Der Weihnachtsmann schüttete eine Linie Salz um die Feuerstelle und schloss dann die Augen, während er sein Gesicht zur Decke richtete. „Sie muss die frechste Elfe aller Zeiten sein! Ich kann mir nur vorstellen, wie aufgeregt der Krampus war, als *sie* auftauchte. Und doch ist sie eine meiner Lieblinge. Also, Jackie." Der Weihnachtsmann drehte sich zu Jack um, blickte auf ihn herab, schaute in sein Gesicht und stieß ihn mit einem Finger auf die Brust, während er jedes Wort aussprach. „Ich. Hasse. Dich. Nicht." Er richtete sich auf. „Noxen!" Das Rentier drehte sich um, während es gerade an einem Ast kaute und ihm glitzernde Lametta-Fäden aus dem Maul hingen. Ein Ornament, das wie eine beliebte schwammige Zeichentrickfigur aussah, baumelte am Ende des Astes. „Hör auf, den Baum zu fressen. Das bekommt dir nicht." Der Weihnachtsmann zerrte an dem Zweig. „Ist das Ding überhaupt echt?" Noxen kaute noch einmal vorsichtig darauf herum, bevor er sich wieder dem Baum zuwandte. Der Weihnachtsmann griff nach oben und nahm den Stern aus der Baumkrone. Er warf ihn innerhalb der Salzlinie auf den Boden und zermalmte ihn mit seinem Absatz. Als er sich vergewissert hatte, dass die Sternstücke fein genug waren, klatschte er, drehte sich zum Kamin und schätzte ihn ab. „Jetzt zu Candi." Er schloss die Augen, drehte die Handflächen nach außen und sagte leise: „Krampusnacht."

Jack kletterte auf den Beistelltisch, setzte sich und wartete auf etwas. Aber nichts geschah. Der Weihnachtsmann blieb still, die Handflächen nach außen, die Augen geschlossen. Der Kamin blieb kalt und dunkel. Jack blickte zwischen den beiden hin und her. „Das habe ich schon versucht", sagte er schließlich.

ELF AUF ABWEGEN UND DER KRAMPUS

„Pst." Der Weihnachtsmann wies ihn mit einer verärgerten Handbewegung ab. „Da steckt mehr dahinter", beharrte er. „Ist schon eine Weile her."

„Ab-"

Jetzt wiesen ihn zwei Hände verärgert ab. „Ab-Ab-Ab-Ab-aber jetzt still. Pssst! Ich denke nach." Jack biss sich auf die Unterlippe, als ob er den Rest seiner Worte gefangen halten wollte. Der Weihnachtsmann überlegte. „Krampusnacht steht vor der Tür", begann er schließlich, und seine Augen wurden trüb und grau. „Mit Rute und Korb. Krampusnacht steht vor der Tür." Er brach ab, seine Lippen bebten, als wolle er ein Wort beginnen, aber er war vorsichtig, dass er das richtige Wort begann. Als er endlich sicher war, dass er die Worte tief in seinem Kopf gefunden und sich zurechtgelegt hatte, wurden seine Augen groß und er zeigte auf den Kamin. „Böse Kinder fürchten ihn."

Ungeduldig schwang Jack seine Beine herum. „All das, nur um eine Tür zu öffnen?"

„Sei still, du." puffende Blitze hüpften um den Weihnachtsmann herum, der zurückwich, als der Kamin zum Leben erweckt wurde.

Die Hitze und der grelle Schein ließen Jack zurückweichen, jedoch glühten wurden seine rosigen Wangen durch die Aufregung und die Flammen spiegelten sich in seinen Augen. „Was machen wir jetzt?"

Der Weihnachtsmann zeigte ins Feuer. „Ich werde da reingehen und Candi holen." Dann deutete er auf den Beistelltisch. „Du wirst bei Noxen bleiben."

„Was?!“ protestierte Jack und hüpfte auf seine Füße. „Nein! Ich will helfen!“ Seine Fäuste ballten sich vor seiner Brust, als er dramatisch betonte: „Ich *muss* helfen!“

„Zu gefährlich, Jackie. Wenn ich erst einmal drin bin, wird Polarmagie nutzlos sein.“

„Was eine Umschreibung dafür ist, dass du mich wirklich, wirklich brauchst.“

„Jackie, nein. Ich kann nicht tun, was ich tun muss, und mich auch noch um dich sorgen.“ Jack wollte natürlich noch mehr protestieren, aber der Weihnachtsmann unterbrach ihn mit einem Fingerzeig. „Versprich es mir. Bleib bei Noxen.“

„Okay“, gab Jack nach, aber erst, nachdem er seine Finger hinter seinem Rücken verschränkt hatte.

„Ich meine es ernst, Jackie“, sagte er mit Nachdruck und warf ihm den Weihnachtsmannblick zu.

„Natürlich“, nickte er.

Frustriert packte der Weihnachtsmann Jacks Arm und schüttelte ihn, um ihm zu zeigen, dass er sich nicht täuschen ließ. „Keine Spielchen mehr, Rumpus!“

„Schon gut“, seufzte er schmollend. „Ich werde bei Noxen bleiben.“

Obwohl er zweifelte, wandte sich der Weihnachtsmann vorsichtig wieder der Feuerstelle zu. „Wünsch mir Glück.“ Eine rote und grüne Aura schimmerte, als er über das Salz in die Flammen trat.

„Weihnachtsmann?“ Jack legte den Kopf schief. Es war seltsam, den Weihnachtsmann in den Flammen gebeugt zu sehen, aber er verbrannte sich nicht, als er zu Jack zurückblickte. „Ich dachte, dein Bein wäre gebrochen."

Der Weihnachtsmann tat so, als wäre er überrascht. „Es ist ein Weihnachtswunder!" Er berührte seine Nase mit dem Finger, nickte mit einem Zwinkern und verschwand.

Jack starrte ins Feuer. „Viel Glück." Er glaubte, den Schatten des Weihnachtsmanns zu sehen, der irgendwo hinter den Flammen herumhuschte. Mit einem ungebrochenen Bein. War Candi vielleicht die frechste Elfin aller Zeiten? Und das ausgerechnet seinetwegen? Und er lag genauso falsch damit, dass der Weihnachtsmann ihn hasste, wie alle anderen, dass Jack den Weihnachtsmann hasste. Diese Nacht sollte nicht so verlaufen, dachte er, und je mehr er darüber nachdachte und sich im flackernden Licht verlor, desto mehr ahnte er, dass es gar nicht anders hätte verlaufen können.

14 – Den Elfenabgang machen

Die unartigen Kinder hatten ihr Schicksal akzeptiert. Weinen war sinnlos. Schreien brachte nichts. Sie waren in der Hölle und das ausgerechnet an Heiligabend. Niemand wollte ihnen helfen. Candi und Kevin hingegen waren schweißgebadet – sie versuchten, an den Gitterstäben hochzuklettern, daran zu zerren, sie rüttelten an den Stäben und würgten gelegentlich an den Stäben, als ob sie dem Dämon, der sie dorthin geschleppt hatte, das Leben aus dem Leib reißen wollten – alles, um irgendeinen Schwachpunkt zu finden. Kevin hatte ihr seine Socken geliehen, die sie über ihren Händen tragen sollte, um sie vor den Stromstößen zu schützen. Die rot gestreiften Sportsocken bedeckten ihr die Arme bis zu den Schultern hinauf und stanken wie ein verschwitzter Teenager, was bei ihr zunächst Übelkeit hervorgerufen hatte. Entschlossen, sich zu befreien, überwand sich Candi, aber so schnell würden sie nirgendwo hingehen. Denn das war nicht die Art, wie der Krampus seinen Heiligabend gestaltete.

Kevin wandte sich an die anderen Kinder. „Kommt schon!", forderte er sie auf. „Helft uns!"

Traurige Augen blickten ihn an, ohne dass sich jemand bewegte. In diesem Moment geschah etwas seltsames. Candi hörte auf, die Gitterstäbe zu testen. Sie ließ los und schlug sich ihre, mit stickenden Socken bedeckten Hände über die spitzen Ohren, als sie zu Boden fiel. Sie zuckte vor Schmerz zusammen und ihre Augen zuckten, als sie nach der Quelle des schmerzhaften Geräuschs suchte. Ein achtjähriges Mädchen stand in der Mitte der Höhle. Ihr langes blondes Haar verdeckte ihr Gesicht, aber es war offensichtlich, dass ihre Tränen im Gegensatz zu den anderen Kindern nicht unterdrückt waren. Sie schluchzte. Sie heulte. Und, na ja, sie weinte vor Wut, so wie eine Achtjährige weinen würde, wenn sie in einer Höhle in der Hölle eingesperrt wäre. An Heiligabend. Ihr Name war Amy, das Mädchen, dessen Name auf Feliz' fehlender Unartigenliste stand.

„Oh, bitte weine nicht", flehte Candi und näherte sich Amy, wie man sich einem in die Enge getriebenen Dachs nähern würde – mit äußerster Vorsicht und vielleicht mit der Frage, warum man sich einem solchen Vieh überhaupt nähert. Trotzdem versuchte sie, das Mädchen zu trösten und berührte ihren Unterarm. „Weinende Kinder sind wie das schlimmste Geräusch für eine Elfe." Amys Schreie wurden immer lauter und Candi zuckte zusammen … im Gegensatz zu ihrem Versuch, sie zu trösten, der fast ganz verstummte. „Ernsthaft, Kind! Wie Fingernägel auf einer Tafel." Ein paar der anderen unartigen Kinder erschauderten bei dem Gedanken, obwohl es offensichtlich war, dass die meisten das schrille Geräusch, das einem Schauer über den Rücken jagte, noch nie gehört hatten. Gab es keine Kreidetafeln mehr, fragte sich Candi einen kurzen Moment, während sie sich umsah … was sollte sie tun, was sollte sie tun? „Argh!", keuchte sie bei einem weiteren lauten Ausbruch von Amy. Sie schlug sich die

Hände über die Ohren und der Schmerz warf sie von den Füßen. „Ich weiß!" Sie eilte zu den Gittern und entdeckte eine zerbrochene Puppe. „Kevin? Kannst du die erreichen?"

Kevin kniete sich hin und streckte seine Arme durch die Gitterstäbe, die Finger griffen immer weiter und weiter, als ob er sie dazu bringen könnte, zu wachsen oder vielleicht seine Schulter auszurenken. Aber kurz bevor er das kaputte Spielzeug erreichen konnte, zog er sich zurück und sah Candi an. „Warte mal! Warum weint sie?"

„Ich will meine Mami!", schrie das Mädchen, als ob die Antwort auf seine Frage offensichtlich sein müsste, woraufhin Candi auf dem Boden zusammensackte, als hätte man sie in die Eingeweide getreten.

„Aber *wieso* kann sie weinen? Und warum kann ich sprechen?" Die leise weinenden unartigen Kinder schauten alle zu Kevin.

„Bitte erst die Puppe", jaulte Candi. „Bitte?" Als Kevin die Puppe erwischt hatte, schnappte sie Candi sie und gab sie Amy mit einem nicht gerade beruhigenden, aber dafür verzweifelten Grinsen. Amy umarmte die Puppe, schniefte und beruhigte sich, und Candis Schultern sanken, als sie begann, sich zu entspannen. Doch dann warf Amy einen Blick auf die Puppe – ihr gebrochener Arm, ihr versengtes Haar und ihr verbranntes Kleid, ein Auge fehlte und sie war mit Schmutz und Ruß bedeckt. Sie warf sie entsetzt zu Boden, als wäre die Puppe die Leiche ihrer liebsten imaginären Freundin.

„Sie hat nicht mal ein Auge!", rief sie und weinte wieder.

ELF AUF ABWEGEN UND DER KRAMPUS

„OH MEIN GOTT!", sagte Candi wütend und hielt sich wieder die Ohren zu. „Ich bin wirklich in der Hölle." Sie geriet in Panik und suchte mit ihren Augen verzweifelt nach etwas anderem, das sie ausprobieren konnte, während ihre Eingeweide vor Schmerz zitterten, als sie sah, dass die Schattenkugel wieder auftauchte. Sie kam herab und schwebte vor der Höhle, bevor sie eintrat. Sie zog alle in ihren Bann, als sie durch die Gitterstäbe sickerte und wie eine Hand mit wirbelnden, bedrohlichen Fingern auseinanderbrach. Als sie auf Amy zusteuerte, erinnerte sich das Mädchen daran, was Candi getan hatte, als sie das Wort *Dunkelstimmen* zum ersten Mal hörten, und schlug sich schnell die Hände vor den Mund. Doch eine dunkle Magie durchzuckte Amy, als schattenhafte Strähnen auftauchten, die zwischen ihren Fingern hindurchliefen, bevor sie sich auflösten und in die Schattenkugel hineinwirbelten. Obwohl sie immer noch weinte, verstummte Amy wieder.

„Das ist bei mir nicht passiert", bemerkte Kevin.

„Nun", überlegte Candi. „Die Stille ist … besser?"

Kevin sah Amy an und dann zu den anderen verängstigten unartigen Kindern. „Stell dir vor, du schreist um Hilfe, aber du kannst keinen Ton von dir geben."

Und plötzlich fühlte sich Candi furchtbar, obwohl Amy sie einem der schlimmsten Geräusche für eine Elfe ausgesetzt hatte. „Oh", sagte sie einfach und berührte Amys Unterarm so tröstend, wie sie es nur konnte.

„Vielleicht wird die Hölle dir guttun", runzelte Kevin die Stirn, als er sich erinnerte. „Wütende Stille führt sie nach Hause."

„Was meinst du?", fragte Candi.

„Was der Krampus gesagt hat. Wütende Stille führt sie nach Hause."

„Wo wir gerade dabei sind …" Candi nickte, und sie machten sich wieder daran, die Gitterstäbe nach Schwachstellen zu durchsuchen. Und wieder traten und zerrten sie, würgten eine Zeit lang und schwitzten dabei. Nach einer bestimmten Drosselung stieß Kevin mit zusammengebissenen Zähnen ein urzeitliches Grunzen aus und verpasste dem Gitter einen Tritt und einen Schlag, wobei er kaum auf den Schmerz in seinen Knöcheln reagierte. Candi war nach oben geklettert und suchte nach losen Verbindungen zwischen den Stäben und der Höhlenwand. Bei seinem Grunzen hielt sie inne und rutschte hinunter, um ihm auf Augenhöhe zu begegnen. Irgendetwas bedrückte ihn, dachte sie, abgesehen von den offensichtlichen Problemen, die sie hatten. Er strich sich die verschwitzten Haare aus dem Gesicht, holte Luft und sah Candi in die Augen. „Der Krampus wollte weder Emily, noch Stephen, noch Micha. Warum ich? Oder Ash? Sie war nicht einmal Teil des Straßenfestes."

„Wer weiß, warum er tut, was er tut?", sie zuckte mit den Schultern.

„Aber … ich bin das einzige Kind, das hier sprechen kann. Warum nur ich?"

„Weil ich dir den Mund zugehalten habe?"

Kevin nickte Amy zu, die schweigend in der Mitte der Höhle stand. Tränen verschmierten den Ruß auf ihren Wangen. „Bei ihr hat es nicht funktioniert", sagte er, rüttelte noch einmal an den Stäben und stieß ein wütendes Grunzen aus. Er drehte dem Gitter den Rücken zu und rutschte hinunter, als seine Entschlossenheit schwand. „Es ist hoffnungslos. Ich scheine hierhergehören.“

Candi sah zu, wie er hinunterrutschte und runzelte die Stirn. „Sag so etwas nicht!“ Sie rutschte zu ihm. „Es ist nie hoffnungslos. Jackie dachte auch, er gehöre hierher. Aber er hat sich geirrt. Und du liegst falsch. Es sei denn …“ Sie drehte sich um, in Richtung der hoffnungslosen Gesichter der stillen, unartigen Kinder. „Es sei denn, du hast recht. Und du gehörst wirklich hierher.“

„Oh, danke.“ Er blickte auf den Platz vor ihm.

„Nein, ich meine …“ Sie wurde aufgeregt. „Was, wenn das der entscheidende Punkt ist? Du gehörst *nicht* hierher, weil du merkst, dass du *doch* hierher gehörst.“ Es war nicht ganz der Weihnachtsmannblick, den er ihr zuwarf, aber es war ein verwirrter Blick, als könnte er nicht verstehen, was ihm so unglaublich dumm vorkam. Candi verstand diesen Blick, denn sie hatte Jack schon oft einen ähnlichen Blick zugeworfen. „Es geht um Buße“, erklärte sie. „Reue. Und du musst dich wegen irgendetwas schuldig fühlen.“ Sie drehte sich zu Amy und zeigte auf sie. „Und du! Was, wenn du eine undankbare Göre bist?“ Amys Augen wurden groß und verzweifelt. „Nein! Nein!“ Candi stürmte herbei und klopfte Amy auf die Hand. „Ich sage nicht, dass du das bist … aber was ist, wenn du deshalb hier bist? Du hast deine Stimme zurückbekommen, aber dann die Puppe abgelehnt, weil sie kein Auge hat? Und dann: Puff!“ Sie schaute zu den unartigen Kindern, die sie alle nachdenklich ansahen. „Was würdet ihr alle anders machen, damit der Krampus euch nicht hierher bringt?“

Und während sie alle nachdachten, schossen dunkle Schwaden zurück in die Zelle und in die Münder der Kinder. Die Schwaden trafen sie im hinteren Teil ihrer Kehle und warfen ihre nunmehr erleuchteten Köpfe zurück. Sie keuchten alle auf, als sie ihre Stimmen wiederbekamen. „Siehst du das, Kevin! Es ist nie hoffnungslos." Sie lächelte und gab ihm einen Klaps auf sein Knie. „Jetzt mach den Elfenabgang und hilf mir." Er betrachtete kurz seine stinkende Socke, die über den Rand ihrer ausgestreckten Hand baumelte, bevor er lächelte und nach ihr griff.

In diesem Moment blickte der Weihnachtsmann von der Seite herein. Und der Weihnachtsmann, der nicht wusste, dass Candi bereits eines der nächsten Probleme auf seiner To-do-Liste gelöst hatte, als sie den frechen Kindern half, ihre Stimmen zu finden, verlor jedes Element der Überraschung, als die Kinder zu den Gitterstäben stürmten und „Weihnachtsmann!" riefen. So viel Glück und Freude! „Weihnachtsmann!" Denn dieses Jahr war er nicht nur der fröhliche alte Elf, der ihnen die Geschenke brachte … er war ihr Retter. Und bat sie eindringlich, still zu sein.

Irgendwo hoch oben, am Ende eines staubigen Klippenwegs, brannte ein Feuer auf der falschen Seite eines Kamins … Kevins Kamin. In Kevins Wohnzimmer schritt Jack umher, während Noxen sich am Baum labte. Wäre Jack wie jeder andere Elf, sagen wir, Mickie, vom Weihnachtsmann angewiesen worden, an Ort und Stelle zu bleiben und nichts zu tun, hätte er genau das getan, bis er aufgefordert wurde, etwas anderes zu tun. Aber, wie wir wissen, war Jack nicht wie die anderen Elfen. Seine Ungeduld wuchs so wild wie seine Fantasie … er fragte sich, was mit Candi passiert sein könnte … die Schuldgefühle, die auf ihm lasteten, dass alles seine Schuld war … dass er jedes Jahr diesen dummen Wunsch geäußert hatte … dass- „Argh!" Wie sich seine Gedanken überschlugen! Er stürmte in die Küche.

Noxen, der sich mit sich selbst beschäftigt und am Weihnachtsbaum geknabbert hatte, hielt mitten im Kauen inne und warf einen nachdenklichen Blick auf Jacks Verschwinden. Sein Geweih streifte die Ränder der Äste und riss ein paar Ornamente von ihren Haken. Weitere Lametta-Strähnen hingen von den Seiten seines Mauls herab und glitzerten im Schein des Feuers. Als Jack entschlossen zurückkehrte, das Messer ergriff und seine Waffenschärpe trug, protestierte Noxen. Er grunzte und stampfte mit dem Fuß auf.

„Ich weiß, was der Weihnachtsmann gesagt hat", beharrte Jack und ging um das Rentier herum. „Aber …"

Das Tier grunzte noch mehr und leuchtete Rot auf.

„Wieso ist es unartig, etwas Artiges zu tun?" Jack stürmte in die Flammen, und Noxen beugte sich nach ihm, biss in die Schärpe und riss ihn zurück, sodass Jack mit dem Kopf gegen die Oberseite der Feuerstelle knallte, sich im Klebeband verhedderte und mit den Füßen strampelte, bis das Klebeband schließlich riss und er in die Asche und die brennende Glut stürzte. Jack kochte auf allen Vieren … die einzige Hitze, die er spürte, war seine Wut, bis er etwas in der Asche glitzern sah. Er griff danach, fast hypnotisch. „Hmm." Er kroch zurück aus den Flammen und stand auf, um es Noxen zu zeigen. „Die Halskette von Candi."

Ein Jack O' Lantern-Kürbis mit Fledermausmotiv und festlicher Weihnachtsmütze.

„Ich habe ihr das gemacht." Noxens Augen schimmerten. Jack erinnerte sich und schluckte, als sein Herz schwer wurde. „Gleich nachdem ich mein Abzeichen für Geschenke einpacken verpasst habe. Meine letzte Chance." Er schaute in Noxens silberne Augen. „Zu viele gescheiterte Abzeichen. Ich wurde aus der Elfenbrigade rausgeschmissen." Er schniefte. „Ich habe so getan, als wäre es mir egal, aber Candi wusste es. Ich wollte einfach zu etwas gehören. Zu irgendetwas. Wer braucht schon die Elfenbrigade, sagte sie." Seine trüben Augen verloren sich in der Erinnerung. „Wir werden unsere eigene Brigade sein. Nur wir. Der Fröhliche Todesschwadron! Das habe ich ihr gemacht. Und sie hat mir …", Jack hielt den Ring mit den Bonbonstreifen hoch, der nur auf den Mittelfinger seiner rechten Hand passte. „Oh!", sagte er und zog seine Hand schnell zurück, als er merkte, dass er Noxen den Mittelfinger zeigte. „Sie ist alles, was am Nordpol gut ist. Noxen. Zumindest alles, was für mich gut ist. Ich muss sie zurückholen."

Ein Grunzen. Ein kurzes, rotes Aufleuchten, und Jack hatte die Botschaft verstanden.

„Für einen Freak, dem Lametta aus dem Maul hängt, bist du ziemlich scharfsinnig. Jack zerrte an dem Lametta und war ein wenig angewidert, als die Strähnen aus Noxens Kehle rutschten. Er kratzte ihn an der Schnauze und lächelte. „Ich muss mehr solch ein Freak sein wie du. Nur ohne Lametta. Und du …" Er hängte ein rotes Ornament an das Ende des Geweihs und beobachtete, wie die Flammen in dessen baumelnde Reflektion flackerten. „Vielleicht kannst du mehr so ein

Freak sein wie ich. Ich kann mein Versprechen halten, wenn du bei mir bleibst." Ein schwacher Schimmer von Wertschätzung. Jack sah dem Ornament beim Schwingen zu. „Aber ich brauche etwas."

15 – In die Schlacht!

Krampus' Haus sah in der Hölle fehl am Platz aus: eine Hütte im alpenländischen Baustil mit verziertem Holz und Zierleisten, märchenhaften Fensterläden und Holzschindeln. So furchtbar deplatziert. Urig, gemütlich, warm und einladend. Es gehörte einfach nicht hierher. Die Blumenkästen, die vor den Fenstern hingen, enthielten seit langem nichts als karge Erde, die die Trolle pflichtbewusst von Spinnweben befreiten, denn selbst Unkraut wuchs darin nicht. Schon lange abgestorbene Bäume flankierten das Haus, so dass man es sich in einem uralten Wald vorstellen konnte, wenn man es sich nur richtig vorstellte. Der gepflasterte Weg schlängelte sich zwischen den toten Bäumen hindurch und wurde von den Trollen, die ihrem Krampus gerne zu dienen schienen, sauber gehalten. Aber nicht nur der Weg und die Blumenkästen mussten gepflegt werden, denn in der Hölle war der Ruß eine ständige Plage. Die Trolle wuschen die Fenster, fegten den Schornstein, wischten das Dach, und wenn der Tag zu Ende war, kam ein neues Team, um mit der Reinigung von vorn zu beginnen.

Da der Ruß auch nach innen gelangte, endete die Reinigung nicht an der Haustür. Das Innere der Hütte war ständig mit dem geschäftigen Treiben der

Haustrolle beschäftigt, die ohne Unterlass abstaubten, wischten, schrubbten und fegten. Alle waren glücklich zu dienen. Abgesehen von den Trollen, dem unaufhörlichen Ruß, in der Hölle zu sein und dem Weihnachtsdämon als Besitzer war die Hütte ansonsten gemütlich und einladend. Die Mahagoniwände, von denen man nicht sagen konnte, ob sie nun tiefrot oder braun sein sollten, hielten eine Leinwand mit blühenden Blumenmustern – wohlgemerkt gemalt, wie es in früheren Zeiten üblich war, und nicht gedruckt. Die Couch, die Stühle und die Tische waren alle detailliert geschnitzt, einschließlich des Schranks, der verdächtig nach dem Schrank in Crustys Hütte aussah – eine handgeschnitzte Winterszene vom Krampus und dem Weihnachtsmann, die an einem längst vergangenen Weihnachtsabend – zusammen – fröhlich unterwegs waren. Aber während in Crustys Schrank eine uralte Mütze hing, war in Krampus' Schrank ein altes Foto zu sehen, das nur leicht schief hing. Ein Haustroll huschte mit einem Staubwedel vorbei und richtete das Bild aus, bevor er zu einem anderen staubigen Gegenstand weiterging. Es war ein altes Foto; die Farben waren erst im Nachhinein über den Schwarz-Weiß-Druck gemalt worden. Aber das Foto, das für den Krampus von Interesse war, schien noch seltsamer zu sein – wie auf einem Familienporträt, schauten dreizehn Personen den Betrachter an. Einige lächelten, andere schmollten. Einige waren groß, andere eher klein. Dick und dünn. Festlich und furchterregend. Offensichtlich waren sie miteinander verwandt, vielleicht sogar Geschwister, obwohl einige von ihnen mit ihren Knollennasen und dicken Händen eher trollig aussahen.

Der Krampus kuschelte sich in seinen roten Lieblingssessel aus Samt und blickte nach draußen auf die felsige, karge Aussicht, während er, mit ausgestrecktem kleinem Finger, aus einer zierlichen Tasse Tee trank. Als er in der Ferne einen Schrei hörte, wandte er seinen Blick zur Seite. Er strahlte den Troll, der ihm den Tee servierte, mit einem breiten Lächeln an. „Sie sind da, Troll", sagte er, während sich eine dunkle, düstere Wolke über sein Gesicht legte. Seine Stimme vertiefte sich und wurde rau. „Zeit für Weihnachtseinkäufe."

Dieser ferne Schrei gehörte Jack, der den schmalen Pfad auf Noxen entlang stürmte. Er schrie einen weiteren Kriegsschrei und wedelte mit einem Fleischklopfer in seinen Händen herum, der wie eine Keule aussah. Eine neue Bandschärpe trug bunte Kugelornamente, die hüpften, als er entlang galoppierte. Sein Weihnachtsmann-Sack, den er sich um den Hals gebunden hatte, peitschte wie ein langer Umhang umher.

Und der Krampus war nicht der Einzige, der Jacks Schrei hörte. Der Weihnachtsmann bewegte sich schnell und benutzte einen Stein und einen Stock, um einen der Scharnierstifte aus dem Tor zu hebeln – seine weißen Handschuhe schützten ihn vor dem Schock-Zauber. Als er Jack hörte, hörte er auf, schloss die Augen und seufzte frustriert. „Rumpus", brummte er und machte sich wieder an die Arbeit. „Wir müssen uns beeilen. Candi, sag ihm, dass ich keine Hilfe will ..." Doch gerade als der Stift fiel, griff der Krampus den Weihnachtsmann von der Seite an – ein dunkler, verschwommender Fleck rauschte vorbei, als er und der Weihnachtsmann verschwanden.

Candi ging so nah an das Gitter heran, wie sie sich traute, und ihre Augen huschten von einer Seite zur anderen. „Weihnachtsmann?" Aber der Weihnachtsmann war weg. Sie schaute nach unten, ganz nach unten, wo Trolle aus einer Höhle kamen und den Pfad hinaufstapften. „Verdammte Zuckerstenge", keuchte sie. Auf der anderen Seite des Weges, in der Nähe einer Brücke aus Felssäulen, ließ der Krampus den Weihnachtsmann los, was ihn in einen Haufen verlorener Spielsachen stürzen ließ. Der Weihnachtsmann zuckte zusammen, krümmte seinen Rücken, griff darunter und zog die Überreste einer alten Holzeisenbahn heraus. Seine Augen weiteten sich, als er sah, dass der Krampus auf ihn zustürmte, um ihn erneut zu attackieren, und er tat das Einzige, was ihm einfiel. Er schlug dem Krampus den Zug an den Kopf, zugegebenermaßen nicht die geschickteste Verteidigung, aber Not machte erfinderisch.

Der Mangel an Geschicklichkeit entging dem Krampus nicht, der fassungslos stehen blieb. „Au!" Er rieb sich die Stelle, an der der Zug gegen ihn gekracht war. „Echt jetzt?"

Der Weihnachtsmann hüpfte auf seine Füße und sie begannen, sich gegenseitig zu umkreisen. Unter normalen Umständen hätte der Weihnachtsmann eine witzige Antwort parat gehabt, vielleicht etwas darüber, dass der verrückte Zug endlich sein Ziel erreicht hat. Aber er war müde und mürrisch und nicht in der Stimmung für Witze. Und so oft, wie er und der Krampus im Laufe der Jahre aneinandergeraten waren, hatte er den Krampus noch nie so aus dem Gleichgewicht gebracht gesehen. „Das sind nicht wir, Krampus!" Vorsichtig griff er nach einem langen, dicken, toten Ast.

„Und was weißt du über *uns*, Nikolaus?"

„Wir sind immer zusammen geflogen.“

„Bevor du Weihnachten gestohlen hast!“ Der Krampus stürzte sich auf den Weihnachtsmann, und gerade als er ihn erreichte, stach dieser mit dem Stock zu. Genau in seinen Bauch. Der Krampus krümmte sich, als ihm der Wind aus den Segeln genommen wurde, und sein Schwung schleuderte ihn nach oben und über den Weihnachtsmann hinweg, so dass er zu Boden stürzte und wieder auf die Füße brachte. Der Krampus fletschte seine Zähne und ließ seine lange Zunge mit einem Heulen aufblitzen. Der Weihnachtsmann schrie auf und floh, als er einen weiteren von Jacks Kriegsschreien hörte, der immer näher kam.

Aber es war nicht wirklich ein Kriegsschrei, den der Weihnachtsmann gehört hatte, sondern Jacks ängstlicher Schrei. Als Noxen um eine scharfe Kurve stürmte, verlor das Rentier den Halt und rutschte über den Rand der Klippe. Und in einem Moment der Panik vergaß Jack, dass … Noxen fliegen konnte! Das Rentier drehte sich weiter durch die Luft, die Augen leuchteten und warfen einen Schatten auf die Felswand, die verdächtig nach einem Kind aussah, das so tat, als wäre es ein Felsen, was aber furchtbar scheiterte. „Runter, Noxen!“ Sie stürzten zu der Stelle, an der Ash regungslos baumelte, aus Angst, den Baum zu lösen. „Ashanti Omondi?“ Schnell packte er sie hoch, während Mhambi hinter ihr herumfuchtelte und sich immer noch in der Decke verheddderte. Sie hatte kaum Zeit zu registrieren, dass sie gerettet worden war, als sie bemerkte, dass es wieder nach oben ging.

„Jack?! Ich muss runter!“

ELF AUF ABWEGEN UND DER KRAMPUS

„Ich muss nach oben!"

„Runter!", rief   sie unter Tränen, ohne zu wissen, dass Noxen der Grund für ihre plötzliche Melancholie war. Sie schob es stattdessen auf Jack, der ihr Bedürfnis, hinunterzugelangen, ignorierte. Und als Jack sie ignorierte, kletterte sie auf Noxens Rücken und hüpfte auf eines seiner Geweihe. Das Rentier brüllte und drehte sich, um sie von seinem Kopf zu bekommen, und wirbelte nach unten. Jack kämpfte um die Kontrolle, versagte aber. Jedes Mal, wenn er nach oben zog, verursachte er nur noch mehr Verwirrung bei Noxen, der nun so durch die Luft taumelte, dass Ash herunterfiel. Endlich hatte er die Kontrolle wieder, tauchte wieder nach Ash ab und ergriff ihre Hand.

„Ich muss zu dem Haus", flehte sie und blickte nach unten, wobei der Luftzug ihre Tränen von den Seiten ihres Gesichts spritzte. Sie war nicht mehr ganz so hoch, aber die Angst, die sie verspürte, ließ den Boden unerreichbar erscheinen.

„Und ich muss Candi retten. Und den Weihnachtsmann. Und die unartigen Kinder."

„Jack!" Sie sah zu ihm auf. „Du musst mich loslassen!" Sie sah hinunter zu den schmutzigen Steinen, die unter ihren baumelnden Füßen waren.

„Der Weihnachtsmann würde nicht …"

„Das ist alles, was ich mir zu Weihnachten wünsche!", rief   sie.

Jack   schnappte   nach   Luft.   Ihr   einziger Weihnachtswunsch! Wie   muss   sich   der Weihnachtsmann all die Jahre gefühlt haben, als er Jacks einzigen Weihnachtswunsch ignorierte. Vielleicht wusste der alte Elf es wirklich besser. Aber Jack wusste, dass, wenn er Ash ihren einen Wunsch nicht erfüllte, sie einen Weg finden würde, ihn trotzdem zu erfüllen. Genau wie Jack es tun würde. Oder besser gesagt, tat. Er fühlte sich so unentschlossen.

„Jack … bitte!"

Noxen grunzte frustriert und protestierte gegen das, was Jack vorhatte. „Es tut mir leid", sagte er schließlich.

„Aber …" begann Ash und missverstand die Entschuldigung. Es tat Jack wirklich leid, dass er ihr diesen Wunsch erfüllte. Er ließ sie los, und ihre Augen weiteten sich vor dankbarer Überraschung, als sie zu fallen begann. „Danke!" Ihre Arme und Beine schlugen um sich, während sie sich in der Luft drehte wie eine fallende Katze.

„Ich werde dich finden!", versprach er und hoffte, dass er dieses Versprechen auch halten konnte. Ash landete mit einer Rolle, sprang auf und schüttelte den Schmutz ab, bevor sie in den Überresten eines einst blühenden Waldes verschwand.

Noxen brüllte. „Ich weiß! Der Weihnachtsmann wird mich umbringen." Sie flogen ein Stückchen weiter. „Niemand will heute meine Hilfe. Ich weiß einfach nicht, was ich hier tun soll." Das Rentier grunzte. „Genau!" Und damit schossen sie hoch und galoppierten zurück auf den Pfad. Sie eilten das letzte Stück zum Gefängnis hinunter, sprangen über Spielzeug, Baumstämme und Felsbrocken, bogen um eine Ecke und kamen vor einem Troll zum Halt, der das Gefängnis bewachte, jetzt, wo der Weihnachtsmann hier war. Jack sprang über Noxens Geweih und verpasste dem Troll einen Fußtritt gegen die Brust.

„Jackie!" Candi grinste.

Der Troll rappelte sich auf und stürzte sich auf Jack, der „Wasserbombe!" rief, bevor er eines der Ornamente von seiner Schärpe   riss und es auf den Troll schleuderte. Sie zerschellte am Kopf des verwirrten Trolls und überschwemmte sein Gesicht mit Wasser. Der Troll schüttelte den Kopf, während Jack etwas enttäuscht feststellte: „Das war irgendwie … lahm." Er warf ein zweites Ornament nach dem Troll und rief: „Mehlbombe!" Puff! Der Troll hustete nun durch weißen Staub, wischte sich eine klebrige Masse aus den Augen und knurrte.

„Wie soll das denn helfen?", fragte Candi. „Du machst ihn nur wütend."

„Ablenkung", strahlte Jack und nickte zurück. „Noxen!" Noxen schnaubte, stürmte mit seinem Geweih auf den Troll zu, gabelte ihn auf und rannte mit ihm, vorbei am Krampus und dem Weihnachtsmann, davon, während der Troll mit Armen und Beinen protestierte. Hätte der Weihnachtsmann einen Moment Zeit zum Nachdenken gehabt, hätte er vielleicht daran gedacht, Noxen zu sich zu rufen, um ihm bei der Flucht zu helfen. Aber er hat nicht nachgedacht. Und er hat nicht gerufen. Und mit dem Krampus auf den Fersen ging ihm die Fläche zum Weglaufen aus. Am Rande einer tiefen Felsspalte hielt er inne; winzige Gesteinsbrocken fielen unter seinen Füßen in die Dunkelheit darunter ab. Er drehte sich wieder zum Krampus um, riskierte einen Blick in die Tiefe und zielte dann auf den ersten zerklüfteten Felsvorsprung. Sein

Sprung ging jedoch daneben. Er warf seinen Stock gerade noch rechtzeitig weg, um die Hände frei zu bekommen und sich an der Kante des Vorsprungs festhalten zu können, und blieb hängen, während der Stock über die Oberfläche rollte und fast auf der anderen Seite abkippte. Der Krampus erreichte die Felsspalte, kam zum Stillstand, grinste und genoss den Anblick des hängenden Weihnachtsmanns.

Der Weihnachtsmann blickte über seine Schulter und stöhnte, als er wieder hochkletterte. „Weihnachten stehlen?", fragte der Weihnachtsmann schließlich. „Ha!" Er kletterte noch etwas weiter, wobei sein Stiefel kleinere Steinbrocken lockerte, während er sich streckte und nach oben schob. Im Gegensatz zu vorher empfand er sich dabei nicht mehr als zu alt. „Von wem stehlen? Dir?"

„Es gehörte uns", schluchzte der Krampus.

Der Weihnachtsmann stützte sich mit dem Knie auf den Vorsprung, zog sich hoch und hielt dann gebückt inne, um wieder zu Atem zu kommen. Schließlich rappelte er sich auf, während ihm der sich abzeichnende Gedanke zu Krampus' Vorwurf klar und deutlich erschien. In seinem besten „Du bist ein Idiot"-Tonfall, den er aufbringen konnte (welcher auch verdächtig nach dem von Jack klang), lachte er und tat so, als wäre er überrascht. „Nein, das tat es nicht." Der Krampus knurrte und sprang auf ihn zu. Der Weihnachtsmann wirbelte herum, schnappte sich den Stock und schwang ihn, als wolle er einen Fechtkampf anzetteln. Der Ast traf den Krampus hart in die Brust und spaltete sich in zwei Teile. Er flog zurück und schlug mit einem dumpfen Geräusch auf.

ELF AUF ABWEGEN UND DER KRAMPUS

Viel weiter unten, nachdem sie gelandet und in den toten Wald gerannt war, fand Ash ein Versteck und nahm sich einen Moment Zeit, um Mhambi zu untersuchen. Ihre Roboterspinne war in einem schlechten Zustand. Verbogene, gebrochene und fehlende Beine. Obwohl sie wusste, dass Mhambi in selbst in diesem traurigen Zustand keinen Schmerz oder gar Traurigkeit empfinden konnte, taten Mhambis Wunden Ash weh. „Du siehst elendig aus", stöhnte sie. „Kannst du deine Beine einziehen?" Sie zuckte zusammen, als sie zusah, wie Mhambi ihren Anweisungen folgte. Die beiden verbliebenen intakten Beine klappten ordentlich in die Seite, aber die beiden gebrochenen zuckten nur – eines davon knickte am Knie ein, so dass der untere Teil des Beins an einem Draht baumelte und wackelte, der schließlich nachgab. Das schlanke Stück Metall landete, zusammen mit ihrem Optimismus, vor Ashs Füßen. Sie griff in eine Westentasche, um einen Schraubenzieher zu suchen, und fand nur ein benutztes und verkrustetes Taschentuch. „Igitt!", stöhnte sie und tastete ihre anderen Taschen ab. „Dieser Abend!" Sie schaute sich im Dreck um und dann wieder in die Ferne, wo sie ursprünglich aufgekommen war. Der Schraubenzieher musste herausgefallen und genauso verloren gegangen sein, wie all die seltsamen und wahllosen Spielzeuge, die sich hier im Laufe der Jahre angesammelt hatten. „Dieses Abenteuer läuft wirklich nicht wie geplant." Sie überlegte kurz, entschuldigte sich bei dem Roboter für das, was sie vorhatte, und ermahnte sich dann, dass sie vergessen hatte, dass es Mhambi egal sein würde. Total egal. Es war einfach nicht Teil ihrer Programmierung! Sie riss die gebrochenen Beine ab und verstaute sie in ihrer Weste, schloss den Reißverschluss der Tasche und drückte, um sicherzugehen, den Klettverschluss fest zu.

Sie überprüfte den Batteriestand. „Nimm einfach weiter auf, bis dir der Saft ausgeht, okay?" Ihre kaputte Spinne zirpte. „Sobald ich Maia aufgeladen habe, bekommst du eine Aufladung.

Sie blickte über die felsigen Klippen hinauf zu den Geräuschen der Schlacht und hoffte, Jack würde wissen, dass sie ihn angelogen hatte … dass sie nicht nur einen Weihnachtswunsch hatte. Sosehr sie sich auch wünschte, Maia zu finden, so verzweifelt wünschte sie sich, nicht an diesem Ort festzusitzen.

Oben bei Krampus' Gefängnis bewachte Noxen den Troll, der gefesselt, wie eine Made, unterhalb des Rentiers zappelte. Jack benutzte den Scharnierbolzen und den Fleischklopfer, um den zweiten Bolzen herauszuklopfen, und ärgerte sich über die gelegentlichen Stromschläge, wenn er das Metall versehentlich mit seiner bloßen Haut berührte. Als der Bolzen endlich rausrutschte, trat Kevin das Tor ein. Candi rannte zu Jack, schlang sich um den überraschten Elf und küsste ihn. „Hoffnung!", strahlte sie.

„Hoffnung?" Jack verzog verwirrt das Gesicht. „Was?"

Candi drehte sich wieder zu Kevin um und zeigte auf ihn, um es zu betonen. „Es gibt immer Hoffnung."

Jetzt, wo er etwas zu nah an Noxen   stand, brach Kevin in einem Anfall von Verzweiflung zusammen, schluchzte, als würde seine Seele aus ihm herausgesaugt. Das ging soweit, dass er hin- und hergerissen war, an ihr festzuhalten oder sie einfach loszulassen, ob der Erleichterung, die er dann hätte.

„Kevin?" Candi legte besorgt ihre Arme auf seine Schultern, bevor sie es merkte. „Noxen!"

Noxen drehte sich mit schimmernden Augen um, trat näher an den verzweifelten Teenager heran und beugte sich vor ihm hin. Kevin schaute an ihm vorbei, wo der Weihnachtsmann und der Krampus kämpften, während Hoffnungslosigkeit ihn verzehrte.

„Es ist Noxen", schnaufte Candi. „Er absorbiert das Licht und die Energie um ihn herum. Es ist furchtbar, wenn man nur die Dunkelheit sieht." Sie nahm Kevins Hand und legte sie auf Noxens Schnauze. „Schau über die Dunkelheit hinweg. Sieh ihn so, wie er ist. Das Gute. Das Licht …" Sie wandte sich an die unartigen Kinder und sprach lauter. „Er ist ein Teddybär!"

„Ein launischer", fügte Jack hinzu. „Aber trotzdem."

„Er ist voller Liebe!", versprach Candi, während Kevin schluckte, den Schreck abschüttelte, sich beruhigte und wieder zu Atem kam.

„Der Weihnachtsmann", stieß Kevin aus und deutete an den Elfen vorbei in Richtung Weihnachtsmann und Krampus. Als der Weihnachtsmann sich bereit machte, auf die nächste Felssäule zu springen, löste der Krampus eine gewaltige Druckwelle aus, indem er mit seinem Huf aufstampfte. Die Säule zerbröckelte und kippte, während kleine und große Steine herunterpurzelten und gegen die Felswand prallten. Der Weihnachtsmann schaukelte hin und her, um sich auszubalancieren, und nutzte schließlich den Schwung der fallenden Säule, um zur nächsten Säule zu springen, nur um festzustellen, dass der Krampus bereits vor ihm stand.

Jack wollte auf Noxen aufspringen, um ihm zu Hilfe zu eilen, aber Candi riss ihn zurück. „Der Weihnachtsmann. Er hat gesagt, du sollst ihm nicht helfen."

„Aber …" Jack begann zu protestieren und drängte nach vorn.

Candi packte ihn fest am Unterarm. „Wenn du die Wahl zwischen dem Weihnachtsmann und den Kindern hättest, was glaubst du, wem würdest du helfen wollen? Was würde *er* wollen?" Jack grunzte und ging auf und ab, während er sich in seinen widersprüchlichen Gedanken verhedderte. Er konnte den Weihnachtsmann nicht einfach hier lassen. Er beobachtete, wie sich der Krampus und der Weihnachtsmann gegenseitig umkreisten.

Als der Weihnachtsmann mit dem Fuß an den Rand des Felsens stieß, blickte er weit nach unten. Nachdem er all die Jahre mit seinem Schlitten geflogen war, hatte er keine Höhenangst mehr. Es war der Sturz nach unten, der ihm Angst machte. Definitiv. Er machte einen vorsichtigen Schritt von der Kante weg und auf seinen Feind zu. „Weihnachten ist größer als wir beide zusammen, Krampus."

„Du belohnst die artigen Kinder. Ich bestrafe die Unartigen. Nicht mehr und nicht weniger."

Der Weihnachtsmann sprang auf die andere Seite der Felsspalte und kehrte um. „Oh, Krampus …"

ELF AUF ABWEGEN UND DER KRAMPUS

„Aber du hast den ganzen Ruhm für dich beansprucht. Hast aufgehört, mich mitzunehmen. Hast mich gegen einen Haufen Kohle ausgetauscht. Was ist das für eine Strafe?" Der Krampus sprang auf, schlug den Weihnachtsmann und warf ihn auf den Rücken. Der Weihnachtsmann sah eine kleine Gruppe fliegender Rengoyles, die auf Jack zustürmten, und er wusste, dass er den Krampus beschäftigen musste, bis die Kinder in Sicherheit waren. Er krabbelte rückwärts davon, und warf wahllos verlorenes Spielzeug, das er greifen konnte, auf den Krampus.

Unten im toten Wald sprintete Ash auf die Hütte des Krampus zu. Ab und zu warf sie einen Blick auf den Tumult über ihr … Sie konnte keine Details erkennen, aber sie hörte die Rufe und Kampfschreie und sah die fliegenden Kreaturen, die umherflogen und manchmal wie ein einziger Schwarm durch den höllischen Himmel huschten. Unten wuselten überall Trolle umher, während sie sich ihren Weg durch die verschlungenen Pfade bahnten. Die ganze Aufregung schien ein einziges Ziel zu haben: den Weihnachtsmann aufzuhalten und die unartigen Kinder festzuhalten, aber ihre Bemühungen wirkten eher chaotisch und unorganisiert. Ash dachte sich, dass sie nur deshalb so entschlossen waren, weil der Krampus es ihnen einfach befohlen hatte.

Ihr Weg führte sie zu einer kleinen Lichtung, einem ausgedehnten Fleck Dreck, auf dem sich mehrere andere Wege in verschiedene Richtungen kreuzten. Als sie auf die Lichtung zuging, erblickte sie etwas, das sich langsam und anmutig bewegte und die Mission, die sonst jedes andere Lebewesen an diesem verlassenen Ort gepackt zu haben schien, völlig außer Acht ließ.

Durch den Schock der Begegnung stolperte Ash und fiel kurz vor der Lichtung auf den Boden. Sie landete mit dem Gesicht im Dreck, schrie aber nicht, weil sie Angst hatte, dass das große Skelettpferd sie hören könnte. Sie kroch rückwärts hinter einen Baum und beobachtete.

Das Skelettpferd graste langsam und bedächtig, als ob es nicht wüsste, dass es tot war und sich einbildete, saftiges Gras zu fressen, das vielleicht einmal auf der Lichtung gewachsen war. Seine durchsichtige Haut war verrottet und hing wie ein rissiger, dünner Schleier über seinem Körper. Im krassen Gegensatz zu dieser dunklen, toten, dennoch untoten, Kreatur stand der Kranz aus bunten Blumen und Bändern, der seinen Kopf schmückte. „Mari Lwyd, die graue Stute!" Ash keuchte, eher aus Versehen und eher ziemlich laut.

Das Pferd zuckte schnell seinen Kopf in Ashs Richtung, als Ash sich die Hand vor den Mund schlug. Winzige Glöckchen an den Enden seiner Bänder klingelten. Ash war bei ihren Nachforschungen über den Krampus über Mari Lwyd und viele andere dunkle Monster gestolpert. Sie hatte nie geglaubt, dass das Pferd echt war – normalerweise waren es nur Männer in Festtagsstimmung, die mit einem aus einem toten Pferdeschädel gebastelten Steckenpferd herumliefen. Dieser, wenn auch tote, Pferdeschädel schien unheimlich lebendig zu sein, als er sich langsam auf Ash zubewegte, wobei er sich umschaute, als ob er sich vergewissern wollte, ob er wirklich seinen Namen gehört hatte, oder ob er vielleicht nur eine weitere Einbildung erlebte. Und als wäre sich das Skelettpferd sicher, dass jemand in der Nähe war, fauchte es ein unheimliches, windartiges Heulen, das Ash einen

Schauer über den Rücken jagte. Ihre Hände wanderten von ihrem Mund zu ihren Ohren, als Mhambi protestierend zirpte. „Pst …", flehte sie so leise, wie sie konnte.

Die Kreatur drehte ihren Kopf zur Seite und begann mit einer seltsamen, schaurigen und doch engelsgleichen Stimme zu singen.

> *„Ich bin zu Haus, ohne ein Heim.*
> *In dies' seltsam Land bin ich ganz allein.*
> *Hungrig und verloren, doch satt und mein*
> *Gewiss bin ich bekannt, doch wer magst du wohl*
> *sein?"*

Ash schloss die Augen und wünschte sich das Tier weg. Mhambi ignorierte ihre Bitte um Ruhe. „Gewiss bin ich bekannt!", sang das Pferd wieder, diesmal aber mit einem Hauch von Wut. Es galoppierte in rasantem Tempo, während sein Rücken und sein Kopf im Takt wippten. Die dünne Haut und die Bänder flatterten hinter ihm, doch trotz der rasenden Geschwindigkeit schwebte Mari Lwyd ganz langsam auf Ashs Versteck zu. „Wer magst du wohl sein?"

„Es verlangt ein Lied", mutmaßte Ash. In den Versionen des Brauchs, über die sie gelesen hatte, sangen die Männer Rätsel und Beleidigungen über einen Hausbesitzer, der daraufhin Rätsel und Beleidigungen zurück sang. Falls die Männer überlistet wurden, würden sie zu einem anderen Haus weiterziehen. Wenn der Hausbesitzer jedoch verlor, durften die Männer für eine Maß Bier eintreten. Weihnachten ist ein noch verrückteres Fest, als ich mir gesellt habe, dachte Ash und suchte nach einer Fluchtmöglichkeit, die sie näher an Maia heranbringen würde. Aber was passiert, wenn es nicht nur Männer in Festtagsstimmung sind, die Freibier wollen, fragte sie sich.

„Wer. Magst. Du. Wohl. Sein!?“, fragte das Pferd in singend und kam immer näher.

„Verzeih mir!“ Ash trat hinter ihrem Baum hervor. „Ich kann nicht singen.“ Ihre Augen huschten hin und her, um einen Fluchtweg ausfindig zu machen, während sie mit ihrer Stimme eine Entschuldigung vortäuschte. „Und ich habe kein Bier.“

Mari Lwyd ging nach vorne, stieß Ash gegen die Rinde des kahlen Baumes und hielt sie dort mit ihrer knochigen Schnauze fest. Ein heißer, nebliger Atem strömte aus den hohlen Löchern, wo einst die Nase war. Die geisterhafte Haut peitschte hinter das Pferd, als es plötzlich einen Ruck auf Ash machte. Ash schluckte ihre Angst hinunter, denn sie wusste, dass sie ihre Antwort singen musste, wenn sie überleben wollte. Aber selbst an einem guten Tag, ohne die Todesdrohung durch ein Geisterpferd, in den Tiefen der Hölle, könnte Ash nicht singen. In einem Schuljahr hatte sie sogar Ärger im Musikunterricht bekommen, weil die Lehrerin darauf bestand, dass die Kinder der Mittelstufe ein Weihnachtskonzert geben sollten. Während sie die Klasse durch eine herzhafte Interpretation von Jingle Bells führte, schlug die Musiklehrerin plötzlich mit den Fäusten auf die Klaviertasten und wollte von Ash wissen: „Warum singst du nicht?“

Ash blickte in die starrenden Augen, die sie umgaben, und antwortete einfach, ohne Trotz, nicht mal respektlos: „Weil ich nicht will.“ Sie wurde ins Büro des Schulleiters geschickt, musste eine Woche lang nachsitzen und bekam einen Freiwilligenjob auf dem Konzert zugewiesen, weil sie nicht singen wollte. Sie bezweifelte, dass Mari Lwyd akzeptieren würde, dass Ash einfach nicht singen wollte. Die knochige Schnauze stieß sie wieder gegen den Baum. „Oh!", keuchte sie und ihr Atem entglitt ihr. „Ich bin Ashanti Omon-" Ein weiterer knöcherner Stoß drückte sie gegen den Baum, als Ash reaktiv und ziemlich unbeholfen in einen Rap ausbrach.

„DI!" aus Algonquin, Illinois
Ich hoffe, du akzeptierst den Sprechgesang.
Irgendwas ist nicht im Einklang.
Ich bin hier, um das wieder zu richten
Wegen Krampus' Freund, bin ich hier, freiwillig
mitnichten ..."

Ihre Stimme verstummte, überwältigt von ihrer eigenen Unbeholfenheit, als sie merkte, dass sie zwar eher rappen als singen wollte, aber auch nicht gut rappen konnte. Ihre Stimme blieb ihr in der Kehle stecken, als sie unter einem weiteren langen Stoß des heißen, geisterhaften Atems, der dem Pferd entwich, zusammenzuckte. Ash fügte ein paar verzweifelte Beat-Boxing-Laute hinzu und wippte mit dem Kopf, während sie beobachtete, wie das Gespenst ein paar Schritte zurücktrat und sich dann auf die Vorderbeine setzte, um Ashs Durchgang zu gestatten. „Oh!", keuchte sie erneut, schälte sich praktisch aus der Rinde und rannte an der Kreatur vorbei auf die andere Seite der Lichtung. Sie hoffte, dass das Skelettpferd über ihren schnellen Aufbruch nicht beleidigt sein würde. Nur um sicherzugehen, blieb sie genau dort stehen, wo der Weg zu Krampus' Hütte wieder auftauchte und drehte sich um. „Danke!", rief sie zurück und dachte dann einen Moment nach. „Ich meine", fügte sie in einem singenden Tonfall hinzu. „Danke!" Sie schüttelte den Schauder darüber ab, sich selbst singen zu hören, und sprintete tiefer in den toten Wald hinein, jetzt vorgewarnt und aufmerksam, um anderen Weihnachtsmonstern, die sie überraschen könnten, aus dem Weg zu gehen.

Bei Krampus' Gefängnis drängten Jack und Candi die unartigen Kinder dazu, in den Sack zu steigen. Einer nach dem anderen kletterte hinein und erschrak über das endlose rote Innere. „Bis ganz zum Ende!", rief Candi und versuchte, die Öffnung freizuhalten … aber es gab kein Ende! Der Sack schien ewig weiterzugehen. Jack stupste Randy Jones an, der er es so eilig hatte, dass er nicht einmal innehielt, weil er dachte, er hätte ihn vielleicht von irgendwoher erkannt. Als ein Rengoyle herabsauste und dann vom Rand der Klippe absprang und sie überraschte, reagierte Jack instinktiv. Er ließ den Sack los und schlug mit dem Fleischklopfer nach dem Tier … und schlug es mit einem einzigen Schlag aus der Luft und in den Abgrund. Jack stöhnte mit großen Augen über das, was er getan hatte. „Nein." Er sah zu, wie das Tier in die Dunkelheit stürzte. „Oh! Nein, erzähl dem Weihnachtsmann nichts davon."

Kevin zeigte auf die Stelle, wo der Krampus über dem Weihnachtsmann kniete. „Ich glaube nicht, dass es ihn interessiert."

„Kevin, hilf Candi." Jack schob Kevin seinen Teil der Sacköffnung zu. „Ich muss …"

„Jackie, nein!" Candi blieb hartnäckig. „Der Weihnachtsmann hat nein gesagt."

ELF AUF ABWEGEN UND DER KRAMPUS

„Nimm Noxen", befahl er und rannte in Richtung des Weihnachtsmanns, der gerade nach einem Magic 8 Ball langte.

Die Finger in den einst weißen Handschuhen vom Weihnachtsmann streckten und beugten und krallten sich über den Felsen, aber der Ball blieb außerhalb seiner Reichweite. „Es war eine Sache, sie mit einer Rute zu bestrafen", schnauzte der Weihnachtsmann wütend. „Aber dann hast du angefangen, sie zu verschleppen!"

Der Krampus runzelte die Stirn. „Sie müssen ihre Lektion lernen!"

„Indem du ihre Stimmen stiehlst? Was du tust, ist keine Lektion." Er konnte seine Finger immer noch nicht um den 8-Ball legen. „Es ist Folter. Und ich will nichts damit zu tun haben. Deshalb haben wir aufgehört, zusammen zu reiten."

„Die Unartigenliste wächst also weiter."

„Und jetzt hast du es mit Rumpus und Candi auf meine eigenen Leute abgesehen? Das überschreitet eine neue Grenze."

„Was kümmert es dich, was der Krampus tut?"

Der Weihnachtsmann gab es auf, nach dem Magic 8 Ball zu langen. Stattdessen verpasste er dem Krampus einen kräftigen Schlag ins Gesicht und rollte rüber, so dass nun er über dem Krampus kniete. „Weil ich der Weihnachtsmann bin", schnauzte er ihn an. Und in einem entschlossenen und wütenden, aber nicht sehr weihnachtlichen Moment, rief er: „Verdammt!

Der Krampus nickte leicht, als würde er dem Weihnachtsmann ein kleines Geheimnis verraten.

„Nicht mehr lange." Er trat nach oben und schleuderte den Weihnachtsmann über seinen Kopf und über die Klippe.

Der Weihnachtsmann fiel und taumelte durch die Luft. „Oh …ho…ho…" Ja, abstürzen war die größte Angst des Weihnachtsmanns.

Candis Schrei, als er ihn fallen sah, erregte die Aufmerksamkeit des Krampus, gerade in dem Moment, als Jack den ersten Pfeiler erreichte, zum Stehen kam und den Weihnachtsmann in die Tiefe stürzen sah. „Weihnachtsmann!", rief er, als sich ein Schwarm Rengoyles und Gargoyles erhob.

Der Krampus zeigte in Richtung der unartigen Kinder. „Beeilt euch, Trolle! Haltet die Kinder fest!" Während er auf Jack zustürmte und sich mühelos von einer Säule zur nächsten bewegte, sprang Jacks Aufmerksamkeit zwischen ihm und dem Weihnachtsmann hin und her. Und gerade als der Krampus nach Jack greifen wollte, tat Jack das Einzige, was für ihn Sinn machte. Er sprang. Direkt über die Felswand. „Dummkopf!", rief ihm der Krampus nach und beobachtete einen Moment, wie Jack fiel, bevor er auf Candi zustürzte.

Es war für Ash von Vorteil, dass der Krampus alle in die Schlacht gerufen hatte, denn als sie schließlich seine Hütte inmitten eines toten Waldes erreichte, war niemand da. Keine Gargoyles, die Wache hielten. Keine Trolle, die Ruß aufwirbelten. Ash schlich sich von der Baumgrenze zur Hütte und spähte durch das Fenster, um zu sehen, ob jemand zu Hause war. Abgesehen davon, dass es fehl am Platz war, sah das Innere wie jedes andere alte Haus aus. Und dieses hier war leer.

Sie schlich sich an die Seite des Hauses, wo, mehr oder weniger, eine Art Garten gedieh. Er war geradlinig angelegt, gut gepflegt, mit stacheligen Früchten an dicken Reben, die sich um sich selbst schlängelten und in den Herbstfarben orange, gelb, braun und schwarz leuchteten; zusätzlich zog sich ein karminroter Pfad durch das Beet. Ash dachte nicht mal im Traum daran, von den Früchten zu kosten. Am Ende des Pfades, oberhalb des Beetes auf einem Pfosten ruhend, befand sich Maia, die als dekorative Gartenkugel diente. Ash eilte zu ihr und hob sie auf wie ein verlorenes Hündchen. „Maia!"

Die Kugel erwiderte die Begrüßung mit einem schwachen Zirpen und einem kurzen roten Leuchten, das ihr den letzten Rest an Leben aus der Batterie nahm. Ash untersuchte die Kratzer und Beulen auf der Oberfläche, während sie in einer Tasche nach einem Kabel kramte. Sie steckte ein Ende in ein Akkupack und das andere Ende in Maias Anschluss. „Hoffentlich ist das alles, was du brauchst." Sie drehte es noch einmal, konnte aber keine weiteren Schäden feststellen.

„Okay, dann." Sie blickte zu dem Kampf, der über ihr tobte. „Wie kommen wir wieder in dieses Chaos hoch?" Sie würde wahrscheinlich entdeckt werden, wenn sie einen der Wege einschlüge, die die Trolle genommen hatten. Angesichts dessen beschloss sie, dass es am besten wäre, dorthin zurückzugehen, wo Jack sie abgesetzt hatte, und zu hoffen, dass er sie wieder einsammelte. Sie eilte in Richtung des Weges, aber am Ende der Hütte sprang ihr eine riesige Kreatur in den Weg.

„Was machst du hier?", forderte die Kreatur. Ash sprang zurück, fiel auf den Boden und krabbelte dann nach Maia, die ihr aus dem Griff gerutscht und weggerollt war. Als sie den Robo-Ball wieder in den Armen hatte, sprang sie auf die Füße. „Wer bist du?", forderte sie erneut. Die riesige Kreatur hatte langes, verfilztes, rotbraunes Haar, das seinen Körper von Kopf bis Fuß bedeckte. Ash verlor sich in ihren Augen. Oder besser gesagt, der Abwesenheit selbiger. Oder vielleicht waren sie so tief im Schädel versunken, dass es nur so aussah, als hätte die Kreatur keine Augen.

„Ähm … Ich …", sie schluckte. „Ich habe mich verirrt", sagte sie und meinte damit, dass es ihr Gehirn war, das sich verirrt fühlte. Von all den Weihnachtsmonstern, über die sie bei ihren Nachforschungen über den Krampus gestolpert war, konnte sie sich nicht erinnern, jemals von einer solchen Kreatur gelesen zu haben, die sich nicht für ihre Antwort interessierte. Sie knurrte, als sie ihren langen, haarigen Arm zum Schlag erhob. Sie schlug zu, verfehlte aber, da Ash so klug war, sich zu ducken und um die Ecke zurückzulaufen. Der Schlag traf den Putz der Hütte und löste brüchige Teile davon ab, die zu weißem Staub zerfielen. Die Kreatur knurrte enttäuscht, weil sie ihr Ziel verfehlt hatte, und verfolgte Ash.

Nach seinem Absprung vom Felsen, fiel an mehreren Gargoyles vorbei und stieß sogar einige von ihnen aus der Luft, als er zwischen ihnen abprallte. Einige drehten sich überrascht um und folgten Jack, dem es gelang, sich am verbogenen Horn eines vorbeifliegenden Gargoyle festzuhalten. Er schwankte, baumelte am Horn und versuchte, sich auf den Rücken des bockenden Biestes zu ziehen, während es nach unten wirbelte. Es protestierte weiter, als Jack sich zwischen seine vorderen Schultern stellte und nach oben zerrte, um den Absturz abzufangen – und es bockt, wand sich und versuchte, wie ein wild gewordener Stier beim Rodeo, Jack von seinem Rücken zu schütteln. Jack blieb standhaft, bis es schließlich die Kontrolle abgab. Jack lenkte es sofort in Richtung des Weihnachtsmanns. Ähnlich wie bei Feliz' Rettung, stürzte er sich auf den fallenden Weihnachtsmann, packte ihn, als er auf seiner Höhe war, am Arm und schwang ihn hinter sich auf den Rücken des Tieres.

Der Weihnachtsmann. War. Fassungslos. „Rumpus?", keuchte er und sortierte sich, bevor er ein herzhaftes ho-ho-ho ausstieß.

„Halt dich fest!" Jack zog das Tier an den Haaren, während er spürte, wie ihm das Herz bis in die Bauchgegend schlug, und stieg auf, als mehrere Gargoyles aufholten.

„Wir haben Gesellschaft", bemerkte der Weihnachtsmann. Jack schaute über seine Schulter, riss ein Ornament von seiner Schärpe und reichte es dem Weihnachtsmann. „Was ist das?"

„Eine Pfefferbombe. Glaub' ich."

Der Weihnachtsmann warf das Ornament und traf einen der Gargoyle mit einer beißenden Gewürzwolke. Dieser blieb abrupt in der Luft stehen und nieste unkontrolliert, als ein zweiter Gargoyle direkt in sein Hinterteil krachte. Ein dritter Gargoyle prallte gegen den zweiten, wurde aber von dessen Rücken weggeschleudert, taumelte durch die Luft und blieb am Kopf des Weihnachtsmanns hängen. Der Gargoyle, auf dem sie ritten, peitschte hin und her, während der Weihnachtsmann versuchte, den Gargoyle abzuschütteln – er riss seinen Kopf hin und her, während er versuchte, dessen dicken Krallen aus seinem Haar zu ziehen. So ging es auf höchst unrühmliche Weise auf und ab! (Nun, wer Fan vom Bullenreiten ist, wäre hier garantiert auf seine Kosten gekommen). Der Weihnachtsmann drückte mit einer Hand auf Jacks Kopf, um sich zu stabilisieren, und mit der anderen nach dem Gargoyle. Zu Jacks Erleichterung, packte der Weihnachtsmann schließlich den kleinen Dämon am Genick, schüttelte ihn ein paar Mal kräftig und warf ihn zur Seite.

„Candi!", rief Jack und ließ seinen Gargoyle in Richtung Gefängnis abtauchen, wo Candi und Kevin die letzten der unartigen Kinder in den Sack drängten.

Candi blickte nach oben und sah, wie sich ihnen eine Rengoyle/Gargoyle-Horde von oben näherte. Sie schaute nach unten und zog eine Grimasse, als sie den Krampus und die Horde Trolle sah, die von unten heraufdonnerten. „Oh!", stupste sie das letzte Kind etwas zu aggressiv an. „Schnell! Schnell! Schnell!" Der Junge stolperte und rutschte tief hinein, als Candi den Sack zuzog und ihn Kevin in die Hand drückte. „Nicht. Los. Lassen!" Zur Betonung sah sie ihn scharf an. Sie kletterte auf Noxen. „Spring auf!" Als sie Kevin hochgezogen hatte, schossen sie los und rasten mit Jack und dem Weihnachtsmann, zu denen sie aufgeschlossen hatten, zurück zu Kevins Kamin.

„Ash!", rief Jack.

„Asche?", fragte der Weihnachtsmann ganz perplex und sah sich den ganzen Ruß und die Asche an, die diese Welt erfüllten. „Welche Asche?"

Der Weihnachtsmann würde ihm nie verzeihen, dass er Ash die Hütte des Krampus erkunden lassen hatte, dachte Jack. Aber er konnte sie doch nicht einfach hier lassen! „Ich …", fing er an, sah sich nach dem Mädchen um und versuchte, den Mut aufzubringen, sich zu erklären. Doch in diesem Moment rief Kevin.

„Wir haben ein Problem!" Kevin schaute zurück, wo der Krampus und die Trolle den Pfad hinaufrannten. Ein Rengoyle stieß Noxen von hinten mit dem Kopf, brachte das Rentier ins Strudeln und schleuderte Kevin durch die Luft. Der Junge schrie in einer Art und Weise um Hilfe, in der er normalerweise eher seinen eingebildeten Tod begrüßt hätte, aber wie sich herausstellte, war sein potenziell realer und bevorstehender Tod wirklich etwas zum Schreien! Trotz seiner Angst vor dem eben erwähnten realen Tod konzentrierte sich Kevin darauf, nach dem Sack mit den unartigen Kindern zu greifen, der ihm entglitten war. Jack schoss spiralförmig nach unten, um den Sack zu holen, als ein Stamm Gargoyles auf ihn zukam. Jack flog in sie hinein, verjagte sie mit dem Fleischklopfer und schnappte sich den Sack.

„Oh", stöhnte Jack, schaute entschuldigend auf den Fleischklopfer und reichte den Sack dem Weihnachtsmann.

„Ich denke, darüber können wir hinwegsehen", zwinkerte der Weihnachtsmann. „In Anbetracht der Umstände." Er warf sich den Sack über die Schulter und schaute sich um. „So wie sie sind."

Candi und Noxen schüttelten ihren Schwindel ab, als Jack und der Weihnachtsmann auf sie zuflogen. „Schaffst du den Sprung?", fragte Jack den Weihnachtsmann.

„Noch ein paar Meter."   Der Weihnachtsmann kletterte vorsichtig auf den Rücken des Rengoyles und stützte sich wieder auf Jacks Kopf, um das Gleichgewicht zu halten. Er wippte, als sie sich näherten, und sprang schließlich auf Kevins Platz auf Noxens Rücken.

Candi knirschte mit den Zähnen und warf verzweifelte Blicke dorthin, wo Kevin weiter taumelte. „Ich habe ihm gesagt, er soll sich festhalten."

„Jackie wird ihn einfangen!"

Ash hatte bereits mehrere Runden um die Hütte gedreht und war außer Atem. Sosehr sie sich auch bemühte, etwas Abstand zwischen sich und die Kreatur zu bringen, es war sinnlos. Sie konnte der Bestie nicht entkommen. Der Krampus war sicher wütend über die vielen verpassten Schläge, mit denen es versuchte, sie zu erschlagen und stattdessen die Hütte zerschlug. „Jack!", schrie sie heiser und hoffte, dass er sie hören konnte … aber sie war so außer Atem, dass ihre Verzweiflung die Stimme übertönte, die sich anfühlte, als würde sie ihr die Kehle zerreißen.

Als sie die Hütte wieder umrundete, entschied sie sich, in der Hoffnung auf eine Abkürzung, durch den so genannten Garten zu laufen und jammerte, als die stacheligen Früchte ihre Beine aufkratzten. Die Kreatur heulte auf, als sich die Ranken und die stacheligen

Früchte in ihren Haaren verhedderten, und wurde gerade so langsam, dass der Abstand zwischen beiden ein wenig größer wurde. Als sie an der Vorderseite des Hauses wieder um die Ecke bog, riss sie die Holztür auf, sprang hinein und versteckte sich hinter einer halbhohen Wand im Eingangsbereich. Sie spähte um die Wand herum und erhaschte einen Blick auf das Monster, das an der Tür vorbeilief, dann die Öffnung aus der anderen Richtung passierte und schließlich beschloss, dass sie auf dem Weg in den Wald verschwunden sein musste.

„Wie komme ich wieder nach Hause?", fragte sie, vielleicht mehr ein Gebet oder ein Wunsch, dass jemand anderes ihr einen Weg zeigen würde.

„Kevin!", rief Jack und die Gargoyles kamen näher, als der Goth-Teen weiter nach oben fiel. Er warf ihm den Fleischklopfer zu, Kevin zappelte damit herum, konnte ihn aber schließlich fangen, nachdem er von einer Hand in die andere gesprungen war. Als er jedoch zum ersten Mal ausholte, begann Kevin zu fallen und Jack hatte sich verrechnet. Jack stürzte an ihm vorbei und traf die Wasserspeier wie eine Bowlingkugel einen Haufen Pins. Er flog nochmal seinen Trick, aber anstatt Kevin zu fangen und ihn elegant auf den Gargoyle zu schwingen, prallte Kevin auf den Rücken des Tieres.

„Au!" Kevin stöhnte auf und fuhr sich mit den Händen in den Schritt, als ob man ihm gerade mit der Wucht von tausend Tritten hineingetreten hätte.

„Ups", zuckte Jack zusammen und spürte Kevins Schmerz. „Tschuldigung."

Sie stürmten an Noxen vorbei zu dem Ort, an dem Krampus jetzt gefährlich nahe am Kamin war. Der Weihnachtsmann reichte Kevin den Sack mit den unartigen Kindern. „Bringt die Kinder in Sicherheit!"

„Ja, Sir!", rief Jack und raste davon.

„Und, Jackie!", rief der Weihnachtsmann. „Lass das Biest nicht durch!" Die letzten verbliebenen Rengoyles flogen hinter Jack her. Der Weihnachtsmann wandte sich an Candi. „Wir müssen ihm Zeit verschaffen." Candi flog herum und stürzte sich auf den Krampus und die Trolle. Der Krampus schlug nach ihnen und verfehlte sie, während die Trolle sich zerstreuten und einige über die Klippe stürzten.

Jack landete am Kamin, sprang ab, riss Kevin den Weihnachtsmann-Sack aus der Hand und schwang ihn auf den letzten der Reingoyles zu, die ihm auf den Fersen waren. Die unartigen Kinder im Inneren schimpften bei dem Schlag, der den Feind aus der Luft schlug. Jack warf den Sack durch die Flammen und drängte Kevin, durch das Feuer zu gehen, damit er sich wieder dem Kampf gegen den Krampus widmen konnte. Er schlug dem Rengoyle aufs Hinterteil, so dass es den Weg entlang galoppierte und auf den Krampus zustürmte.

„Du kommst doch mit mir, oder?", flehte Kevin.

„Ich muss Candi helfen." Ja, er musste Candi helfen, aber er war mehr in Panik, Ash zu finden.

„Aber der Weihnachtsmann hat gesagt …"

Jack zeigte auf die Rückseite des Kamins, während er zurück in Richtung Kampf marschierte. „Bring die

Kinder in Sicherheit und lass die Bestie nicht durch. Das hat der Weihnachtsmann gesagt!"

„Bitte!?", flehte das Kind. Denn in diesem Moment fühlte sich Kevin so sehr wie ein Kind. Jack blieb mitten im Schritt stehen. Das Mitleid packte ihn. Seine Schultern entspannten sich. Das war das harte Goth-Kid. Der Chef von allen. Der *bitte* sagte. Er muss Angst haben, dachte Jack. Oder er hat eine Lektion gelernt. Vielleicht beides. Er stupste Kevin sanft durch die Flammen und ins Wohnzimmer. Kevin umklammerte den Sack mit den unartigen Kindern in einer Hand und hielt mit der anderen den Fleischklopfer fest. Jack fand, dass Kevin wie eine menschliche Version von ihm selbst aussah, aber eine verängstigte Version, da Kevin nun all das realisierte, was er gerade erlebt hatte. „Du bist hier sicher. Du bist zu Hause." Kevin sah nicht überzeugt aus, denn ein kleiner Schock erfasste ihn. Er begann sichtlich zu zittern. „Ich verspreche dir, der Krampus ist zu beschäftigt, um deinetwegen zurückzukommen."

Hin- und hergerissen zwischen dem Artigen und dem Unartigen und dem Wissen, dass er zu Ash zurückkehren musste, wurde Jack klar, dass er das Artige tun musste – und zwar auf die unartige Methode. Er traf Kevin mit einem Schlafball, um ihn aus seinem Elend zu befreien. Der Junge fiel nach hinten und auf den Sack, der wie ein lebendiger und nörgelnder Sitzsack wirkte und unter seinem Gewicht hin und her wackelte. „Es tut mir leid", flüsterte Jack, denn er wusste, dass Kevin die Entschuldigung nie hören würde. Und wieder war die Entschuldigung aufrichtig, obwohl der Weihnachtsmann recht hatte, denn Jack schien immer zu sagen, dass ihm die Dinge, die er getan hatte, leidtaten. „Ich muss Ash finden, bevor es zu spät ist." Er ging zurück zum Kamin.

„Ho! Ho! Ho!"   rief der Weihnachtsmann, als Noxen wieder abtauchte und alles Licht absorbierte. Die Hölle verfinsterte sich kurz, bevor eisige Silberstrahlen aus Noxens Augen schossen und die Trollhorde wieder zerstreuten. Wütend stieß der Krampus einen Troll über den Felsvorsprung und setzte seinen Lauf zum Kamin fort, wo Jack mitten in die Flammen trat.

Noxen machte einen Looping, sprang ins Feuer und knallte gegen Jack. Noxen, Candi, Jack und der Weihnachtsmann stürzten in einem Schwall aus rotem und grünem Licht durch den Kamin und purzelten über den Boden des Wohnzimmers. Als der Weihnachtsmann stürzte, schoss er ein eisblaues Licht aus seinen Handflächen in Richtung Kamin. „Schließe die Tür!", rief er. Die Flammen gefroren blau, und Krampus' Gesicht schlug von der anderen Seite in sie hinein.

„Nein!", schrie Jack, als er gegen die hintere Wand rollte. Er sprang auf, sah, wie sich der magische Eingang schloss und versuchte, sich zu sammeln. *Was sollte er tun?* „Ich muss …"

„Sie werden es nicht lernen!", knurrte der Krampus und schlug gegen die Eisflammen. „Wenn du diese Kinder mitnimmst, stehen sie nächstes Jahr wieder auf der Unartigenliste. Du wirst schon sehen!"

Der Weihnachtsmann schaute nach draußen und zurück in den Kamin. „Die Sonne geht gleich auf. Willst du wirklich weitermachen?" Daraufhin schrie der Krampus frustriert auf. „Vielleicht nächstes Jahr?", stieß er hervor.

Candi fiel die Kinnlade herunter. „Willst du ihn ernsthaft verärgern?"

Der Weihnachtsmann warf ihr einen Blick zu, lenkte aber ein ... Candi hatte recht. „Hey, Krampus?" Sein Erzfeind hielt inne. „Crusty sagt Hallo." Und dann geschah etwas völlig Unerwartetes. Als der Krampus über Crusty nachdachte, veränderte sich sein Verhalten. Seine Wut ließ nach und er legte den Kopf schief. Er lächelte und verbeugte sich, sehr zur Überraschung von Jack, Candi und dem Weihnachtsmann. „Ähm ... hat er auch etwas von Keksen und Tee erwähnt?"

„Dem Krampus", der Weihnachtsdämon hielt wieder inne. „Würde das gefallen. Ach und Nikolaus? Bis nächstes Weihnachten." Sein düsteres Lachen wurde lauter und verstummte, als die Eisflammen ins Nichts schmolzen.

Jack starrte auf den ziemlich normalen, langweiligen, kalten Kamin und fragte sich, wie er Ash zurückbekommen sollte. Wie konnte er sich dem Weihnachtsmann erklären?

Der Weihnachtsmann rollte sich auf die Füße. „Hoo, wow! Ich habe mich seit Jahren nicht mehr so lebendig gefühlt ... Aber sagt es nicht der Missus. Sie wird denken, ich sei auf Ärger aus."

Candi rüttelte an Kevins Schulter. „Was ist mit Kevin passiert?"

„Ich habe ihm eine Dosis verpasst", sagte Jack abwesend und starrte immer noch auf den Kamin, während er versuchte, sich an die Worte zu erinnern, mit denen der Weihnachtsmann das Portal öffnete. Kevin stöhnte und rieb sich den Kopf, als er sich von dem Sack mit den unartigen Kindern herunterrollte. „Eine Mikro-Dosis. Denke ich."

„Die Magie lässt nach", erklärte der Weihnachtsmann. Crusty?!", rief er. „Ein bisschen Hilfe? Nochmal?" Die weißen Schwaden wirbelten herum, als der Weihnachtsmann an die Decke sprach. „Ich habe ihm gesagt, dass du Hallo gesagt hast. Wahrscheinlich hätte ich damit anfangen sollen." Ein viel älter klingendes *Ho-ho-ho* ertönte aus dem Raum über ihnen, und der Weihnachtsmann, der das Geräusch zu schätzen wusste, stieß sein eigenes herzhaftes *Ho-ho-ho* aus. Abgesehen von einem Sack voller unartiger Kinder, die nach Hause müssen, würde Weihnachten gut laufen.

Jackie wusste natürlich, dass das nicht ganz stimmte. Und als er den Weihnachtsmann zum ersten Mal seit langem wieder gut gelaunt sah, fiel es ihm umso schwerer zu erklären, dass immer noch ein unartiges Kind in der Hölle festsaß. Und dass er sie dort zurückgelassen hatte.

16 - Das Geheimnis des Weihnachtsmanns

Ash starrte nach draußen, wo das Monster auf dem Pfad verschwunden war, und fragte sich, was sie tun sollte. Hatte sie lange genug gewartet, um sicher hinterherzugehen? Würde Jack sie finden können? Sie wusste, dass sie schon einmal an diesem Ort gewesen war. Zwar nicht in der Hütte, aber immerhin war sie am letzten Weihnachtsabend an diesem Ort gewesen. Wie war sie von dort nach Hause gekommen?

Alles, woran sie sich klar erinnern konnte – zumindest relativ gesehen – war, dass sie sich zusammen mit den anderen unartigen Kindern wegen irgendetwas anders fühlte. Irgendetwas Bestimmtes. Als sie noch mit den Goth-Kids befreundet war, geriet sie in ein paar Schwierigkeiten. Das war lange vor dem Fiasko mit dem Straßenfest. Das Schwein. Ja, es war das Schwein! Natürlich vergaß sie den Vorfall mit dem Schwein nicht, sondern erinnerte sich nur daran, dass es das war, was den Krampus zu ihrem Haus gebracht hatte. Zumindest letztes Weihnachten.

Am Morgen des Schweinevorfalls wurde Micha im Bus von Jungs aus dem Basketballteam schikaniert. Die Goth-Kids schlossen sich zusammen, um sich gegen das Team zu wehren, aber sie wussten, dass sie bei einer direkten Konfrontation den Kürzeren ziehen würden. Garantiert. Später, als sie im Biologieunterricht ein Schwein sezierten, bemerkte Ash beiläufig, dass das Labor direkt über dem Tisch der Cafeteria lag, an dem das Basketballteam aß.

Ein Plan wurde ausgebrütet.

Zur Mittagszeit schlichen sich die Goth-Kids in das leere Labor, banden ein Seil um die Beine eines sezierten Schweins und warfen es aus dem Fenster. Eigentlich wollten sie das Schwein mitsamt den baumelnden Eingeweiden nur aus dem Fenster herunterlassen, um das Team zu erschrecken, aber in ihrer Eile, ihren Streich durchzuziehen und sich aus dem Staub zu machen, hatten sie sich verkalkuliert. Das Seil war zu lang. Der Wurf hatte zu viel Schwung. Das Schwein schwang aus, krachte durch das Fenster der Cafeteria, riss sich vom Seil los und rutschte über den Tisch, an dem das Team aß.

Das verursachte nicht nur ein Durcheinander von vollen Essenstabletts, die auf das Basketballteam geflogen waren, sondern als die Jungs sahen, was die Aufregung verursachte, übergaben sich viele von ihnen sofort, was sich wie Infekt im ganzen Raum verbreitete. Warum haben wir die Leute immer krank gemacht, fragte sich Ash während sie rekapitulierte. Der Dünndarm des Tieres war herausgeschleudert und hatte sich um die Brust des Mannschaftskapitäns gewickelt, der entsetzt an sich hinunterblickte und fieberhaft versuchte, die Flucht nach hinten anzutreten. Er stolperte über die Sitzbank und rutschte dann (auf dem Resultat der besagten Krankmachung) aus und brach sich bei dem Sturz den Arm, wodurch er für den Rest der Saison außer Gefecht war.

Die Goth-Kids wurden nie erwischt und Ash fühlte sich nicht wirklich schlecht wegen des Vorfalls. Sie hatte nur das Gefühl, dass es aus dem Ruder gelaufen war, was bei vielen Streichen der Gruppe der Fall war. Es war zwar nicht ihre Absicht, aber Ash distanzierte sich immer mehr von der Gruppe. Sie hatte einfach „zu viel zu tun", um so viel wie sonst mit den Kids abzuhängen. Das verärgerte Kevin sehr, der sie daraufhin komplett ausschloss.

Selbst dann hatte Ash kein schlechtes Gewissen wegen ihrer Taten … nicht einmal ein bisschen … bis sie sich in Krampus' Hölle wiederfand und ihr klar wurde, was sie getan hatte. Sicherlich war die ganze Bande letztes Jahr mit involviert. Aber sie konnte sich nicht erinnern, dass sie in der Hölle waren. Alles, woran sie sich wirklich erinnern konnte, war, dass sie begann, sich innerlich seltsam zu fühlen. Voller Kummer. Dass sie es vielleicht verdient hatte, bestraft zu werden. Und dann, irgendwie, war sie plötzlich wieder zu Hause.

Wären die Goth-Kids wach gewesen und hätten nach draußen geschaut, dann hätten sie den merkwürdigsten Anblick in ihrer Seitengasse gesehen … aber sie wachten nicht auf. Crusty hatte sich gut um sie gekümmert und dafür gesorgt, dass sie sich von dem Angriff des Krampus gut erholen konnten. Draußen in ihrer Seitengasse standen zwei Rentier-Teams; zwei Schlitten, ein paar Elfen, der Weihnachtsmann und eine viel bescheidenere Version von Kevin. Es war kurz vor der Morgendämmerung und die klare Luft füllte sich mit zahllosen Sternen, als wären es unzählige Weihnachtswünsche – glitzernd, erwartungsvoll, voller Hoffnung und Träume.

Als ein unartiges Kind aus Jacks Sack stieg und in einen zweiten Sack kletterte, schaute der Weihnachtsmann in den Himmel, blickte nach Osten und überprüfte gewohnheitsmäßig die Zeit auf einer Uhr, die er gar nicht trug. „Okay, lasst uns die Kinder nach Hause bringen, bevor die Sonne aufgeht. Jack, du kommst mit mir. Candi, du nimmst das andere Team."

Kevin zerrte an seinem Ärmel. „Kann ich helfen?"

„Tut mir leid, mein Junge", nickte der Weihnachtsmann, als Candi an seinem anderen Ärmel zerrte, um ihn nach unten zu ziehen, damit sie vertraulich mit ihm sprechen konnte.

„Es wird ihm guttun, zu helfen", betonte sie.

Der Weihnachtsmann zuckte zusammen. „Aber dann müssten wir einen Umweg machen."

Candis große Knopfaugen wandelten sich zu regelrechten Rehaugen. „Bitte? Ich könnte die Hilfe gebrauchen."

Der Weihnachtsmann seufzte genervt und gehetzt. „Gut."

„Und noch etwas, Weihnachtsmann?", fügte sie hinzu. „Kann ich bitte dein Team nehmen?"

Es folgte … der Weihnachtsmannblick, in den er sich richtig reinsteigerte. „Niemand reitet auf dem Team des Weihnachtsmanns, außer er selbst! Was ist daran so schwer zu verstehen?" Und als sie wieder mit ihren

Rehaugen blitzte, fuhr er sie an. „Nein! Dieser Blick wird dir nicht helfen." Einen Moment lang dachte er über diese Nacht und ihre Rolle nach und lenkte wieder etwas ein. „Vielleicht … vielleicht kann ich eine Ausnahme machen und Rudolph dein Team anführen
lassen." Candis dankbares Lächeln wurde von einem Kichern abgelöst, als der Weihnachtsmann ihr einen schelmischen Blick zuwarf. „Du hast ihn ja auch schon auf mehrere Spritztouren mitgenommen."

Ihr Gesicht verzog sich … schlief ein. „Ich glaube", sie hielt inne und überlegte eine Entschuldigung. „Ich glaube, Noxen wird schon langen."

Der Weihnachtsmann sah mit einem leichten Lächeln zu ihr hinunter. „Danke, dass du mich über ihn eines Besseren belehrt hast", sagte er. „Er ist brillant."

Candi richtete ihre Aufmerksamkeit auf Jack. „Sehen wir uns später?", fragte sie und Jack hielt inne. Diese Frage kam ihm sehr merkwürdig vor. „Du hast den Krampus getroffen", erklärte sie, „also die ganze Sache mit dem Dauer-Schwur …"

„Oh!" Jack schüttelte seine Verwirrung ab. „Ich will nicht mit dem Krampus leben. Auf keinen Fall."

„Das heißt aber nicht, dass du nach Hause kommen willst."

Da Candi vielleicht die einzige Person am Nordpol war, die ihn verstehen konnte, wurde Jack traurig. Warum war es so schwer für sie, ihn zu verstehen? „Ich gehöre nicht an den Nordpol, Candi." Er wandte sich von ihrer enttäuschten Miene ab, um in den Schlitten des Weihnachtsmanns zu hüpfen, und hielt kurz inne, um sich abzutasten, als hätte er etwas vergessen. „Einen Moment."

Der Weihnachtsmann rollte mit den Augen. „Die Sonne wird nicht auf dich warten, Rumpus."

Aber Jack war schon zu Kevins Haus zurückgeeilt. Er spähte durch die Eingangstür und rief leise. „Crusty? Kannst du mir helfen?" Seine Augen huschten durch den Raum und suchten nach einem Zeichen, dass der alte Elf ihn gehört hatte. „Kannst du den Eingang zum Krampus öffnen?" Noch mehr erwartungsvolle Blicke trafen auf eine noch mehr verzweifelte Stille. „Verdammte Zuckerstange!"

Ash fühlte sich endlich sicher und gleichzeitig verzweifelt genug, um vor die Hütte zu treten. Sie spähte über den felsigen Hof und den Weg so weit hinunter, wie sie konnte, um zu sehen, ob es irgendwelche Anzeichen des schwerfälligen Monsters ohne Augen gab. Sie konnte es nicht sehen, aber sie bemerkte etwas anderes. Am Himmel waren weniger Rengoyles und Gargoyles. Die Wege nach oben waren überfüllt mit Trollen, die nach unten wuselten. Die Kampfschreie waren verstummt. Die Schlacht war vorbei. „Oh, nein!" Sie schaute sich nach Noxen um, aber da war nichts. Hatte Jack gewonnen oder verloren? Ging es Kevin gut?

Der Instinkt trieb sie an und sie ging in Richtung des Pfades, aber als sie die ersten Anzeichen von Trollen sah, die zur Hütte zurückkehrten, sprang sie zurück ins Haus und schlug die Tür zu. Und verschloss sie. Und grübelte darüber nach, was zum Teufel sie als Nächstes tun sollte.

ELF AUF ABWEGEN UND DER KRAMPUS

Crusty benutzte die Schneekugel nicht mehr, um über Kevins Haus zu wachen. Als er hörte, dass sein alter Freund Lust auf Kekse und Tee hatte, richtete er seinen Blick in die Unterwelt. Wie sehr er seinen Freund vermisste. Wie sehr bedauerte er, dass er den Krampus nicht vor sich selbst retten konnte. Die Doktor Jekyll-Version des Krampus – diejenige, die seinem guten, alten Freund am ähnlichsten war – näherte sich der Hütte inmitten des toten Waldes, umringt von seinen Trollen, die sich einerseits über die Nähe zu ihrem Weihnachtsdämon freuten, andererseits aber auch bereit waren, sich aus dem Staub zu machen, sollte seine dunkle Mr. Hyde-Version zum Vorschein kommen. Was kurz bevorstand.

Und so kam es auch. Der Krampus warf einen kurzen Blick auf seine ramponierte Hütte und heulte seine Wut heraus. Die Trolle zerstreuten sich vor Angst, als er mit drei bis vier großen Schritten auf die Hütte zuging und sich umsah, wer es gewagt hatte, sein geliebtes Zuhause zu beschädigen.

„Oh, mein Gott!" Crusty keuchte.

Der begutachtete alle Löcher an der Vorderseite seiner Hütte und lief um die Ecke, um festzustellen, dass sein Garten nun ebenso in einem desolaten Zustand war. Ein weiteres Heulen schien von jeder Felsklippe der Unterwelt widerzuhallen. Er lief weiter um sein Haus herum, begutachtete die Schäden und heulte vor Wut, die so stark wurde, dass der Nebel im Inneren der Weltkugel vibrierte.

„Oh, nein!" Crusty keuchte erneut und hielt den Atem an, als er durch den Nebel spähte. Er strich mit seiner uralten, gebeugten Hand über die Oberfläche des Globus, um den Nebel zu vertreiben und einen besseren Blick auf das zu erhaschen, was er zu sehen glaubte. Was er hoffte, nicht zu sehen. „Nein, nein, nein, nein, nein …" Er konnte sehen, wie Ash von Fenster zu Fenster ging und wie ein gefangenes und verängstigtes Tier hinausblickte. Ein weiteres Heulen jagte Crusty einen Schauer über den Rücken, als er auf die Füße kam. „Argh!!!", rief er und sprintete so schnell er konnte durch die Nordpol-Zentrale.

Wie Candi wurde auch der Weihnachtsmann traurig, als er hörte, wie Jack darüber klagte, nicht zum Nordpol zu gehören. Und mit dieser Traurigkeit kehrte auch seine Mürrischkeit zurück … so sehr, dass Jack und der Weihnachtsmann auf ihrer gemeinsamen Fahrt kein Wort wechselten und Jack ständig seinen Blicken auswich, während er sich Gedanken darüber machte, was er mit Ash machen sollte.

„Jetzt bist du wieder ganz mürrisch", bemerkte Jack schließlich.

„Randy Jones", nickte der Weihnachtsmann. Jack hüpfte auf die Füße, rief in den Sack nach Randy und half dem Jungen einen Moment später beim Herausklettern. „Wie kommen sie nach Hause?", fragte er schließlich den Weihnachtsmann. Vielleicht, so dachte er, würde sich sein Problem von selbst lösen und er müsste den Weihnachtsmann nicht noch enttäuschter machen, als er es ohnehin schon war.

Der Weihnachtsmann grunzte über die merkwürdige Frage. „Äh … wir bringen sie nach Hause."

„Nein, ich meine … wenn die bösen Kinder noch beim Krampus wären. Wie kommen sie dann nach Hause?“

„Bist du immer noch von diesem Dämon besessen?“, fuhr der Weihnachtsmann ihn an.

„Ich bin nicht vom Krampus besessen!“

Der Dialog zwischen den beiden wurde Randy unangenehm und er beobachtete die verschwommenen Häuser unter ihm, um so zu tun, als ob er nicht mit ihnen im Schlitten säße. Die Weihnachtslieder und -geschichten waren alle heiter und fröhlich, und definitiv ging es nicht darum, dass der Weihnachtsmann mit den Elfen zankte.

„Ich hätte sie alle still und heimlich rausholen können“, brummte der Weihnachtsmann. „Wenn du nur tun würdet, was man dir sagt.“

„Ich habe dich nicht *gebeten*, Candi zu retten“, ging Jack ihn an. „Ich wollte nur, dass du den Eingang zum Krampus öffnest!“

„Sag nichts weiter!“ Der Weihnachtsmann blinzelte. „Ich wollte deine Hilfe nicht!“

„Aber du hast meine Hilfe gebraucht!“

„Nur weil du mir überhaupt geholfen hast!“

Jack stand auf dem Sitz, trotzig wie immer. „Nur weil du mir *wieder einmal* nicht das erfüllt hast, was ich mir gewünscht habe!“

Der Weihnachtsmann verspottete ihn mit zusammengebissenen Zähnen. „Vielleicht sind wir uns dahingehend zu ähnlich, dass wir uns nicht darum scheren, was andere Leute wollen!"

„Aber-" Jack überlegte und fing an zu kichern. „Du bist der Weihnachtsmann." Damit dachte der Weihnachtsmann über die Absurdität ihres Streits nach und kicherte ebenfalls. Jack setzte sich wieder hin. „Es ist so verdammt schwer, artig zu sein."

„Nein, Jackie", seufzte der Weihnachtsmann. „Es ist nicht schwer, artig zu sein. Das macht es aber auch nicht einfach. Sei einfach überlegter."

„Es war alles meine Schuld."

„Und doch war es nicht nur deine Schuld. Ja, all die Jahre über war es dein Wunsch, den Krampus zu treffen, aber da war noch mehr, nicht wahr? Etwas, das ich dir einfach nicht geben konnte."

Jack überlegte. „Vom Nordpol wegzulaufen?"

„Niemand ist ein Gefangener am Nordpol. Wenn du gehen willst, dann geh, aber ich kann dir das nicht geben. Das ist etwas, das du selbst entscheiden musst."

„Ich gehöre da nicht hin."

„Der Nordpol ist dein Zuhause, Jackie. Natürlich gehörst du dorthin." Der Weihnachtsmann hielt bei seinen Worten inne und biss sich auf die Unterlippe. „Mehr als du dir vorstellen kannst." Randy schnitt eine Grimasse … okay. Der Weihnachtsmann nickte ihm zu und sagte Jack, dass es Zeit sei.

„Randy Jones", sagte Jack. Er erinnerte sich an sein erstes Haus. „Randy Jones!" Und dann weiter zurück an die Nacht im Postamt. „Ah! Randy Jones!" Der

Weihnachtsmann und Randy Jones wussten nicht, was Jack vorhatte, der einen Finger hob und den Weihnachtsmann mit einem „Warte mal!" anwies. Er schaute in seinen Sack und griff herum, um die unartigen Kinder aus dem Weg zu scheuchen. „Wo ist es? Wo ist es?"

Der Weihnachtsmann ahnte, was Jack dachte, und flüsterte so, dass es niemand hören konnte: „Für Randy Jones". Damit sauste ein Spielzeug durch den Sack und klatschte in Jacks Handfläche.

„Ah!" Jack zuckte des Stechens in seiner Hand zusammen, als er seinen Spielzeugroboter herauszog.

Der Weihnachtsmann schielte hinüber. Randys Augen wurden groß. „Der Dezimierer!", kreischte er, schnappte Jack den Roboter aus den Händen und drückte ihn fest an sich. Jacks Freude wich erst, als er die unterschwellige Missbilligung des Weihnachtsmanns sah … und als Randys Augen der Erkenntnis wegen traurig wurden. „Aber", sagte er, „ich stehe auf der Unartigenliste." Er hielt das Spielzeug auf Armeslänge, kämpfte mit sich, es zu behalten oder es Jack zurückzugeben. Jack schaute den Weihnachtsmann mit flehenden Augen an … Kann ich es ihm geben? Der Weihnachtsmann seufzte, rollte mit den Augen und nickte … was auch immer.

„Du kannst es behalten", beharrte Jack.

Mit weit aufgerissenen Augen schaute Randy zwischen den beiden hin und her … wirklich? Aber er konnte das Spielzeug nicht behalten. Das war Teil seiner Lektion. Er schob es zu Jack zurück. „Vielleicht nächstes Jahr."

Jack nahm das Spielzeug enttäuscht zurück. „Also gut." Er packte Randy an den Schultern und hielt ihn über die Seite des Schlittens.

Natürlich protestierte Randy. „Warte-was?!" Er trat und zappelte und versuchte, nach der Sicherheit des Schlittens zu greifen. „Weihnachtsmann!"

Und die Antwort des Weihnachtsmanns war auch nicht das herzliche *Ho-ho-ho* der Weihnachtsgeschichte. Stattdessen bekam Randy ein halbherziges „Sei artig, Junge. Ho-ho-ho."

Jack ließ ihn über seinem Haus fallen, während Randys Angstschreie in Geheule ausarteten. Pastellfarbene Funken flogen heraus und kreierten einen verwundenen Weg, wie bei einer Wasserrutsche. In das funkelnde Licht gehüllt, lachte Randy und sauste auf sein Haus zu. Wie ein fallender Engel glitt er durch das Dach, schlüpfte durch Wände, Stützen, Drähte und Rohre und raste schließlich durch rote und grüne Funken durch das STAR WARS-Poster an seiner Kinderzimmerwand. Er glitt bereits eingeschlafen in sein Bett. Bereits kurz darauf wachte er auf und schaute auf seine Wand, als ob er sich erinnern würde. Er drehte sich aus dem Bett und kniete vor dem Poster nieder. Er befühlte es, in der Erwartung, dass es … anders wäre. Es war aber völlig normal. „Was für ein seltsamer Traum", dachte er, bevor ihm klar wurde … Es ist Weihnachten!

Ash schlich verzweifelt von Fenster zu Fenster. Der Krampus und die Trolle umzingelten das Haus … allerdings hielten die Trolle einen Sicherheitsabstand zu ihrem Anführer, dessen Wut zu einem ohrenbetäubenden Schreien ausartete. Bei jedem Heulen zuckte sie zusammen und hielt sich die Ohren zu. Am schlimmsten wurde es, als der Krampus feststellte, dass ihn jemand aus seinem eigenen Haus ausgesperrt hatte.

Es gab kein Entkommen, fürchtete Ash. Das Beste, was sie tun konnte, war, sich zu verstecken und vielleicht bei Nacht wegzuschleichen. Wurde es an diesem Ort überhaupt Nacht? Sie eilte durch die Küche und den Essbereich und sah sich nach einem Versteck um, als sie einen großen Schrank entdeckte, in den kunstvolle Szenen handgeschnitzt waren. Winterszenen. Szenen vom Krampus und dem Weihnachtsmann, die zusammen fröhlich in einem einfachen Schlitten sitzen, der nicht von Rentieren, sondern von einem Pferdegespann gezogen wird. Sie hielt bei dem alten Bild inne, das an der Seite hing – ein Schwarz-Weiß-Foto, das nachkoloriert worden war. Eine festliche, trollige bunte Truppe. Sie nahm das Bild von der Stelle, an der es hing, schaute in die Gesichter und fuhr mit einem Finger neugierig über die Oberfläche des Bildes.

Der Lärm draußen ließ sie aufhorchen, und sie hing das Bild unachtsam wieder auf, bevor sie die schweren Holztüren aufschwang und hineinkletterte. Sie kroch in den hinteren Teil und versteckte sich hinter Gläsern mit eingelegtem Gemüse, Flaschen mit Pflaumenwein, Snacks und Tee.

Ihr Herz pochte bis in ihren Ohren. Ihr Atem klang unnatürlich laut. Sie war schweißgebadet. „Beruhige dich, Ash!", ermahnte sie sich selbst, und ihre Roboterspinnen zwitscherten beruhigend. Sie tätschelte sie sanft und ermahnte sie, ruhig zu bleiben. Sich darauf zu konzentrieren, sie ruhig zu halten, entspannte ihren Geist so lange, wie sie sich nicht darum sorgte, einen Weg nach Hause zu finden.

Nun, Crusty war nicht mehr der junge Elf, der er einmal war. Er bewegte sich nicht mehr so schnell, wie er wollte, und musste auf seinem Sprint zur alten Werkstatt immer wieder Pausen einlegen. Er ließ sich auf einen Stapel Kopierpapier plumpsen, um Luft zu holen und sich daran zu erinnern, wie vergesslich er sein konnte. „Ashanti Omondi", wiederholte er vor sich hin. „Ashanti Omondi." Als sich sein Puls wieder etwas beruhigt hatte, schaute er zu den dunklen Büroräumen des Hauptquartiers. „Ashanti Omondi." Er brauchte ein streunendes Rentier. Oder vielleicht ein Kesselkart. Die Zeiten, in denen er rennen konnte, ganz zu schweigen von solchen Sprints, lagen lange hinter ihm. „Warum renne ich überhaupt?", fragte er sich, versuchte, sich zu erinnern, und als ihm zufällig „Ashanti Omondi" über die Lippen kam, sprang er auf. „Oh!" Er rannte in Richtung Werkstatt. „Ashanti Omondi!"

Ein Kind nach dem anderen schlitterte auf den pastellfarbenen Strahlen, die aus beiden Schlitten kamen, nach Hause. Kevin sah zu, wie die Welt an ihm vorbeizog. „Wie kannst du überhaupt etwas sehen?"

Candi spähte über den Rand ... die Welt sah für sie ganz normal aus. Sie zuckte mit den Schultern, als sie versuchte, ihre Traurigkeit zu verdrängen. „Hoffnung", erinnerte Kevin sie. „Stimmt's?"

Sie lächelte ihn traurig und gedankenversunken an, nickte aber zustimmend. „Hoffnung."

Aus der Ferne sah es so aus, als ob wirbelnde pastellfarbene Strahlen aus den Schlitten im Schnellfeuer auf die Häuser unter ihnen schossen. Polarmagie ließ die Zeit innerhalb der Schlitten aber normal verlaufen.

Der Weihnachtsmann begann mit einer Art Geständnis. „Als ich sah, dass du weglaufen wolltest, wusste ich, dass dies das Jahr sein musste, in dem du endlich den Krampus treffen würdest."

„Du hast es gewusst?"

„Ich hatte erwartet, dass du dich auf den *Flieg mit dem Weihnachtsmann*-Wettbewerb stürzen würdest, aber als du nicht angebissen hast, dachte ich wirklich, dein Plan wäre es, Rudolph zu stehlen. Ich wollte wirklich nicht, dass du dem Krampus alleine begegnest."

„Deswegen hast du also Weihnachten abgesagt", sagte Jack trocken.

„Die Missus hat mich auf eine Idee gebracht. Wenn ich es absagen würde, könnte ich besser beobachten, welche Schritte du unternehmen würdest. Zum Beispiel die Unartigenliste stehlen." Er schaute spöttisch, nicht ganz der Weihnachtsmannblick.

„Ich habe sie nicht wirklich gestohlen", begann Jack, hielt aber bei dem falschen Husten des Weihnachtsmanns inne. Er seufzte, genauso bloßgestellt wie Candi.

„Und dann wurde deinetwegen – oder Candi – Weihnachten nicht abgesagt. Ich habe alle Vorsicht in den Wind geschlagen und einen Plan geschmiedet, der nur funktionieren würde, wenn du im Glauben warst, dass es dein Plan wäre, der gegen mich funktioniert."

Jack schüttelte den Kopf. Peinlich berührt. Beschämt. Warum konnte er nicht einfach das Richtige tun? „Es tut mir leid."

„Es ist okay. Alles Teil des Plans."

„Um den Krampus zu treffen?"

„Oh!" Der Weihnachtsmann strahlte und seine Wangen waren so rosig, wie Jack sie schon lange nicht mehr gesehen hatte. „So viel größer als das, Jackie!" Er nickte: „Amy Doohan."

Jack schaute in den Sack. Das letzte ihrer unartigen Kinder. Er half ihr, herauszuklettern, und sie umarmte den Weihnachtsmann ganz fest. „Danke", sagte sie aufrichtig.

„Dank Jackie", zwinkerte der Weihnachtsmann. Sie schlang ihre Arme um Jack und umarmte ihn, als wäre er eines ihrer Stofftiere. Nach anfänglicher Verblüffung erwiderte Jack die Umarmung mit großer Freude und Liebe, die ihn überwältigte. Der Weihnachtsmann lächelte, genoss den Moment und wusste, dass Jack die richtige Wahl war.

Jack wischte sich eine verlorene Träne weg und führte Amy an den Rand des Schlittens. „Sei artig, Kind."

Endlich hatte Crusty die alte Werkstatt erreicht und blieb vor dem großen Glasfenster stehen. Er betrachtete die Auslagen mit altem Spielzeug,

Handwerkszeug und den Weihnachtsmann-Sack, der darauf wartete, mit Spielzeug gefüllt zu werden. Damals war alles so viel einfacher, dachte er. Das Spielzeug. Die Kinder. Das Fest. Alles so viel einfacher.

Er dachte an die Zeit zurück, als er hier arbeitete. Der Geruch von Kiefernholz. An die Sägespäne. Seine Hände verkrampften sich, als er in Gedanken das Gesicht einer Puppe schnitzte und die Details mühsam symmetrisch anordnete. Wenn er am Ende des Tages nach Hause ging, war er voller Farbe. Er legte seine Hand auf das Glas und war in Erinnerungen an die einfacheren Tage versunken, bis er ganz unerwartet „Ashanti Omondi" sagte.

„Ah!!!", sprang er auf und sprintete in die Kälte, hinaus auf den schneebedeckten Weg zu seiner Hütte.

In der ganzen Unterwelt hatte der Krampus den Ruf, dass er, sagen wir mal, Wutprobleme hatte. Die Trolle, die ihren Anführer sowohl verehrten als auch fürchteten, hielten sich an der Grenze zu den toten Bäumen versteckt und beobachteten den Krampus dabei, wie er seine Runden um die Hütte drehte, immer mehr von den Schäden sah und dabei immer wütender und wütender wurde. Er kehrte immer wieder zu seiner Haustür zurück und rüttelte an ihrem Knauf, scheinbar in der Erwartung, dass sich die Tür seit dem letzten Versuch auf magische Weise von selbst öffnen würde. Und jedes Mal, wenn sich die Tür nicht öffnete, heulte und stampfte er auf, was den Boden erschüttern und ungewollt noch mehr Putz von den Wänden brechen ließ. Die Trolle wollten ihm helfen, irgendwie, um ihn zu beruhigen. Als ein Fenster durch das Stampfen zerbrach, kreischte der Krampus so laut, dass das Geräusch von Felswand zu Felswand widerhallte, sodass sich Gesteinsbrocken lösten und um sie herumwirbelten. Der Krampus rüttelte wieder am Türknopf, aber anstatt mit einem Heulen und Stampfen zurückzuweichen, riss er diesmal die Tür aus dem Rahmen und warf sie in den Hof. Sobald er drinnen war, eilten die Trolle herbei und machten sich an die Reparaturen, die nötig waren, um ihren Krampus zufriedenzustellen.

Der Krampus hielt inne, um sich zu sammeln, jetzt, wo er in seinem Haus war. Sein Haus, in das jemand eingebrochen war! Sein Haus, aus dem ihn jemand ausgesperrt hatte! Er atmete tief durch und versuchte, sich zu beruhigen, aus Angst, sein Hab und Gut zu zerstören.

„Wer immer du bist", spottete er und wollte eigentlich sein übliches *Du warst unartig* hinzufügen. Aber das erschien hier nicht angemessen. Es ging ihm nicht darum, diesem Vandalen eine Lektion zu erteilen. Er wollte sich rächen. Er fühlte sich so gekränkt, dass jemand sein Haus verwüstet hatte! Seinen Garten! Sein … wieder tiefes durchatmen. Er streckte sich, knackte seinen Nacken und bemerkte eine Blutspur auf dem Boden. „Du hast dich verletzt", fügte er schließlich hinzu.

Im Inneren des Schranks keuchte Ash und versuchte, ihr Bein in dem engen Raum zu beugen, um zu sehen, wie sehr die stacheligen Früchte sie zerkratzt hatten. Sie konnte den Krampus zwischen den Schranktüren sehen, wie er mal hierhin und mal dorthin ging und einer Spur aus Blutstropfen folgte, die von einem Fenster zum nächsten führte, bis der Schrank schließlich erzitterte, als er mit der Hand gegen die Seite schlug. „Hmm …", knurrte er und seine Nägel kratzten über das Holz. Sie hörte, wie das Bild gerichtet wurde, kurz bevor der Lichtschimmer, der zwischen den Schranktüren hindurchfiel, verdeckt wurde. Der Krampus stand nur wenige Zentimeter vor ihr. Oh, dieses Abenteuer sollte nicht so ablaufen. Die Türen wurden aufgerissen und Ash tat ihr Bestes, um sich weiter nach hinten zu drücken, als ob sie sich flach wie ein Pfannkuchen gegen die Rückwand pressen könnte.

Der Krampus spähte zwischen den Gläsern, Kisten und Flaschen hindurch und prüfte Regal für Regal. Ash wusste, dass sie nur noch Sekunden davon entfernt war, erwischt zu werden. Doch gerade als er am zweiten Regal über ihr war, griff eine Hand aus der Schwärze hinter ihr hervor und hielt ihr den Mund zu, während eine andere Phantomhand sie am Kragen packte und zerrte.

Als würde sie durch einen dunklen Tunnel gezogen, fiel Ash rückwärts aus Crustys Schrank und stürzte auf den Boden seiner Hütte. Er knallte die Schranktüren zu und seufzte erleichtert auf, bevor ein schrilles Konzert an Weihnachtsglocken ertönte und das Nordlicht den Nordpol in einem hellen, unheimlichen, grünlich-gelben Schein erleuchtete, der alle überraschte. Selbst diejenigen, die in der Taverne zum Nussknacker ein bisschen zu viel gefeiert hatten, waren plötzlich nüchtern und aufmerksam.

Ash wich vor dem Lärm zurück, als Crusty sich daran erinnerte, dass es nur zwei Arten am Pol gibt: die, die dort hingehören, und die, die eingeladen sind. „Willkommen! Willkommen!", rief er. „Herzlich willkommen am Nordpol!" Und damit verstummten die

Glocken, die Lichter schimmerten wieder normal und die Feierlichkeiten wurden fortgesetzt. Ash nahm ihre neue Umgebung schweigend und fassungslos auf.

„Du bist verletzt", bemerkte Crusty und eilte nach draußen in den Schnee.

„Ein Monster hat mich gejagt", sagte Ash emotionslos.

„Der Krampus, kein Zweifel." Er kam mit einer Handvoll verwelkter Blätter zurück, die er mit matschigem, glühendem Schnee vermischte und auf ihr Bein schmierte. Die eisige Masse wurde dunkel und dick, als sie sich mit dem Ruß und dem Schmutz auf ihrem Bein vermischte.

„Au!" Sie zuckte vor Kälte zusammen, bis ihr Bein betäubt und geheilt war. „Und nein. Ich meine, ja, der Krampus. Aber nicht nur er." Nachdem sie schweißgebadet in die eisige Luft des Nordpols katapultiert wurde, fing Ash an, unkontrolliert zu zittern. Crusty wickelte sie in eine Decke und rieb ihr die Schultern. „Es war haarig. Es hatte keine Augen."

„Hmm", dachte Crusty, machte ihr einen Tee und brachte ihr Kekse, was sie hastig annahm. „Vorsichtig, vorsichtig. Verbrenn dich nicht. Wo hast du es getroffen? Dieses Ungeheuer?"

„Ich habe Maia aus dem Haus des Krampus geholt und bin zurück zum Pfad gelaufen." Sie nahm einen Schluck Tee. „Es überraschte mich, als ich um die Ecke kam."

„Kallikantzaros", dachte Crusty laut.

„Kalli-?"

„-kantzaros." Türkisch. Er versteckt sich hinter Ecken und springt dann auf dich zu." Crusty erschreckte Ash, indem er geistesabwesend nach vorn stürzte. „Oh, entschuldige … er stellt dir eine scheinbar harmlose Frage und deine Antwort muss das Wort *schwarz* enthalten. Sonst …"

Ash runzelte die Stirn. „Das ist … seltsam."

„Vieles in unserer Welt ist seltsam. Fühlst du dich gut genug, um zu gehen?"

Sie nickte, als er ihr auf die Beine half. „Da war auch noch Mary Lwyd." Crusty schaute verwirrt. „*Die* Mary Lwyd. Geisterpferd. Nicht nur irgendein Pferdeschädel auf einem Stock."

„Ich frage mich, was die beiden wohl im Reich des Krampus machen. Crusty sah zu Ash auf, nahm ihre Hand in seine und tätschelte sie. „Aber du bist jetzt in Sicherheit, Ashanti Omondi."

„Ash."

„Gut, Ash. Komm mit." Er führte sie hinaus in die Kälte, immer noch in seine Decke gehüllt. „Es ist nur ein kurzer Spaziergang, versprochen."

Candi und Kevin näherten sich wieder der Seitenstraße, nachdem sie die letzten ihrer unartigen Kinder abgeliefert hatten. „Das hat Spaß gemacht", lächelte Kevin.

„Du hast ein seltsames Verständnis für Spaß, Junge. Da ist dein Haus."

„Ich werde das alles vergessen, stimmt's?"

„Ich hoffe nicht." Kevin kletterte auf den Rand des Schlittens und der Wind zerzauste sein langes schwarzes Haar. „Sei artig, Kevin."

Er balancierte, drehte sich aber um und grinste teuflisch. „Ich verspreche nichts. Aber ich werde es versuchen."

„Nun, wenn du nicht artig sein kannst, dann mach denn Elfenabgang."

Er hüpfte lachend herunter. Candi lächelte, eilte an den Rand, um seinen Abstieg zu beobachten, und einen Moment lang dachte sie über die Regeln nach … Artig oder unartig? Artig oder unartig? Genau wie Jack kannte sie den Unterschied zwischen den beiden, und doch waren sie manchmal dasselbe. Sie warf etwas in das pastellfarbene Licht, das sich seinen Weg in Kevins Schlafzimmer bahnte. Mit einem Blitz aus Rot und Grün schlitterte Kevin durch die Wand und schlafend in sein Bett. Und wie Randy und viele andere unartige Kinder wachte er auf und hatte das seltsame Gefühl, etwas vergessen zu haben. *Es ist Weihnachten!* Er hielt es für nichts Besonderes mehr, so besonders es auch war. Er spürte etwas unter der Bettdecke. Er griff unter sie und zog die seltsamste Überraschung heraus … einen Fleischklopfer. Aber wie war der dahin gekommen, fragte er sich. War er geschlafwandelt? Er überlegte. Und überlegte noch mehr nach, als zufällige Gedanken und Bilder seines Abenteuers in seinem Kopf auftauchten und wieder verschwanden, und dann … ein breites Lächeln. Es war wirklich Weihnachten!

Das war es auch, oder zumindest fast, jedenfalls in den Vororten von Chicago. Oben am Himmel ließ Jack einen letzten Schlafball aufblitzen. Er schoss in die

Höhe, glühend und funkelnd-nass. Und als die Sonne über den Horizont lugte, schmolz der Schneeball zu einem nassen Nichts.

„Das werde ich vermissen", sagte er. „So lahm es auch ist."

Die Schlitten des Weihnachtsmanns und Candi fanden zusammen und flogen dann hoch in den Himmel, um zum Nordpol zurückzukehren.

Ash starrte in das große Fenster der alten Werkstatt. „Hier spielt sich alles ab, oder?" Der Ort kam ihr so klein vor, auf jeden Fall kleiner, als man erwarten würde.

„Das war einmal", korrigierte Crusty sie. „Zu meiner Zeit haben wir hier die Spielzeuge hergestellt. Heutzutage haben wir eine riesige Spielzeugwerkstatt, die alle möglichen verrückten Dinge produziert. Keiner will mehr eine einfache Holzeisenbahn", beklagte er und führte sie in den alten Raum. Crusty sah fasziniert zu, wie Ash mit ihren Händen über den langen Holztisch fuhr und einen winzigen Hammer in die Hand nahm. „Der Krampus hat in einigen Dingen recht", sagte er schließlich. „Weihnachten war früher so einfach."

„Er begleitete früher den Weihnachtsmann?"

Crusty lächelte. „Ja, damals, als er noch mehr wie er selbst war."

„Er hatte ein Bild an seinem Schrank. Ich glaube, es waren die isländischen Jólasveinar."

Das Lächeln von Crusty wurde zu einem breiten Grinsen. „Oh, das ist ja wunderbar." Er nickte, ohne eine Erklärung abzugeben. „Das macht mich glücklich."

Er stupste sie in Richtung einer Leiter, die in den zweiten Stock führte, wo alte Spielzeuge so angebracht waren, als ob sie in der Luft zu schweben schienen und in einen großen Trichter fielen würden, der die Spielzeuge in einen Weihnachtsmann-Sack filterte. „Du musst mir hoch helfen. Ich bin nicht mehr so rüstig wie früher, weißt du."

Ash begann zu klettern. „Was machen wir hier?"

„Ich muss dich nach Hause bringen."

„Oh …" Sie kroch in den zweiten Stock und griff nach Crusty. „Kann ich nicht hier bleiben?", fragte sie. Und als sie seinen Schock sah, fügte sie schnell hinzu: „Ich meine, vielleicht für ein paar Tage?"

„Nein!" Er stand auf und bürstete den Staub von seiner Hose. „Deine Eltern würden sich Sorgen machen, und das würde zu Fragen, noch mehr Fragen und schließlich zu Problemen führen, und nein …tut mir leid."

Ash nickte zustimmend, was ihre Enttäuschung jedoch nicht minderte. „Wie bringt mich das hier hochklettern denn nach Hause?"

„Ashanti Omondi …"

„Ash."

„Ash. Du bist ein wahrhaftiges Geschenk für diese Welt. Und genau jetzt musst du dich auch so verhalten." Ash verzog verblüfft das Gesicht. „Schließe deine Augen und höre auf meine Worte." Sie gehorchte. „Du bist ein Geschenk. Erkenne die Freude, die Liebe und das Licht, welches du bringst." Das war ein schöner Gedanke für Ash, fühlte sich aber auch etwas albern an.

„Stell dir vor, wie dieses Licht in dir aufsteigt. Deine Freude und Liebe fließen in Strömen. Kannst du dir das vorstellen?" Sie nickte und hielt die Augen geschlossen, als er sie an den Rand des Trichters führte. Hätte sie ihre Augen geöffnet, hätte sie das Licht gesehen, von dem Crusty sprach. Ash glühte, während ein seltsames, kribbelndes Gefühl von ihrem Herzen bis hinunter zu ihren Zehen und durch ihr Haar strömte und Funken aus ihren Fingerspitzen schoss. Crusty stupste sie sanft in den Trichter, und wie die vielen Geschenke für die Welt, die früher aus dieser Werkstatt kamen, glitt Ash hinunter in den Weihnachtsmann-Sack am Ende des Trichters.

Jack wusste natürlich nicht, dass Ash sicher bei Crusty am Nordpol war, und sein Gewissen lastete schwer auf ihm. Bevor er jedoch beichten konnte, dass er sie in der Hölle zurückgelassen hatte und bevor er fragen konnte, ob sich sein Problem irgendwie von selbst lösen würde oder ob er zurückkehren und sie holen müsste, setzte der Weihnachtsmann seine eigene Beichte fort.

„Ich war nicht immer der Weihnachtsmann, weißt du."

Jack beantwortete das mit einer Grimasse. Er wusste immer, dass der Weihnachtsmann Nikolaus heißt, aber er hatte sich Nikolaus nie als etwas anderes als den Weihnachtsmann vorgestellt. „Ich habe wohl nie richtig darüber nachgedacht."

„Als ich ausgewählt wurde, war ich ein Elf. Ich war dir sogar sehr ähnlich. *Flieg für den Weihnachtsmann* war die perfekte Gelegenheit, um zu sehen, wer der nächste Weihnachtsmann werden könnte." In seine Augen kehrte ein Hauch seiner alten Müdigkeit zurück. „Ich bin bereit, die Zügel weiterzureichen."

Mit großen Augen griff Jack nach den Lederriemen. „Wirklich?!"

Der Weihnachtsmann schlug seine Hand weg. „Nein! Nicht sofort!"

„Oh."

„Aber bald. Wenn man der Weihnachtsmann wird, verändert man sich. Du wirst groß. Du wirst anders altern."

„Und fett?" Jack lächelte.

„Ja", spottete der Weihnachtsmann. „Du wirst fett. Aber das hat wohl eher etwas mit den Keksen zu tun. Crusty hat mich ausgewählt-"

„Crusty?!" Natürlich, Crusty! Dachte Jack. Kein Wunder, dass er so alt war. Kein Wunder, dass er so groß war. Er muss der Weihnachtsmann gewesen sein, bevor der Weihnachtsmann … der Weihnachtsmann war. Oh, er fühlte sich überwältigt. Sprachlos. Überwältigt.

„Er hat sich für mich entschieden", sagte der Weihnachtsmann zögernd, um sich zu vergewissern, und natürlich war er überzeugt. „Aus demselben Grund, aus dem ich … dich gerne wählen würde." Jack blinzelte und schwieg. Der Weihnachtsmann nickte mit einem Blick, der sicherstellte, dass Jack verstanden hatte, worum es ging. „Ich bin schon so lange der Weihnachtsmann, dass sich niemand mehr daran erinnert, dass Crusty vor mir war. Außer der Missus natürlich. Du bist der geborene Anführer, Jackie."

„Anführer?“ Jack brummte. „Nein. Alle hassen mich.“

„Und doch folgen sie dir. Wer sonst hätte einen Aufstand in der Spielzeugwerkstatt anzetteln können, damit Weihnachten nicht abgesagt wird?“ Jack überlegte … vielleicht Candi? Aber Candi neigte dazu, im Verborgenen zu agieren. „Und wen soll ich sonst wählen? Feliz? Er ist ein Tyrann. Außerdem brauche ich jemanden, der mit dem Krampus umgehen kann. Feliz hat sich nur in die Hosen gemacht.“

„Im Ernst?!“ Jack lachte.

Der Weihnachtsmann lachte mit ihm, wurde dann aber ernst. „Das darfst du mit niemandem teilen.“

Jack hielt einen Ehrengruß der Pfadfinder hoch. „Nur ich und Emily Dickinson.“

Der Weihnachtsmann gluckste. „Niemand fliegt so gut wie du, Jackie. Elfen. Sie sind Mitläufer. Und du und Candi, ihr seid definitiv keine Mitläufer. Ihr habt ein großes Herz. Du sorgst dich um andere, auch wenn du so tust, als würdest du alle und jeden hassen.“

„Ich hasse nicht jeden“, beklagte sich Jack. „Aber ich bin mir nicht sicher, ob ich ein Anführer sein kann, wenn mich jeder hasst.“

„Kommst du nach Hause oder soll ich dich irgendwo absetzen, wo es kalt ist, wie Chicago?“

Jack überlegte und blickte zu Candi, die voraus flog. „Ich mag keine Kälte. Und Weihnachtsmann? Du willst mich nicht. Ich bin gegangen-“

In diesem Moment erweckte Jacks Weihnachtsmann-Sack zum Leben, als Ash mit einem Schreck in den Gliedern herauskletterte. Sie hatte nicht damit gerechnet, erst in einen Trichter zu fallen und dann auf magische Weise über den Globus transportiert zu werden. Wieder einmal. „Jack!"

„Ash!", rief Jack und schluchzte fast vor Freude, als die beiden ihre Arme umeinander schlossen und sich aneinander klammerten. „Du bist in Sicherheit!"

Der Weihnachtsmann ärgerte sich nur leicht darüber, dass er noch einmal in die Seitenstraße zurückkehren musste. Die Freude und Erleichterung, die Jack empfand, als er sie aus dem Sack krabbeln sah, ließ sein eigenes Herz höher schlagen, auch wenn er nicht verstand, warum Jack vor Glück weinte. Jackie Rumpus war die richtige Wahl. Der Weihnachtsmann wusste das. Trotz all seiner Fehler war Jackie perfekt.

17 - Ein Weihnachtswunsch

Als Candi um den Gelee-Berg herum zum Nordpol absank, konnte sie sehen und hören, wie die Feierlichkeiten zum Jahresende unten weitergingen. Als jemand die gelegentlichen Funken aus Noxens Augen entdeckte, brach Jubel aus, und alle strömten zum Hauptquartier. Sie landete mit ihrem Rentier-Team und wurde von einigen Stallburschen empfangen, die ihr gratulierten und applaudierten, was für sie überhaupt keinen Sinn ergab. Sie gab Noxen eine Umarmung und einen Kuss und klopfte ihm auf die Seite, um ihm für ihr bisher größtes Abenteuer zu danken. Ein schwaches Flackern der Anerkennung kehrte zurück, als die Stallburschen das Rentier-Team in die Scheune führten, wo Fressen, Wasser und eine dringend benötigte Pause warteten.

„Versteckt ihn nicht in der letzten Ecke!", forderte Candi, bevor sie hinzufügte ... *bitte.*

Candi stand allein auf der kalten Ebene. Der Wind heulte und wehte durch ihr blondes Haar. Das Grün war irgendwie verblasst. Vielleicht, weil der Feiertag schon fast vorbei war. Vielleicht, weil die Hoffnung, an die sie sich geklammert hatte, ihr langsam entglitt. Was auch immer der Grund war, es sah nicht mehr festlich aus, und die Farbe war ihr auch egal. Sie blickte in den leeren Himmel und seufzte … nun, das war's. Sie machte sich auf den Weg zurück zum Hauptquartier, und als sie durch die Glasschiebetüren trat, wurde sie mit wildem Beifall empfangen. Sie stand regungslos da und war über die Aufregung in der Menge der Elfen fassungslos. Die Missus reichte ihr ein Pfefferminzbier, während Crusty sie umarmte. „Frohe Weihnachten, Candi Kane", begrüßte er sie.

„Frohe Weihnachten", erwiderte sie, aber ihr Gruß hatte nichts Frohes an sich. Ihr falsches Vertrauen in den Dauer-Schwur hatte versagt. Der Krampus war tatsächlich echt! Und Jackie war weg.

Die Missus schaute an Candi vorbei nach draußen in die Kälte. „Wo ist …"

„Sie waren direkt hinter mir", sagte Candi achselzuckend und nippte an ihrem Bier. „Bis sie es nicht mehr waren." Sie kippte den Rest ihres Getränks hinter.

„Holt dem Mädchen noch ein Pfefferminzbier! Sie hat es sich verdient. Den Krampus konfrontieren? Die Kinder retten?"

Crusty quietschte vor Freude. „Hast du gesehen, wie Jack den Weihnachtsmann aufgefangen hat?"

Jetzt war Candi noch mehr verwirrt. „Wie hast du das gesehen-"

„Ihr zwei seid Helden!", unterbrach sie die Missus.

„Ich fühle mich nicht wie eine Heldin."

Crusty lächelte. „Eine Eigenschaft von wahren Helden.“

Der Weihnachtsmann stürmte durch die Türen und eine weitere Welle aufgeregten Jubels rollte durch das Hauptquartier. „Ho! Ho! Ho! Frohe Weihnachten!“

„Willkommen zu Hause, Nikolaus“, sagte die Missus und begrüßte ihn mit einer Umarmung und einem Kuss. Als Candi ihn allein sah, fühlte sich einfach nur niedergeschlagen.

„Nikolaus!“ Crusty sah sich um. „Aber, wo ist Jackie?“

Der Weihnachtsmann warf Candi ein Lächeln und ein Zwinkern zu. „Jemand ist in der Rentierscheune über einen Sattel gestolpert.“

Die Türen öffneten sich und Jack stolperte herein, wobei er unkontrolliert nieste. „Blöder Sattel!“ Er nieste weiter. „Blöde Pfefferbomben!“

„Die Pfefferbomben gingen hoch“, strahlte der Weihnachtsmann.

Candi strahlte, während Jack nieste. „Heilige Zuckerstange!“, nieste er. „Dumme-“ Wieder nieste er. Jack sah die Menge und unterdrückte einen weiteren Nieser, um auf cool zu machen. „Ich meine, was soll’s.“ Er wäre fast wieder nach draußen gesprungen, als sie ihm alle zujubelten.

Candi drängte ihn zu einer Umarmung. „Jackie! Du bist zu Hause!“

Er war von der Umarmung überrascht. Er war von dem Jubel überrascht. Von den Blicken der Menge … auf ihn. Das Gewicht ihrer Blicke fühlte sich so schwer und gleichzeitig so leicht an, als ob sich etwas in ihnen und vielleicht auch in ihm selbst verändert hätte. Sie sahen ihn an und sahen *ihn*. Hinter dem Eyeliner, hinter der blassen Schminke, hinter die Goth-Klamotten und in sein Herz. Sie sahen ihn. Einfach *Jack*. Das war das komplette Gegenteil von allem, was er immer gesagt hatte, dass er es wollte, und doch wusste er, dass es genau das war, was er immer wollte. Er griff tief in seine Tasche und überreichte Candi ihre Halskette. Die, die mit einer Weihnachtsmannmütze festlich gestaltet war. „Die wollte ich dir schenken. Erneut."

Candi nahm die Halskette und hielt sie in der Hand. Sie wollte lächeln. Sie wollte weinen. Sie sah den Weihnachtsmann mit herzlicher Dankbarkeit an … Sie hatte ihren einzigen Weihnachtswunsch erfüllt bekommen.

Crusty klopfte Jack auf die Schulter. „Willkommen zu Hause, Weihnachtsmann."

Der Gruß überraschte Jack und verwirrte Candi. Jack schaute zum Weihnachtsmann auf …hm?

Der Weihnachtsmann nickte. „Wenn du es willst."

Crusty klatschte, und die Menge klatschte mit ihm. Der Beifall wurde, zusammen mit dem Jubel, immer lauter, so dass Jack ihn noch Tage später in den Ohren klingen hörte. Endlich fühlte er sich zu Hause. Als ob er an den Nordpol gehörte.

Mit Blick über die Spielzeugwerkstatt stand Jack mit Candi, dem Weihnachtsmann und der Missus auf dem Steg. Er riss ein Blatt vom Countdown-Kalender *Noch*

X Tage bis Heiligabend ab und rief. „Okay, Leute! Nur noch dreihundertfünfzig Tage bis zum nächsten Heiligabend!" Er drehte sich verschmitzt zum Weihnachtsmann um. „Lasst uns ein bisschen Spaß haben!" Er drehte die Weihnachtsmusik auf – sie war zwar festlich, aber mit einem melancholischen Goth-Band-Einschlag unterlegt. Und er tanzte, ohne sich darum zu kümmern, dass die ganze Halle voller Elfen ihm beim Tanzen zusah. Candi tanzte mit, während der Weihnachtsmann und die Frau des Hauses anerkennend lachten.

In den Reihen der Elfen in der Halle gab es einige, die einen Hauch von Jacks Stil trugen – schwarzes Haar hier, dunkler Eyeliner dort, ein paar Piercings hier und dort. Aber keiner war so inspiriert wie Feliz, der den dunklen Eyeliner trug, die falschen Piercings hatte und auf dem Rücken seiner Arbeitsweste den Schriftzug *RUMPUS* eingraviert hatte.

Feliz verdrehte die Augen und beobachtete, wie sein neu entdeckter Held über ihnen tanzte. „Was für ein Freak!"

Das Ende.

Über den Autor

John Rae ist erfolgreicher Drehbuchautor und Schriftsteller, der gerne über Außenseiterfiguren und ihre Missgeschicke schreibt. Er lebt in einem Vorort von Chicago und ist sich ziemlich sicher, dass der Krampus schon den einen oder anderen Besuch abgestattet hat. Mehr über seine Projekte erfährst du unter john-rae.com.

Für Updates und Leseproben besuche bitte john-rae.com/badelf/newsletter.htm. Wenn du dich registrierst, erhältst du ein kostenloses Exemplar von *Dingle's Dutzend*.

Alison Anderson ist in einer kleinen Stadt im Mittleren Westen, gleich flussabwärts von unserer geschichtsträchtigen Stadt Algonquin, geboren und aufgewachsen. Sie besuchte die American School of Neon in Minneapolis, studierte Illustration und Werbegrafik und ist eine zertifizierte Schweißerin.

Alison hat Aufträge für Skulpturen, Strichzeichnungen und Logos erhalten. Ihr aktueller Schwerpunkt liegt auf Markerkunst, Upcycling und Illustration.

Du findest mehr über ihre Arbeit auf: zapramproductions.com.

Bitterer Wind wirbelte durch die Höhle, und erzeugte ein unheimliches Heulen, das sich leer anhörte und doch etwas verbarg, als der Troll hineinging. Vielleicht ein Ablenkungsmanöver? Gully schüttelte seine paranoiden Gedanken ab und wusste, dass es noch zu früh war, um Angst zu haben. Zumindest *so viel* Angst zu haben. Verdrehte Kandelaber, Armleuchter, hingen kopfüber an den gewundenen Wänden, die sich nach oben verengten, während er tiefer in die Höhle vordrang. Von ihnen baumelten Grýlukerti, Eiszapfen, die schwach und blau leuchteten und ihm den Weg erhellten. Er riss einen von seinem Sockel, um das Licht näherzubringen.

Etwas in dem Jute-Kartoffelsack, der über seiner Schulter hing, setzte zu erneutem Protest an. Tritte und Grunzen, gefolgt von einem frustrierten Schrei, der nur durch eine schmutzige Socke gedämpft wurde. Ein weiteres Heulen erregte Gullys Aufmerksamkeit und sein dicker grauer Bart fiel über seine Schulter, als er seinen Kopf in Richtung der Höhlenöffnung riss. „Ruhe, du!", brummte er im Flüsterton. Sein Gefangener gehorchte, aber erst, nachdem er Gully einen weiteren Tritt in den Rücken verpasst hatte. Er ließ seine Paranoia noch einmal aufhorchen, nur für den Fall. Seine Augen blinzelten im blauen Licht des Eiszapfens, den er vor sich hielt, und die Angst nahm ihm den Atem. Er lauschte so lange, bis ihm klar wurde, dass er vermeintlich darauf wartete, dass sein eingebildeter Stalker auftauchte, bis er den Atem nicht mehr anhalten konnte und er schließlich einen tiefen, rauen Atemzug tat. Er schloss seine Augen und murmelte vor sich hin. „Fast geschafft."

Als er den Weg hinunterstapfte, gingen auch die Tritte und das Grunzen wieder los. Früher war der Sack voller unartiger Kinder, die Mutter nach Hause gebracht wurden, um einen Eintopf für ihn und seine Brüder zu kochen. Aber heute isst man keine Kinder mehr. Gully und seine Brüder jedenfalls nicht. Nein, was in seinem Kartoffelsack kämpfte, war nicht annähernd so lecker wie ein geschmortes, unartiges Kind. Es schmeckte zäh und etwas sauer. Das wusste er nur, weil es in Island das ganze Jahr über keine unartigen Kinder zu essen gab. Mutter sammelte alles ein, was sie finden konnte, um es für das Nach-Weihnachtliche Julfest zu kochen, weil sie vielleicht dachte, dass keiner ihrer Söhne einen Unterschied bemerken würde. Vielleicht hätte es auch funktioniert, indem sie das schlecht schmeckende Essen einfach auf die schlechte Ernte an unartigen Kindern zurückgeführt hätte, aber sie machte den Fehler, ein paar Flügel in den Eintopf zu geben.

Das war das letzte Jahr, in dem die Familie ihr Julfest mit Mutter feierte. Geistesabwesend einen Zephyr-Flügel aus seinen Zähnen zu pflücken, war schon eklig genug, aber einen Elfen zu essen, ging Gully und seinen Brüdern zu nahe. Zumindest für die meisten seiner Brüder. Es fühlte sich falsch an. Abgesehen vom schlechten Geschmack war es, als würde man ein Familienmitglied essen. Mutter hatte natürlich keine Probleme damit, da sie zwei ihrer Ehemänner und unzählige Verehrer verspeist hatte. Aber bei ihren Söhnen hinterließ das Mal einen so schlechten Geschmack im Mund, den nicht mal die Zeit wegwaschen konnte.

Und das brachte die Brüder zum Nachdenken … Elfen fühlten sich wie Familienmitglieder an. Nicht wie die Geschwister, die sie füreinander waren, sondern wie die, die man im Laufe seines Lebens findet.
Zufälle, die in unser Leben stolpern und ohne jeglichen Grund schnell einen großen Platz in unserem Herzen einnehmen, so dass man sich nicht mehr vorstellen kann, wie es ohne sie war. Man würde sogar für ihre Gesellschaft sterben wollen! So lecker der Kindereintopf auch war, ein unartiges Kind wohnte auf die gleiche Weise im Herzen von jemandem.

Das schummrige Licht schmolz in seinem Griff und tröpfelte ihm augenscheinlich einen Weg, dem er folgen konnte. Er bewegte das Licht an der Wand auf und ab, bis er einen breiten Spalt fand, der sich hinter großen, spitzen, kieferähnlichen Stalaktiten und Stalagmiten verbarg. Er hängte den zappelnden Sack an einen kurzen steinernen Ast und öffnete ihn, so dass ein Kopf hindurchschlängelte und hervorstach. Ein Zephyr. Er reckte den Hals und rieb seine Stirn an der Öffnung, um das zerzauste blonde Haar aus seinen Augen zu bürsten. Normalerweise hatte es einen eher sanften Braunton, aber da sie das Einzige waren, womit er seine Wut ausdrücken konnte, reflektierte es seine Wut mit Goldtupfern. Er grunzte und schrie seine Proteste, die durch seinen zugestopften Mund nach wie vor gedämpft waren.

Gully kratzte sich am Ende seiner Knollennase und versuchte zu entscheiden, wie er am besten vorgehen sollte. „Zephyrym", seufzte er und zwang sich zu einem Lächeln. „Freund."

Der Elf schaute wütend, während er mit dem Kopf wippte und noch mehr schrie. Es war noch nie in Mode gewesen, dass Zephyre Gesichtsbehaarung trugen, aber dieser Elf entschied sich für immerwährende Bartstoppeln, die in den Tagen seit seiner Gefangennahme zu einem ungleichmäßigen, wilden Bart gewachsen waren, der geradezu exzentrisch aussah. *Gepökelt*, Gully zuckte bei dem Gedanken zusammen. Zephyrym, oder Z, wie ihn seine Freunde nannten, war deutlich reifer geworden, seit sie ein paar Tage zuvor in einer Kneipe in der Nähe von Dalvik zusammen getrunken hatten.

Gullys falsches Lächeln verwandelte sich in eine Grimasse, einen flehenden Ausdruck, der leider bedrohlich aussah. Selbst wenn Trolle fröhlich sind, können sie immer noch bedrohlich aussehen, selbst einer wie Gully, der – abgesehen von seiner riesigen Nase – eher wie ein untersetzter Mensch als ein Troll aussah. „Bist du bereit, vernünftig zu sein?"

Ein paar weitere Rufe, gefolgt von einem Grunzen und einem stummen Schmollen waren die Antwort, die Gully brauchte. Er hielt inne und griff nach der Socke, um den Elfen daran zu erinnern, leise zu sein, woraufhin der Elf die Augen verengte. Gully zerrte an der Socke und war überrascht und peinlich Berührt dafür, wie fest sie in das Gesicht der Elfe gepresst worden zu sein schien. Sofort als die Socke entfernt war, holte der Elf tief Luft und schrie auf. „Freund?! Du steckst mir tagelang eine ranzige Socke in den Mund? Freund?!" Er hustete und fuhr sich mit der Zunge über den Gaumen, um den üblen Geschmack wieder loszuwerden.

„Pst! Pst … … Pst… Pst …" Der Troll schaute sich nach dem Geheul um, das aus dem Höhleneingang kam, und schlug seine Hand auf den Mund des Elfen, aber nicht bevor der Elf ihn ordentlich gebissen hatte und Blut floss. Gully zuckte wegen des Schmerzes zusammen. „Du bist hier in Gefahr!", rief er in der Stille. „Bitte sei still!" Er nahm seine Hand weg.

„Nur, weil du mich hierhergeschleppt hast!"

„Ich habe noch mehr unappetitliche Klamotten, die ich dir in den Mund schieben kann, wenn du nicht still bist." Der Elf wandte sich mit einem angewiderten Schnauben ab. „Z, es tut mir leid. Ich muss wirklich-" Gully hielt inne und drehte sich, um sich in den Sichtbereich des Elfen zu stellen. „Würdest du mich wenigstens ansehen?" Aber der Elf drehte sich weg. Gully trat herum, um ihm direkt ins Gesicht   zu sehen, und Z krümmte seinen Hals so, dass er sich irgendwie wegdrehte und irgendwie nach oben und dann nach hinten schaute, als ob er versuchen würde, direkt in den Stalagmiten zu starren, der den Sack, in dem er baumelte, festhielt. Gully richtete sich auf und schaute auf den erbärmlichen Elfen hinunter, der sich in eine äußerst seltsame Position gebracht hatte. „Jetzt machst du dich aber lächerlich."

„Ich mache mich lächerlich?" Z sah ihn nun an, wobei sein Tonfall ruhig blieb. „Noch vor   ein   paar Tagen habe ich mit jemandem, den ich für einen Freund hielt, Bier getrunken. Und jetzt bin ich in einem Sack gefesselt und baumle an einem Felsen. Ja … ich mache lächerlich." Endlich hatte er genug Speichel produziert und spuckte dem Troll vor die Füße.

„Ich habe dich eingefangen", sagte Gully, als ob das ihre missliche Lage erklären würde.

„Wir haben getrunken-"

„Bis du ein paar zu viel hattest und dann ohnmächtig wurdest", hielt Gully inne. „Und dann habe ich dich eingefangen."

„Du hast mich nicht eingefangen!" Er zappelte in seinem Protest.

Gully machte große Augen und drehte den Kopf herum, als wolle er dem Elfen sagen, er solle über die Worte nachdenken, die gerade aus seinem eigenen Mund kamen. „Du musst eine Nachricht überbringen."

„Warum hast du nicht einfach gefragt?!"

„Das habe ich. Und du hast nein gesagt."

„Das hast du nicht", beharrte der Elf.

„Du warst ein bisschen betrunken, als ich dich gefragt habe. Aber nehmen wir mal an, das wäre nie passiert und ich würde dich jetzt zum ersten Mal bitten, eine Nachricht zu überbringen, würdest du-"

„Nein!"

„Genau!" Gully schnappte nach Luft, als er merkte, dass die Lautstärke ihres Gesprächs anstieg. „Also musste ich dich einfangen. So sind die Spielregeln. Du bist ein Zephyr. Jetzt musst du die Nachricht überbringen."

„Das klingt eindeutig rassistisch."

„Du bist magisch daran gebunden, meine Botschaft zu überbringen. Aber wie ein gefangener Kobold, der magisch gebunden ist, einen zu seinem Goldtopf zu bringen, wirst du lügen, betrügen, manipulieren, ablenken und alles tun, um mich davon zu überzeugen, dass ich nicht *will, dass* du meine Botschaft überbringst."

„Zephyre *und* Kobolde? Du hast ja eine richtige Glückssträhne." Er schaute auf den Höhlenboden. „Rassist."

„Ich habe keine Zeit für so etwas, Z." Gully zerrte am Hals des Sacks, damit sich der Elf herauswinden konnte. „Und ich bin schon so spät dran."

„Du hast meinen Flügel gebrochen!", beschwerte sich der Elf.

„Er ist nur verstaucht."

„Woher willst du das wissen?!" Z stürzte sich auf Gully und stieß ihm in die Nase.

„Weil er flattert. Du fliegst. Dir geht's gut. Es tut mir wirklich leid, Z." Er schüttelte den Kopf und deutete auf die durchsichtigen, insektenähnlichen Flügel, von denen einer leicht verbogen war, aber einsatzbereit war. „Ich bin verzweifelt."

Der Elf schwebte vor ihm und schmollte. „Sag bitte."

„Bitte."

Z verschränkte die Arme vor der Brust und kratzte mit dem Daumennagel den Schmutz unter seinen Nägeln heraus. „Bitte, bitte."

„Bitte, bitte, mit Sahnehäubchen verziert. Um Himmels willen, ich weiß, du kannst nicht anders, aber bitte hör auf damit und hilf mir einfach."

„Ich kann nicht anders? Weil ich ein-"

„Du ein Zephyr bist, ja. Und ich bin der rassistischste Troll aller Zeiten. In der Tat sind Trolle eine ziemlich rassistische Rasse. Wir können auch nicht anders. Also versuch mir zu verzeihen, so wie ich dir zu verzeihen versuche, und können wir *bitte* einfach weitermachen!"

Der Elf seufzte. Rassistisch oder nicht, der Troll hatte recht. Spielregeln und so weiter. Z konnte nicht anders, als das zu tun, wozu er magisch verpflichtet war. Vielleicht war das ein Teil des ursprünglichen Zaubers, der alle Zephyrs verflucht hatte.

„Ich werde es wiedergutmachen", flehte Gully und schaute ängstlich in Richtung der Höhlenöffnung. „Ich verspreche es. Wir werden uns ein ganzes Fass Rum teilen!"

Der Elf hatte einen letzten Impuls. „So dass ich ohnmächtig werden und du mich-"

„Einfangen kann?" Gullys dicke, drahtige Augenbrauen zogen sich fragend nach oben.

Z stemmte die Hände in die Hüften. „Wie lautet die Nachricht?"

Gully brach einen weiteren glühenden Eiszapfen von einem Kandelaber ab und richtete ihn in den Riss in der Wand. „Du musst es holen."

Der Elf neigte beleidigt den Kopf in Richtung der Ritze. „Zephyre *holen* keine Nachrichten *ab*. Und wir liefern auch keine Pakete aus! Hol es dir selbst."

Gully streichelte über seinen Bauch. „Es ist eng da drin. Ich habe etwas zugenommen, seit ich das letzte Mal da drin war."

„Und du hast Käse in deinem Bart wachsen", sagte er stirnrunzelnd.

„Ich …was-?" Er strich sich mit den Fingern durch den Bart und fand die verkrustete Milch aus dem Eimer, den er in der Scheune, in der er zuletzt übernachtet hatte, gestohlen hatte. „Das ist für später."

„Lass es einen deiner schlaksigen Brüder für dich holen. Ich bin nicht dein Hund. Wie ist sein Name?" Z schnippte mit den Fingern. „Vom Schafstypen."

„Stekkjarstaur."

„Deine Familie ist nicht ganz dicht."

„Sind sie das nicht alle? Schau, die Brüder wissen nichts davon und im Moment muss das auch so bleiben. Ich weiß, du bist wütend auf mich-" Er hob die Hand, um dem Einwand des Elfen zuvorzukommen. „Und das zu Recht! Nochmals, es tut mir leid. Wirklich. Ich hätte auch einfach einen beliebigen Zephyr gefangen nehmen oder jemanden anheuern können, der diese Aufgabe übernimmt. Aber die Realität ist, Z, dass ich dir *vertraue*. Und ich brauche wirklich jemanden, dem ich vertraue." Gully sah dem Elfen zu, wie er ein wenig schwebte und hörte, wie der Wind das Schlagen seiner Flügel übertönte. Er wartete auf eine weitere schnippische Erwiderung. Eine weitere Ablenkung.

Einen weiteren Protest. Doch stattdessen schnappte sich Z den Eiszapfen.

„Gut!", fuhr ihn der Elf an. „Wonach soll ich suchen?"

„Du wirst es erkennen, wenn du es siehst."

Z's Schultern verkrampften sich, als ob seine Arme sich plötzlich schwer anfühlten, und er entfernte sich wie ein Teenager, der in sein Zimmer stürmt. Er trat in den Spalt in der Wand und prallte versehentlich gegen die Seite.

„Immer noch ein bisschen verkatert, was?" Gully grinste.

„Mein Flügel ist gebrochen!" Z rief er wütend zurück und verspottete Gully, als sein Licht in der Spalte verschwand. „Wir sind immer noch ein bisschen verkatert, was, bla bla?"

In diesem Moment tauchte das auf, was Gully befürchtet hatte. Eine dunkle Gestalt zog an den umgedrehten Kandelabern vorbei und bahnte sich ihren Weg durch den Korridor. Gully verkrampfte sich und war überraschend dankbar, dass dies nicht das war, was ihm am meisten Sorgen bereitete.

„Leise!", flüsterte Gully und brach einen weiteren Eiszapfen von der Wand ab. „Bleib versteckt." Er richtete den glühenden Speer auf den Höhleneingang, wo ein großes Paar gelb-grün leuchtender Fellaugen um eine Ecke blinzelte. Eine übergroße Wildkatze, größer als Gully und genauso verwildert, kam an ihn ran. Ihre Schnurrhaare zuckten, verbogen und gebrochen, wahrscheinlich von ihrem letzten Kampf mit einem unartigen Kind. Stets hungrig, schnupperte sie in Gullys Richtung, wobei die Enden ihrer langen Reißzähne frei lagen.

„Geh nach Hause, Katze", warnte Gully und stupste das Tier mit dem spitzen Eis an. Es schnurrte, ohne sich für ihn zu interessieren, denn es mochte den Geschmack von Trollen nicht, genauso wenig wie der Troll den Geschmack von Elfen mochte. Aber im Gegensatz zu Gully würde ein Elf den Hunger der Katze nach einem Mangel an unartigen Kindern stillen. Und es roch nach etwas Gepökeltem. „Hier gibt es keine unartigen Kinder."

Die Katze machte kleine, stoßende Bewegungen um Gullys Kopf herum, als ob sie nach dem Aufenthaltsort des Elfen schnüffelte. Sie schob sich an ihm vorbei in Richtung des Risses in der Wand und erntete einen eisigen Stoß unter den Brustkorb. Ich sagte: „Geh nach Hause, Katze!" Sie bäumte sich auf, wölbte ihren Rücken, um noch größer zu wirken, als sie unnötigerweise war, und hob eine Pfote mit entblößten Krallen, bereit, den Troll zu schlagen. Aber Gully wich nicht zurück. Er konnte nicht zurückweichen!

Die Katze hatte eine Vorliebe für unartige Kinder, aber sie hatte eine ganz besondere Art, zwischen unartig und artig zu unterscheiden. Wenn ein Kind zu Weihnachten ein neues Kleidungsstück geschenkt bekommen hatte, hielt sie es für *artig* und verzichtete auf das Mal. Wenn das Kind aber keine neuen Kleidungsstücke bekommen hatte – einen Schal, eine Mütze, Socken, irgendetwas – hatte sie ihre nächste Mahlzeit gefunden. Aber natürlich nicht, ohne das traurige Kind vorher so zu quälen, wie eine normale

Hauskatze mit einer Maus, einem Vogel oder einem anderen unglücklichen Spielzeug spielen würde.

Und das war es, was Gully Sorgen machte, denn obwohl er wusste, dass er kein Leckerbissen für die Katze war, war ihm bewusst, dass die Katze gerne spielt, verstümmelt und tötet. Obwohl die Katze größer war als er und ihre erhobene Pfote breiter war als Gullys Kopf, ermahnte der Troll das Tier so, wie ein kleiner Elternteil sein großes, unartiges Kind, das seine Eltern leicht bewusstlos schlagen könnte, ermahnen würde. Natürlich würden nur unartige Kinder daran denken, so etwas zu tun. Gully blieb streng und befahl der Kreatur erneut mit Autorität, nach Hause zu gehen. Die Katze zischte, verengte ihre glühenden Augen und gehorchte. Sie schlich umher und schlängelte sich mit ihrem Schwanz an Gullys Hals entlang, als sie sich umdrehte und den Pfad zurück zum Höhleneingang stolzierte.

Augenblicke später sauste der Elf an Gully vorbei. „Das werde   ich dir nicht verzeihen." Z war ein wenig nach links gelistet, was Gully zunächst für das Gewicht des kleinen Samtbeutels hielt, den er trug, aber dann bemerkte er, dass der verstauchte/gebrochene Flügel nicht mit den anderen flatterte. Er zuckte lediglich, ganz unkontrolliert und viel zu langsam.

„Wegen   des   Flügels?",   fragte   der   Troll entschuldigend.

„Ach was?" Er runzelte die Stirn so sehr, dass seine Augen fast in seinen Augenbrauen verschwanden. Gully beobachtete, wie er versuchte, ruhig zu schweben, aber er drehte driftete immer wieder ab. „Es tut wirklich weh." Er rollte mit den Schultern, wie man es tut, wenn man zu lange über einen Schreibtisch gebeugt sitzt.

Gully fragte sich, wie das dem Flügel überhaupt helfen könnte. *Wie es sich anfühlen muss, Flügel zu haben*, dachte er, *ganz zu schweigen von einem gebrochenen Flügel. Er war wahrscheinlich nur verstaucht*, versuchte er sich wieder einzureden. „Du bekommst das aber zum Nikolaus, oder?"

„Was?! Heilige Koje! Kein Wunder, dass ich nein gesagt habe. Nikolaus? Das letzte Mal, als ich eine Nachricht auf diese Weise überbringen musste, wurde ich fast zertrampelt, bevor sie mich willkommen hießen und die verdammten Glocken abschalteten!"

Gully überlegte einen Moment. „Du warst schon einmal dort? Glaubst du, dass du dort *immer noch* willkommen wärst?" Die Frage bezog sich sowohl auf Z als auch auf ihn selbst.

„Ich kenne mich mit Polarmagie nicht richtig aus."

„Hmm …" Gully runzelte die Stirn. „Nun. Wir werden es herausfinden, nicht wahr?" Er nahm Z am Arm und legte seine andere Hand um den Rücken des Elfen, wobei er vorsichtig die flatternden Flügel aussparte, und drehte ihn in Richtung Höhleneingang. „Zeig ihm einfach die Nachricht. Ich bin sicher, dass du dort willkommen bist." Er stupste ihn sanft weg, als der Elf ihn zum Abschied verspottete.

„Zeig ihm einfach die Nachricht!" Z äffte eine möglichst raue, trollähnliche Stimme nach, während er den Pfad hinaufflatterte.

Gully zuckte zusammen, als der Elf an der Felswand abprallte. „Und sei still!", fuhr er ihn an. „Die Katze könnte noch in der Nähe sein."

ELF AUF ABWEGEN UND DER KRAMPUS

„Und sei leise", wiederholte der Elf in einem nicht gerade leisen Ton und verschwand um die Biegung. „Bla Bla Bla Bla Bla."

Gully seufzte und erwartete das Geräusch eines Elfen, der, nachdem er gequält, von einer Katze gefressen wurde. Aber es waren keine solchen Geräusche zu hören und Gully entspannte sich kurz, aber nicht bevor er sich fragte, ob die Katze vielleicht verstohlen genug war, um sich seinen Freund in aller Ruhe zu schnappen. „Nein!" Er verwarf den paranoiden Gedanken und drehte sich in Richtung des Weges nach Hause. Zu seinen Brüdern.

Er wollte ihnen nicht gegenübertreten. Er wollte sie nicht anlügen, wenn das nötig war. Oder ihnen zu erklären, was sicherlich nötig wäre, warum er das brüderliche Julfest verpasst hatte. Er dachte die ganze Heimreise über diese nächsten Momente nach und wusste immer noch nicht, was er ihnen sagen sollte. Wie sollte er sie davon überzeugen, sich von Mutter wegzuschleichen? Sich auf eine gefährliche Reise hinter Z her zu begeben? Und wahrscheinlich mit einem Elfen zu kämpfen, den sie lieber meiden würden? Und das auch nur, wenn der Oger sie nicht vorher erwischte.

Dass Jackie Rumpus sich zum nächsten Weihnachtsmann ausbilden ließ, war in ihrer Welt kein Geheimnis, und doch gab es viele Geheimnisse, die um diese Nachricht kreisten. Aber es gab ein sehr wichtiges Geheimnis, das Gully seinen Brüdern verraten musste. Ein Geheimnis, das sie massiv belasten würde.

Jackie Rumpus durfte nicht der nächste Weihnachtsmann werden!

Jackies Missgeschicke werden in *Elf auf Abwegen* und *Das Kristkindl* fortgesetzt. Für Updates und Leseproben besuche bitte john-rae.com/badelf/newsletter.htm. Wenn du dich registrierst, erhältst du ein kostenloses Exemplar von *Dingle's Dutzend.*

Eine der besten (und am meisten geschätzten!) Möglichkeiten, einen Autor zu unterstützen, ist, eine Rezension zu hinterlassen. Damit fütterst du das Algorithmus-Monster im Internet, das dann anderen Lesern hilft, diese Geschichte zu finden.

Bitte füttere die Bestie, indem du unter john-rae.com/badelf/reviews.htm eine Rezension hinterlässt.

Vielen Dank und alles Liebe,

John